NEVASCA

Também das autoras:

Blackout

Tradução
KARINE RIBEIRO

Copyright © 2022 by Dhonielle Clayton

As histórias deste livro foram escritas individualmente por Dhonielle Clayton, Tiffany D. Jackson, Nic Stone, Angie Thomas, Ashley Woodfolk e Nicola Yoon.

O selo Seguinte pertence à Editora Schwarcz S.A.

Grafia atualizada segundo o Acordo Ortográfico da Língua Portuguesa de 1990, que entrou em vigor no Brasil em 2009.

TÍTULO ORIGINAL Whiteout: A Novel

CAPA Electric Monkey 2022

ILUSTRAÇÃO DE CAPA Uzo Njoku

PREPARAÇÃO Júlia Ribeiro

REVISÃO Natália Mori e Adriana Bairrada

Dados Internacionais de Catalogação na Publicação (CIP)
(Câmara Brasileira do Livro, SP, Brasil)

Nevasca / Dhonielle Clayton et al. ; tradução Karine Ribeiro. — 1ª ed. — São Paulo : Seguinte, 2023.

Título original: Whiteout : A Novel.
Outros autores: Tiffany D. Jackson, Nic Stone, Angie Thomas, Ashley Woodfolk, Nicola Yoon
ISBN 978-85-5534-238-7

1. Literatura juvenil I. Clayton, Dhonielle. II. Jackson, Tiffany D. III. Stone, Nic. IV. Thomas, Angie. V. Woodfolk, Ashley. VI. Yoon, Nicola. VII. Título.

22-139480	CDD-028.5

Índice para catálogo sistemático:
1. Ficção : Literatura juvenil 028.5

Inajara Pires de Souza – Bibliotecária – CRB PR-001652/O

Todos os direitos desta edição reservados à
EDITORA SCHWARCZ S.A.
Rua Bandeira Paulista, 702, cj. 32
04532-002 — São Paulo — SP
Telefone: (11) 3707-3500
www.seguinte.com.br
contato@seguinte.com.br

Para todos os jovens negros por aí: sua alegria e amor aquecem corações ao redor do mundo. Nós continuamos enxergando vocês.

RELATÓRIO DO CLIMA.COM

ATLANTA
Máx.: 2°C Mín.: -7°C

Aviso meteorológico especial até meia-noite (fuso
horário da Costa Leste)

Emitido pelo Instituto Nacional de Meteorologia,
Atlanta, Georgia

CONDADOS AFETADOS
Cherokee, Clayton, Cobb, DeKalb, Douglas, Fayette,
Forsyth, Fulton, Gwinnett, Henry e Rockdale

Uma tempestade de inverno histórica está ganhando
força pela Costa Leste, batendo um novo recorde

de acúmulo de neve que vai de Jacksonville, Flórida, até a capital do país, com uma possível inundação da costa de Savannah, Georgia, a Wilmington, Carolina do Norte, e ventos marítimos a mais de 110 quilômetros por hora. O Instituto Nacional de Meteorologia relatou que grande parte do Sul dos Estados Unidos enfrentará mais de vinte centímetros de queda de neve, induzindo condições de emergência em quatro estados. Neve e ventos fortes criarão condições de nebulosidade. Autoridades pedem a todos que permaneçam em casa e só saíam em caso de extrema necessidade. É possível que partes das estradas estejam congeladas. Todos os voos do Aeroporto Internacional de Atlanta Hartsfield-Jackson foram cancelados, e um aviso de nevasca está em vigor das 15h à meia-noite.

UM

Stevie

Morningside — Lenox Park, 15h01

Aquela noite terrível poderia ter terminado de infinitas outras maneiras.

Alguns teóricos quânticos diriam que há outra versão de você por aí. Outra versão minha. Que o nosso universo é muito, muito grande — impossivelmente enorme — e, por causa disso, existem inúmeras maneiras de a matéria se arranjar e rearranjar. Cedo ou tarde, tudo tem que se repetir, dizem.

Então existe outra versão desta realidade. Uma realidade paralela. Outro eu. Outro você. Outra versão das pessoas que amamos. Outro resultado para cada erro que já cometemos... Tudo isso vivendo em outra versão deste universo como se fôssemos apenas cartas de um baralho embaralhado e reembaralhado, acorrentado aos números.

Eu já deveria imaginar. Sei como a ciência funciona. Tenho a média mais alta possível do meu ano, batendo todos os recordes na

Marsha P. Johnson Magnet (ou MPJM, como chamamos a escola). Eu poderia ter concluído o ensino médio quando estava no nono ano, mas escolhi ficar para...

Deixa pra lá. Enfim, de volta à questão. Aquela noite terrível poderia ter terminado de infinitas outras maneiras.

Imagine se eu não tivesse ficado tão focada no meu experimento naquela tarde de domingo, se eu não tivesse saído do laboratório tarde, coberta de sulfato de cálcio e fedendo a ácido acético, meus dreadlocks longos precisando ser refeitos e minhas mãos tingidas de verde por causa das provetas que transbordaram.

Imagine se eu tivesse dedicado um tempinho para agir como uma namorada completamente funcional, uma pessoa digna de ser amada, e não uma pessoa caótica e ansiosa. E imagine se essa ansiedade não tivesse me feito tomar a decisão mais catastrófica possível para tentar relaxar. Não consigo encarar o que fiz.

Não consigo nem mesmo encarar a noite antes *de aquilo* tudo acontecer: imagine se eu não tivesse desperdiçado nosso sábado apresentando minha ~~namorada, ex-namorada~~, minha, espero, *ainda* namorada, Sola, às minhas tabelas, protótipos cerebrais animados, equações químicas e dados de pesquisa para meu projeto avançado de química sobre amor. A hipótese propõe que o amor é uma simples resposta biológica do cérebro humano para garantir a sobrevivência da população... Então será que é algo tão grandioso assim?

Imagine se eu não tivesse defendido minha hipótese, explicando como meus resultados provavam que o amor tem uma importância exagerada na nossa sociedade, e é usado, na maioria das vezes, para fazer as pessoas acreditarem que ter um parceiro é algum tipo de conquista.

Ser a pessoa mais inteligente do mundo... *isso sim* é uma façanha. Curar o câncer... acabar com pandemias... isso pode ser chamado de conquista.

Construir bibliotecas em comunidades... é motivo de orgulho. Mas estar em um relacionamento? Não merece troféu nem estrelinha... certo?

Imagine se meu experimento inteiro não tivesse invalidado nosso relacionamento.

De volta à horrível noite de domingo: imagine se eu não estivesse tão estressada, preocupada em impressionar, tentando exibir que era, na verdade, a pessoa mais inteligente da escola e que conseguiria entrar em qualquer universidade que eu quisesse; e então pudesse identificar, com a pronúncia correta, todos os pratos nigerianos que a mãe dela já fez, mesmo sendo uma pessoa de fora; pudesse ser *tão* perfeita que os pais e tias e tios e primos de Sola iam ~~gostar de mim~~ me *aceitar. Nos* aceitar.

Aceitar o nosso amor.

Se eu não tivesse falado tanto...

Se eu não fosse uma babaca pedante...

Se eu não tivesse ido por aquele caminho na volta para casa...

Talvez em um universo paralelo, que nem aquele que os teóricos quânticos teorizam, eu seja menos esquisita, menos ansiosa, menos desesperada para saber tudo para assim me sentir conectada à realidade, e talvez esse *eu* não tenha destruído o próprio relacionamento três dias atrás. Talvez as cartas tenham sido embaralhadas de outro jeito lá. Talvez haja um cenário em que eu não tenha estragado minha vida.

Uma batida faz a porta do meu quarto chacoalhar.

— O quê...? Pode entrar.

A porta abre. Meu pai aparece, a testa marrom como melado e enrugada como os biscoitos de gengibre que tia Lisa trouxe ontem para as comemorações de fim de ano.

— Vou buscar sua mãe no aquário e vamos no shopping Lenox comprar presentes de Natal.

Ele observa meu quarto, e a linha fina de seus lábios demonstra sua infelicidade com o atual estado do lugar. Sua descendente, que já foi perfeitamente organizada e comportada um dia, jamais deveria ter um quarto bagunçado. Futuros cientistas *não* são bagunceiros.

— Primeiro, você pode parar de dizer "shopping", pai — corrijo, encarando o caderno de experimentos no meu colo. — Por mais que o termo *tecnicamente* esteja correto, todo mundo chama só de Lenox. Segundo, você não deveria dizer "compras de Natal" porque há outros feriados acontecendo agora, e mais outros no fim do mês. Não é inclusivo.

Meu pai suspira.

— Para de implicar com tudo, menina.

Me encolho e olho para cima. Meu pai *sabe* como a última palavra machuca. Como parece limitante agora. Como estou tentando descobrir as coisas. Eu contei a ele.

— Não me chama assim.

Ele ergue as mãos.

— Desculpa. Esqueci dessas suas novas regras.

— Não são novas, pai.

— Bom, ainda estou tentando entender também — diz ele.

— Somos dois — murmuro, sentindo como se tudo o que pensei ter aprendido sobre mim mesma, meus experimentos, o mundo, estivesse mudando.

Meu pai estala a língua.

— Olha, só estou aqui para te lembrar que você ainda está de castigo.

— Não esqueci.

— Então você não pode receber visitas.

Volto a focar no meu caderno.

— Ela não quer me ver, então não precisa se preocupar com isso — digo. — Com certeza ferrei tudo, e já que vocês não me deixam usar o celular, não posso fazer nada.

Ele suspira e começa seu sermão sobre as consequências das nossas ações, blá-blá-blá, entrando de cabeça no modo Reverendo Josiah Williams.

— E nada de sair de casa. — Ele pigarreia como sempre faz quando tenta parecer durão. — E é melhor atender o telefone quando eu ligar.

— Eu sei.

— Sabe mesmo? — Meu pai dá um passo para dentro do quarto.

— Porque agora parece que todas as coisas que eu *pensei* que você soubesse, coisas que eu te ensinei, entraram por um ouvido e saíram por outro... e você está agindo como se tivesse perdido o juízo. Cadê o gênio desta casa?

Me encolho mais contra a janela e olho para o jardim da frente. O céu está branco como giz enquanto a neve cai.

— Nenhum cristal é igual ao outro. Sabia?

Mas é impossível fugir de seu monólogo sobre minhas mais recentes falhas morais e sobre como ele fica surpreso de ver que sua criança exemplar, e *única*, pode ferrar com tudo. Ele cita uma passagem bíblica, mas ignoro e quero lembrar que não estou em sua megaigreja e que ele não está no púlpito. Que a última coisa de que preciso é ouvir sobre "respeitar meus pais" e "obedecer aos mais velhos". Pena que ele não pode me dizer o que fazer quando cometemos o pior erro da nossa vida e magoamos quem amamos.

Eu o interrompo de novo:

— Alguns cristais são planos com ramificações, em forma de pequenas colunas. Flocos-lápis ou flocos-agulha, podemos dizer.

— Você está mesmo falando sobre *flocos de neve*, Stevie? Você ouviu o que eu falei?

— *Cristais* de neve. Floco de neve é um termo mais genérico. Pode se referir a um único cristal de neve ou a vários juntos.

— Stephanie Camilla Williams! — A voz do meu pai fica mais grave, em tom de aviso, daquele jeito que pais negros fazem e você sabe imediatamente que está por um triz.

— É Stevie — corrijo, falando por cima.

— *Stevie.*

(Meu pai odeia me chamar assim, mas concordou porque sabe que vou ficar corrigindo.)

— O quê? Acabou de começar a nevar, então achei que você deveria saber, assim pode tomar cuidado. Todo esse vapor de água condensado saindo daquelas nuvens — aponto pela janela — pode tornar as ruas perigosas. Estatisticamente falando, vão acontecer 6,7 batidas de veículos a motor sob essas condições.

— Que bom que você vai ficar em casa, então. — Meu pai dá uma piscadela, e se aproxima rápido para beijar minha testa antes que eu possa reclamar. Vou precisar de uma onda de endorfina para sobreviver ao que *tenho* que fazer hoje à noite. — Seja nossa garot... quer dizer, criança perfeita, por favor — diz ele ao sair do meu quarto.

Quero reclamar e dizer que não sou mais criança. Que já tenho quase dezessete anos, mas não faria diferença. Vou sempre ser uma criança para ele, mesmo aos quarenta anos, porque ele é "mais velho".

Olho pela janela de novo, observando o carro do meu pai dar ré na garagem e desaparecer na rua.

Suspiro e folheio meu caderno, observando todos os experimentos que fiz. Os que deram errado, os ousados, os complicados, os que ganharam prêmios.

Não consigo parar de voltar àquele que estragou meu relacionamento. Ele me encara de volta. O experimento que um dia foi motivo de orgulho e alegria, que me deu um dez no semestre. Aquele que provocou uma briga em uma das noites mais importantes da história do meu relacionamento com Sola — a noite em que eu enfim ia conhecer os pais dela, não como melhor amiga... mas como namorada.

Data: 08/09

NOME DO EXPERIMENTO: DOENTE DE AMOR, A OBSESSÃO POR OXITOCINA

PERGUNTA CIENTÍFICA: Qual é a bioquímica por trás do amor adolescente moderno?

Olho para minhas planilhas de dados com amostras de saliva e medidas de oxitocina. Dados que apoiam minha teoria: adolescentes que alegam estar "apaixonados" têm níveis de oxitocina parecidos com os de uma pessoa viciada em drogas recreativas. Se eu não tivesse escolhido esse experimento ou contado sobre ele a Sola, talvez não estivéssemos nessa bagunça. *Eu* não estaria nessa bagunça. Mas contei tudo a ela. Porque *sempre* conto tudo a ela.

Fecho o caderno com força e vou até a minha mesa. Pego o buquê de Lego minúsculo que sempre deixo ali, apertando-o sem parar, esperando que isso desacelere meus batimentos cardíacos. Aperto um botão, e as cortinas automáticas que instalei na parede esquerda do quarto sobem. Em vez de uma janela, elas revelam um mapa da minha vida, como uma equação matemática complexa de muitos níveis por cima do papel de parede da minha mãe.

Eu queria que a vida fosse fácil como um experimento químico. Escolher os reagentes corretos e misturá-los da maneira certa para produzir o que se deseja. A química simplifica as coisas. Se você souber como os elementos se comportam, pode prever os resultados. *Voilà*: ninguém se machuca nem se queima... nem se frustra ou se decepciona.

O mapa da vida na parede começa com minhas fotos de bebê, depois vai para recortes de jornal sobre meu QI de gênio e experimentos científicos, com manchetes sobre a pessoa mais jovem a quebrar o recorde mundial de equações matemáticas resolvidas em menos de um minuto. Há artigos sobre a minha vontade de ser bioquímica, e minhas medalhas, e minhas fotos bregas com cientistas e políticos famosos, todos me bajulando por eu ser uma pessoinha inteligente. Tudo antes do sexto ano... tudo antes de eu conhecer Sola.

Tudo mudou quando a conheci. E isso fica evidente só de ver a quantidade de espaço que ela ocupa na parede. A foto dela criança também está aqui, perto de uma fotografia minha segurando um troféu da feira de ciências da escola. Ela me encara com seu rosto de garotinha. Redondo e bochechudo, os tererês do cabelo caindo sobre os ombros.

Eu quase consigo ouvir o *clique claque* que eles faziam toda vez que ela virava a cabeça para fofocar.

No primeiro dia de Sola no sexto ano, a sra. Townsend, a secretária, a acompanhou até a sala de aula do sr. Ringler. O *clique claque* de suas tranças ecoou durante todo o tempo em que ela foi apresentada. Sua pele retinta brilhava tanto que minha mãe diria que ela se parecia com nozes carameladas recém-saídas do forno. E Sola sorria tanto que *minhas* bochechas doeram só de ver.

Lembro de sentir inveja. A habilidade dela de entrar em uma sala cheia de pessoas que não conhecia e apenas sorrir. E não era um sorriso comum e inocente... Não, ela sorria de um jeito extremamente animado, como se de alguma forma estivesse feliz por ser a garota nova ou se sentisse começando uma nova aventura ou algo assim. Ela não tinha medo de ser chamada de cafona.

Eu gastava muito tempo me esforçando para esconder minhas emoções. Podia estar com raiva, triste, frustrada ou até feliz, e ninguém jamais saberia. Conseguia controlar cada um dos meus músculos faciais. Mas Sola deixava tudo transparecer.

Ela sentou ao meu lado, ocupando a cadeira vazia na mesa de

dois assentos. Eu tinha tentado ignorá-la, focando no exercício de matemática ou brincando com os Legos escondidos dentro da minha mesa. Se não fizesse contato visual, talvez ela parasse de olhar toda hora para mim.

— Ei — sussurrou ela. — Com licença...

Fingi não ouvir, mas então uma barraquinha de papel apareceu na minha frente. Não resisti e a abri. Dentro, havia uma bala de minhoca e uma história sobre sua vida delinquente de minhoca ladra. Dei uma risadinha e ergui o rosto, dando de cara com seus olhos castanhos intensos (e lindos) voltados para mim.

Sola abriu aquele sorriso luminoso.

— Vamos ser melhores amigas, tenho certeza — disse ela, a voz confiante e o tom profético.

— Como você sabe? — Eu não conseguia tirar os olhos dela.

Sola empurrou outra minhoca na minha direção.

— Porque você riu da minha história. Quer dizer que me entende. E eu sabia que você ia gostar, o que significa que eu te entendo.

Tentei disfarçar o sorriso, fingindo prestar atenção às frações do sr. Ringler (embora eu já soubesse resolvê-las). Enquanto ela ignorava a lição de matemática, rabiscando em seu diário — escrevendo mais histórias da minhoca ladra, pensei —, fiz um pequeno buquê de flores de Lego e o deixei no seu lado da mesa quando ela foi ao banheiro. Esperei pelo resto do dia, e quando ela enfim o encontrou sorriu como se eu tivesse deixado um milhão de dólares. Naquele momento, eu soube: queria fazê-la sorrir daquele jeito para sempre.

Agora, coloco o buquê de Lego de volta na mesa do meu quarto. Ao longo dos anos, fiz dezenas desses e deixei no armário de Sola, no painel do seu carro ou escondidos na sua bolsa. Um gesto simples para lembrar que eu a amo e que sempre estou pensando nela, mesmo quando fico em silêncio e me perco no trabalho e não consigo fazer as palavras saírem.

Passo os dedos pela parede e suspiro, tracejando cada marco da minha jornada em que Sola está presente. Ela devia estar ali desde que nasci. Há fotos dela — *nossas* — por toda parte: juntas depois da escola enquanto nosso colega de classe Kaz e eu dávamos aula para quem tinha dificuldade em ciências; nos escondendo com Porsha nas alas da igreja para fugir dos sermões do meu pai; indo ouvir Jimi cantar em shows por toda a cidade; enviando kits de sobrevivência para o internato chique de Evan-Rose (onde Sola e eu fomos acampar, e onde quase acabamos estudando); passeando no aquário com Ava, observando o maior aquário de peixes de água salgada dos Estados Unidos, enquanto minha mãe cuidava da logística chata dos peixes em seu escritório.

Desço a mão pela parede até a seção mais importante: tudo que está abaixo das palavras O FUTURO.

Todos os ~~meus~~ *nossos* planos estão aqui como um sonho prestes a evaporar no ar.

A Universidade Howard depois do ensino médio.

Morar juntas em Washington.

Um ano livre depois da graduação, para viajar juntas pelo mundo.

Um emprego em um laboratório ou em uma grande empresa farmacêutica onde eu possa ganhar o suficiente para que ela não precise trabalhar fora e possa se dedicar a escrever um romance que vai transformá-la numa autora best-seller.

Casamento.

Três filhos.

Um amor para a vida toda.

Felicidade eterna.

A ansiedade flutua no meu peito como uma bolha. Pego o caderno e o abraço bem forte, na esperança de fazer a bolha estourar.

— Você precisa consertar isso, Stevie — digo para mim mesma.

Abro o caderno de novo e despejo os elementos do meu experimento mais recente. A teoria mais importante que vou testar.

TÍTULO DO EXPERIMENTO: MEU GRANDE PLANO PARA CONSERTAR O MAIOR ERRO DE TODOS.

PERGUNTA CIENTÍFICA: É possível fazer alguém te perdoar e te amar de novo?

HIPÓTESE: Se Stevie combinar os elementos românticos adequados para criar o gesto romântico perfeito, o coração de Sola pode ser conquistado outra vez.

Recito o plano passo a passo, todas as pessoas para quem já mandei mensagem, todos os favores que já pedi, todas as partes deste experimento que precisam funcionar para que eu alcance o resultado desejado. A maior e mais arriscada equação pseudoquímica da minha vida. A única maneira de consertar todas as coisas que esta versão de mim fez nesta versão do universo.

Entro correndo no escritório da minha mãe na parte da frente de casa e recupero meu celular do cofre, cuja senha ela acha que não sei. É que minha mãe escolhe senhas numéricas da mesma forma que a maioria das pessoas: usando um conjunto de números que vai lembrar com facilidade. Para senhas de cinco dígitos, ela usa o número da casa onde cresceu: 52404. A senha do banco são os quatro últimos dígitos do celular dela: 9860. A senha de oito dígitos do celular dela? O aniversário de casamento: 22101995. E o cofre? Meu aniversário: 3012.

Digito os números e ouço o barulhinho triunfante das trancas se abrindo.

Claro que o celular está sem bateria. Eu o coloco na tomada e afundo na cadeira surrada da minha mãe, minhas pernas encontrando as rachaduras no couro, resultado de tantas horas que ela passa debruçada em relatórios do aquário.

Meu coração martela enquanto espero para ver o que vou encontrar no meu celular. Há vários papéis espalhados pela mesa da minha mãe — atas da reunião do conselho e pesquisa sobre medusas-da--lua. Talvez biólogos marinhos sejam mais bagunceiros que bioquímicos... mas acho que não posso julgar. Não é como se o meu quarto estivesse *limpo*.

O celular brilha, e, enquanto volta à vida, a tela bloqueada se enche de notificações de redes sociais, alertas e pré-visualizações de e-mails. E mensagens de Sola. Uma depois da outra. Mensagens curtas transbordando raiva. Textões enormes de tristeza e frustração. Tudo acumulado nos últimos dois dias.

S **SOLA**

Não acredito que vc fez isso.

Não consigo dormir, só fico relembrando tudo. Esse seu "experimento" ridículo que basicamente invalidou nossos sentimentos uma pela outra, vc estragando o jantar com a minha família. Nosso jantar IMPORTANTE. Nosso momento. Tudo em um único fim de semana.

E vc nem me responde! Faz TRÊS DIAS e NADA! Vc acredita no amor? Vc ME AMA?

Como vc foi capaz de fazer isso?

NOSSO RELACIONAMENTO NÃO É UM EXPERIMENTO!

O último textão é de hoje cedo:

Quer saber? Já que vc ama prazos, datas e expectativas precisas e só parece funcionar assim, é o que vai ter. Se eu não tiver notícias de vc até meia-noite, acabou. Vc me deve uma explicação, Stevie. O que tá acontecendo com vc? Por que se comportou daquele jeito na frente da minha família? E não vem com esse papinho de ciência. Preciso saber que vc não é um robô. Que sente alguma coisa. Qualquer coisa. Se vc não consegue demonstrar isso, por favor não me liga mais. Na verdade, pode esquecer que me conheceu. Tenho certeza que existe uma forma bioquímica de fazer isso.

Minha visão fica borrada e as palavras se misturam na tela, se espalhando por todas as direções enquanto meu coração afunda. Cai no fundo do poço, abre um buraco no meu estômago. O que Sola disse da última vez que nos vimos ecoa na minha cabeça como se ela estivesse na minha frente, gritando. "Você acredita no amor?"; "Se tudo não passa de ciência, como é possível que você me ame?"; "Nosso relacionamento é uma mentira?".

Ligo para ela.

Cai direto na caixa postal.

Tento de novo.

E de novo.

Nada.

Levanto. Caminho de um lado para o outro. Ela acha que eu a ignorei por três dias. Não faz ideia de que estou de castigo e que meus pais confiscaram todos os meus dispositivos e estão vigiando cada passo meu. Quando ela ouvir o motivo do meu silêncio, tudo vai fazer sentido. Vai aplacar a raiva dela. Ela deveria saber que eu jamais a ignoraria.

Mando mensagem em todos os aplicativos que consigo pensar. Em seguida, abro meu e-mail — que não quer sincronizar. (Típico.) Então pego o meu notebook do cofre e o coloco para carregar. Todas as pastas aparecem na tela, organizadas, polvilhando uma foto de Sola, o lindo cabelo dela preso em um maravilhoso gele feito pela mãe. Os tons vibrantes e escuros de azul e laranja do tecido fazem a pele retinta dela brilhar.

Mando um e-mail para ela. Então espero e confiro as redes sociais de novo.

Meu computador apita.

Falha na entrega

Ela deletou a conta de e-mail? Ou isso é algum tipo de bloqueio maligno? Estou bloqueada? Ela faria isso? Tem como fazer isso? Ligo para Sola.

Nada. Continua caindo na caixa postal. Por que o celular dela está desligado? *Ela* não pode estar de castigo por minha causa, pode? Lembro de Sola dizer: "É, meus pais não acreditam nesse negócio de *castigo*".

Prendo a respiração e digito o número da casa dela. O telefone toca, e quase não digo nada quando a mãe dela atende.

— Alô? — ouço o sotaque nigeriano forte da sra. Olayinka. — Alô?

Pigarreio. O suor escorre pelas minhas costas. Puxo a gola do suéter. Um longo silêncio paira entre nós.

— Quem tá me passando trote? — questiona ela.

— Oi, sra. Ola... sra. Olayinka. — Engulo em seco.

— Quem é?

Desligo e cubro os olhos com as mãos.

— Se controla, Stevie — digo para mim mesma. — Todo esse cortisol vai fazer seu córtex pré-frontal encolher. E você *precisa* dele para se tornar a melhor bioquímica do mundo. Você precisa se acalmar.

Coloco a cabeça entre os joelhos e respiro fundo três vezes. Consigo dar um jeito nisso. Meu plano de três dias atrás não vai funcionar, porque não tem a menor chance de os favores que cobrei darem certo dentro do prazo de meia-noite de Sola. (*Meia-noite!* Será que ela está tentando me destruir?) Tenho que arranjar outro plano — e rápido.

Confiro os aplicativos de novo. Nenhuma resposta dela.

Subo correndo para o meu quarto e encaro meu mural da vida. Vejo nossa história, toda ali. Vejo uma foto dos fogos de artifícios do feriado de Quatro de Julho que passamos juntas ano passado e outra de nós duas no estádio onde sofremos para aguentar um jogo de futebol americano por causa do meu pai (que esporte mais *brutal*). A única coisa que o tornou suportável foi Quem Está Naquele Avião? — um jogo *nosso*, em que contávamos os aviões que víamos pelo teto aberto circular do estádio, imaginando quem poderia estar lá dentro.

Então uma possibilidade me atinge como um raio. Já sei o que posso fazer. O que *tenho* que fazer.

Vasculho meu celular até encontrar Ernest, o irmão mais velho da minha outra melhor amiga, Evan-Rose. Porque ele é o único que pode me ajudar agora.

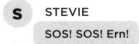

S   **STEVIE**
SOS! SOS! Ern!

E   **ERN**
Vc é tão boba, Steviezinha. Manda.

Ei, não sou mais "inha". E preciso da sua ajuda em uma situação muito arriscada.

Muito arriscada? Vcs jovens são tão dramáticos. Fala aí.

É meio, hum... ousado? Tipo, preciso de um FAVORZÃO. E.R. me disse que vc tá trabalhando em uma montagem secreta de um noivado no estádio.

Hummm... minha irmã é uma fofoqueira, mas sim. É para um grande pedido de casamento de uma celebridade, mas só posso dizer isso.

Então... posso entrar nessa?

Como assim?

Vou te passar os detalhes, mas estou a caminho.

Tá, beleza. Ainda tô fazendo testes, mas a neve tá atrapalhando tudo, então não sei por quanto tempo vou ficar aqui. O sr. Celebridade tá me enchendo de mensagens querendo um relatório, então...

Sorrio e peço um carro de aplicativo. Com sorte, o fato de Ern já estar exatamente onde preciso que esteja é um bom sinal. Depois de contar a ele o meu plano, pego meu caderno de experimentos. Faço algumas mudanças na seção de procedimentos e anoto a nova variável: *Prazo = meia-noite.*

Enquanto penso em mais detalhes logísticos, tenho *certeza* que é uma boa ideia.

Só espero conseguir. A tempo.

Ou perderei Sola para sempre.

OPERAÇÃO SURPRESA SOLA

15:42

Stevie

Oi, gente! Então, aparentemente eu piorei as coisas quando meus pais me botaram de castigo e tiraram meu celular. 😳 Sola me deu um ultimato... com um prazo que vai até meia-noite. Então não vai dar tempo de fazer o plano original da grande surpresa de Natal pra ela, e preciso fazer algo diferente... AGORA. Vcs não precisam mais arranjar aqueles presentes.

Mas obrigada!

Stevie saiu do grupo.

Jimi

Pera aí... ela acabou de...? Stevie SAIU do grupo? Depois de soltar essa bomba?

E.R

Exatamente. É a cara da Stevie. É claro. Mudar o plano DEPOIS que comi o pão que o diabo amassou e arrisquei ser expulsa para conseguir essa porcaria que ela pediu.

Ava

Stevie não pode fazer isso. Não pode MUDAR o plano no último minuto. Né?

Porsha

Tipo, tecnicamente acho que Stevie PODE fazer isso... mas sei lá. Se ela tá recebendo ultimatos, tá NA CARA que precisa da nossa ajuda. Hora de bolarmos um plano. Vcs tão dentro?

Kaz mudou o nome do grupo para OPERAÇÃO SURPRESA SOLA E STEVIE.

OPERAÇÃO SURPRESA SOLA E STEVIE

15:46

Jimi

Cara, sério. A gente tem que ajudar a Stevie. Ela já fez tanta coisa para ajudar A GENTE...

Porsha

Vc tá certa. Deus tá de prova que Stevie me mantém acordada na igreja, analisando a precisão (e imprecisão) científica dos versos bíblicos.

15:47

E.R.

Stevie me apoiou pra caramba no primeiro semestre de internato. Atendia toda vez que eu ligava para desabafar sobre os *meus* problemas. E mandava presentes incríveis.

Ava

É. Somos primas, mas também meio irmãs, sei lá? Sei que ela sempre me ajudou e eu sempre ajudei ela.

Jimi

Stevie e Sola sempre vão nos meus shows. Até nos que ninguém mais vai.

E elas são o casal mais feliz que eu conheço. Na maior parte do tempo, pelo menos.

15:56

Kaz

Pois é. Nunca vou esquecer de todas as vezes que Stevie me ajudou com as aulas particulares. Não teria sobrevivido à MPJM sem ela.

Porsha

Então ainda tá de pé? Todo mundo entendeu a tarefa?

Jimi

Sim.

Kaz

Tô dentro.

Ava

Vc sabe que sim.

E.R.

Pode crer.

DOIS

Kaz

Shopping Lenox, 16h35
7 horas e 25 minutos para a meia-noite

Desde o início, houve erros.

— Não acredito que você está obrigando a gente a vir aqui — resmungo.

Ninguém em plenas faculdades mentais viria ao Lenox a quatro dias do Natal. Se você entende alguma coisa sobre fazer compras antes desse feriado hipercapitalista, sabe que, na semana anterior, todos os shoppings do mundo ficam cheios de consumidores vorazes e sedentos por sangue tentando comprar presentes de última hora.

Mas cá estou eu, dando voltas no estacionamento pelo que parece ser a vigésima vez, buscando um lugar para estacionar. E ao meu lado, Porsha Washington, minha melhor amiga no mundo inteiro, está cantando "All I Want for Christmas", da Mariah Carey, pela milionésima vez.

Porsha ri, o sino em seu gorro de Papai Noel tilintando.

— Eu não estou "obrigando" a gente fazer nada. O único lugar onde vamos encontrar é no shopping. Nossa companheira da Jack and Jill está precisando de ajuda!

Dou risada ao pensar em como eu, ela e Stevie somos obrigados a participar de eventos culturais e de liderança (além de muito serviço comunitário) porque nossos pais nos colocaram em uma organização secreta e chique de crianças negras desde que tínhamos nove anos. Então, quando Porsha entrou no meu quarto pouco depois de todos concordarmos em ajudar nossa amiga e disse: "Já sei aonde ir para pegar o que Stevie me pediu", não houve margem para hesitação.

— Precisamos ir ao Lenox agora.

Então desviei o olhar da minha maquete do aquário, estreitei os olhos para ver a captura de tela e lancei um olhar para a janela.

— Cara, tá nevando.

— Aham — respondeu Porsha na mesma hora. — E Rita é o único carro que consegue nos levar ao shopping vivos. Estamos indo. Vamos, só vai levar uma hora.

Foi assim que nos enfiamos na minha caminhonete, ficamos parados no engarrafamento por vinte e quatro minutos — embora a gente more muito perto do shopping —, e agora estou dirigindo em círculos pelo estacionamento. Se eu tivesse pensado direito, teria dado uma olhada no noticiário antes de sair, para ver o que estava rolando. Atlanta está num maldito estado de emergência por causa da nevasca. Tem cinco centímetros de neve no chão, o suficiente para fazer a cidade parar.

Como eu disse: erros foram cometidos.

Mas depois de tudo que Stevie e Sola fizeram por mim... estou devendo esse favor. O que não me impede de apertar o volante com força.

— Ei, por que as pessoas dirigem como se tivessem todo tempo do mundo? — digo com irritação, ultrapassando uma idosa que parecia procurar vaga em câmera lenta.

Porsha dá uma risadinha.

— Você está sendo o Kazeem Reclamão.

— Sou o Kazeem Faminto.

— Então... Kazeem Reclaminto?

Jejuar nunca é fácil, mas o último dia de qualquer jejum é doloroso, como um cano batendo na minha cara. Meu pai pegou covid durante o Ramadan, então nossa família decidiu transferir o jejum para quando ele estivesse melhor. Vamos fazer nosso próprio Eid, a celebração do fim do jejum, esta noite para comemorar. Para evitar pensar em comida foquei nos projetos de crédito extra para minhas aulas de nível avançado, montando quebra-cabeças e maquetes. Guardei a mais difícil para hoje, pois exige mais da minha mente e assim me mantém ocupado até o pôr do sol.

Mas, como sempre, Porsha chega e muda os planos.

— Ahhh, ali! — Ela aponta para uma vaga na outra pista.

Acelero, dou uma guinada na esquina... mas perco a vaga para um Jeep verde.

— Droga — murmura ela, e então dá um pulo no assento. — Ahhh! É a minha música.

— Todas as músicas desse álbum são a sua música.

— Mas essa é, tipo, top três favoritas do álbum. Vamos, você sabe que quer cantar — diz ela, fazendo uma dancinha.

— Quero encontrar uma vaga — resmungo.

Porsha revira os olhos.

— Kazeem Extra-Reclaminto. Ahhh! Olha, aquela caminhonete tem luzes de Natal.

— Eu já deixei você colocar chifres na Rita.

— E a Rita ficou mais bonita por causa deles — diz ela, acariciando o painel.

Rita é a minha caminhonete, que provavelmente é mais velha que nós dois juntos. Meu pai a comprou quando veio do Sudão para a Georgia, e ela sobreviveu aos meus dois irmãos mais velhos antes de passar para mim. E quando digo "passar" quero dizer que mereci, já que precisei tirar só dez por dois anos seguidos antes de sequer pensar em encostar na minha muito amada lata-velha.

Olho para a árvore de Natal em cima do telhado da Macy's, o céu em um tom de ardósia cinza-escura. A neve caindo não é bonita que nem nos cartões de Natal. São uns flocos molhados e disformes que fazem o estacionamento parecer um lago congelado, escuro e escorregadio.

— Cara, minha lista de afazeres é uma loucura — diz Porsha.

— Vou piscar e já vai ser, tipo, véspera de Natal. Ah, não esquece que na sexta vamos fazer casinhas de biscoito de gengibre. Ah, eu preciso fazer o pedido do presunto assado com mel para a ceia de Natal. Provavelmente vai ter uma fila enorme para retirar.

— Uiiiii, o porco de Natal. Que delícia. *Cof cof...* ECA!

Ela ri.

— Relaxa. Meu pai já falou que vai fazer o salmão com mel que você ama.

— Pelo menos seu pai está pensando em mim.

— Cara, nem começa. Eu sempre dou um jeito de arrumar os molhos mais picantes e cerveja de gengibre para você.

— É mesmo — confesso. — Mas, sério, por que você vai encomendar um presunto se não vai comer?

— Porque é tradição. Minha mãe encomendava todo ano. A mesa vai ficar esquisita sem ele. Ah! Acabei de lembrar, preciso achar uns bons pedaços de cheddar para o macarrão com queijo. Odeio aqueles que já vêm ralados. E o bolo de frutas e a limonada. Ah, e preciso de mais corante verde. E umas fitas para os presentes...

Enquanto ela está distraída, coloco a música nova do Lil Kinsey que eu estava ouvindo mais cedo, antes de tomar a estúpida decisão de sair de casa.

— Ah, fala sério — reclama Porsha.

— O quê? Essa música é incrível!

— Nada de trap durante a temporada de Jesus. — Porsha logo troca para "Joy to the World", da Mariah, e sorri para mim. — Pronto. E, por favor, também não vem com aquela piada de tiozão de "nunca toque no rádio de um homem negro".

Eu estava no terceiro ano quando virei vizinho dessa viciada em Natal, então era de se esperar que eu já estivesse acostumado com a sua tirania quando se trata da playlist natalina. Sério, assim que o relógio marca meia-noite depois do Dia das Bruxas, ela se transforma de uma abóbora em um pisca-pisca e se junta a Sola para nos aterrorizar com tudo de Papai Noel.

Algumas pessoas levam o Natal muito a sério, e minha melhor amiga é dessas. Tipo, o Dia de Ação de Graças simplesmente não existe. É só uma pausa para recuperar as energias. A decoração da casa, a patinação no gelo, as árvores inocentes sendo cortadas, o cronograma de filmes, a discussão sobre um cardápio que não mudou desde que os celulares foram inventados, os presentes embrulhados e os subsequentes cortes nos dedos por causa do papel. Ela encara o Natal com a precisão de um sargento.

— Não se atreva a tentar sair do plano ou do cronograma!

Mas este ano parece especial. Nosso jejum está acabando bem no auge do feriado, nos colocando em pé de igualdade. E hoje à noite minha família vai fazer um grande jantar para o falso Eid. Porsha não vai poder inventar uma desculpa para não ir, como nas outras vezes, de jeito nenhum.

— Nossa, eles cancelaram todos os voos no aeroporto — diz ela, a cara enfiada no celular.

— O quê? Todos?

— É. Acabei de ver no perfil da Ava. Todo mundo está falando do trânsito. O pessoal está chamando as interestaduais de estacionamento.

Ela me mostra um vídeo de dez segundos.

— É melhor a gente cortar caminho na volta.

Porsha bufa.

— Nós cortamos caminho até aqui.

— Nem está nevando tanto assim. As pessoas estão certas… Os motoristas de Atlanta já são péssimos, imagina com *neve*?

Porsha dá uma risadinha, abrindo um sorriso travesso.

— Reclaminto.

Esse sorriso. Estou falando estritamente como amigo dela aqui, mas deixa eu te contar uma coisa: Porsha Washington é gostosa. Tipo, linda demais. Com belos olhos castanhos, cabelo curto que forma cachos logo abaixo de suas adoráveis bochechas gorduchas, com um corpo de corredora que faria qualquer cara olhar duas vezes. Mas esse sorriso, mano...

— Ok, está pronto? — Ela estica o braço para tirar uma selfie e sorri.

Olho para a câmera, registrando as covinhas dela.

— Kaz! Sorria! — Porsha ri, me dando um tapa no braço. — Vamos, chega mais perto. Para de tentar estragar a minha foto! Parece que você vai engasgar.

Cara, se controla.

Prendo a respiração, me inclino para mais perto, dou meu melhor sorriso de "Não estou apaixonado pela minha melhor amiga" e tento não inspirar porque senão vou sentir o perfume dela. Às vezes quando ela pega meu moletom emprestado, eu não o lavo por semanas. Até durmo com ele, só para me enterrar no cheiro dela.

Estou caidinho por essa garota.

Mas esta noite, tudo muda. Esta noite, vou dizer a Porsha que eu a amo. Já tenho tudo planejado. Depois do jantar, vou levá-la à mesa de sobremesa e dar a ela seu bolo favorito, com as palavras escritas na cobertura. (Você não está entendendo, essa garota *ama* bolo.) Dependendo da reação dela, posso dizer que foi um engano da doceria. Porque... bem, eu jamais poderia dizer essas palavras em voz alta. Seria loucura.

—Ahhhhh, essa aqui ficou fofa! — Ela dá um gritinho, me mostrando a foto. — Talvez eu emoldure.

Porsha está há anos falando em imprimir, tipo, com papel fotográfico de verdade, uma foto nossa. Ela tem até uma moldura vazia esperando. Mas todo ano esquece.

Assim como esquece todos os feriados que minha família celebra.

Mas desta vez não. Eu sabia que a única forma de ela não fugir do jantar de hoje à noite seria se eu passasse o dia todo com ela.

— Ah! — Porsha olha para o celular iluminado e abaixa o volume do carro. — Oi, Ummi.

— Ummi? Espera... você está falando com a minha mãe? Você tem o número da minha mãe?

— Shhh! Não consigo ouvir nada — reclama Porsha, e volta à ligação. — Ah, nada, só procurando uma vaga para estacionar o carro... É, eu também espero que Sola volte com Stevie. Elas são fofas juntas... Claro, vou lembrar ele... É... está bem... ótimo! Falo com você depois. Também te amo! Ma'aasalaama.

Disfarço um sorrisinho de orgulho. Sempre fico impressionado por ela pelo menos arriscar dizer algumas palavras em árabe que ensinei ao longo dos anos, mesmo que pronuncie tudo errado.

— E aí, vocês duas ficam de conversinha sempre?

Porsha revira os olhos.

— Não posso fazer nada se sua mãe me ama mais que você.

Eu entendo. É fácil amar Porsha.

— Enfim, ela ligou para que eu te lembre de pegar os pãezinhos da sra. Ahmed para o negócio de hoje à noite.

Meu estômago ruge só de ouvir falar em comida. Você já esteve com tanta fome que seria capaz de responder "pode crer" se alguém dissesse que dois mais dois é igual a cinco, só para ganhar um biscoitinho? Cheguei a esse nível de desespero, e a culpa é minha. Dormi mais que a cama e perdi o suhur, o café da manhã. Agora, estou com muita vontade de comer o sambuca frito da Ummi.

Paramos na rotatória enquanto um casal atravessa a rua em direção à Cheesecake Factory. Porsha olha para eles de mãos dadas e dá risadinhas, o rosto inexpressivo, mas posso jurar que há um pouquinho de desejo nos olhos dela. Só a ideia de tocar sua mão faz meu coração acelerar.

BI-BIIIIII!

Um carro buzina atrás de nós. Porsha vira, me flagra encarando e abre aquele sorriso para mim.

— O quê? O que você está olhando?

Viro para a frente na mesma hora, enfio o pé no acelerador e pigarreio.

— Hã, nada. Eu estava pensando… que não acredito que Sola e Stevie terminaram.

— Talvez não — diz Porsha. — Talvez isso que Stevie está aprontando, seja lá o que for, segure a barra.

— Você acha que vai ser fácil assim? Parece que ela estragou tudo.

Porsha dá de ombros.

— Às vezes as pessoas simplesmente são almas gêmeas, então não importa se estragaram tudo ou não. Além disso, é Natal! Ahhh! Ali! Ali, ó! Uma vaga!

Sou pego tão desprevenido pelo comentário que quase esqueço onde estamos. O carro patina, batendo no meio-fio, e os pneus cantam enquanto deslizamos para dentro da vaga. Tamborilo no volante e Porsha vibra em comemoração.

— AÊÊÊ!

— Beleza — digo, desligando o motor. — Vamos ao plano.

— Ok, me sinto pronta!

— Temos que ser rápidos. Está ficando ruim aqui fora e provavelmente vamos levar meia hora para chegar em casa. Então precisamos entrar, pegar as coisas e cair fora. Nada de parar pelo caminho.

Porsha segura seu gorro de Papai Noel e faz um joinha.

— Entendido. Vamos nessa.

Saímos do carro bem quando uma SUV verde-limão para de repente à nossa frente. O vidro da janela baixa, e dois irmãos em capuzes pretos nos encaram. Me aproximo mais de Porsha.

— Ei, cara! Você pegou minha vaga.

Só em Atlanta mesmo.

— Sua vaga? — Porsha se irrita, olhando para o chão. — Não estou vendo o seu nome nela.

Lá vai ela com a fúria de passageiro na estrada.

O motorista ergue a sobrancelha.

— Vou falar de novo. Você pegou a minha vaga.

— Você nem tava aqui!

— Bem, eu vi a vaga primeiro.

— Cara, você não pode marcar lugar a distância num estacionamento. Não importa, nós chegamos primeiro.

O motorista fecha a cara antes de estacionar o carro, como se estivesse se preparando para descer. Vou para a frente de Porsha rapidamente.

— Espera aí, espera aí! — Puxo Porsha para o lado. — Olha, cara, nós só vamos pegar um negócio e voltamos em quinze minutos. Você pode ficar dando voltas aqui por meia hora como a gente ficou ou esperar a gente voltar. Você que sabe.

O motorista me olha, depois olha para Porsha.

— Beleza. É melhor voltar em quinze minutos mesmo.

— Deixa comigo — insisto, puxando Porsha pelo braço. — Garota, vamos.

— Por que você está sendo legal com eles?

— Além de estar tentando nos manter vivos... como você diz, "É Natal"!

Essa é a frase favorita dela. Quando alguém é rude nessa época do ano, ela ameniza a situação dizendo "É Natal!", como se isso anulasse tudo. Como se todo mundo celebrasse a data ou algo assim. A verdade é que ela tem o coração mole. E amo isso nela. Amo tudo nela. É o que planejo dizer hoje à noite.

Passando pelos detectores de metal, entramos no shopping, e está pior do que eu poderia imaginar. Lojas lotadas, crianças chorando, clientes empurrando os outros com os braços cheios de sacolas pesadas. E o lugar inteiro cheira a... cupcakes. Esqueci totalmente que tem uma loja de cupcake aqui na entrada. Meu estômago ronca, faminto.

— Caramba — murmura Porsha enquanto abrimos caminho na multidão. — Para que lado fica a GameStop?

— Perto da praça de alimentação, acho.

Que é do *outro* lado deste hospício.

Nos embrenhamos no shopping lotado, e Porsha diz:

— Ainda estou chocada que a Legolândia não tinha o conjunto que Stevie pediu.

— Bem, eu com certeza preferiria estar lá, mas agora sinto que o estacionamento no Phipps está ainda pior.

O fato de os dois shoppings mais populares de Atlanta — Lenox Square e Phipps Plaza — ficarem um de frente para o outro ainda é um mistério para mim.

— Ainnn, a Terra do Papai Noel — diz Porsha, apontando. — Está ainda mais bonita que no ano passado.

A Terra do Papai Noel foi montada na frente da escadaria ao lado da Macy's, com três árvores de Natal gigantes, um trenó cheio de presentes e enormes renas brancas cintilantes. A fila dá voltas em uma cerca de doces. O Papai Noel está sentado em um sofá verde alto que parece um trono, perfeito para tirar fotos com as crianças.

— Ah, é. A barba quase parece de verdade.

— Aqui — diz Porsha, me entregando o celular. — Tira uma foto minha.

— Agora? Mano, o que eu falei? A gente tem que ir!

— Só tira a porcaria da foto! Caramba! — Ela se irrita.

Porsha faz pose na frente da árvore de Natal. Dou um passo para trás, me posicionando e inclinando a câmera só um pouquinho para enquadrar o topo da árvore. Enquanto ela brinca com o cabelo, tiro algumas fotos que enviarei para mim mesmo, para minha coleção pessoal.

— Pronta? — pergunto.

— Sim.

— Três, dois, um…

Bem nessa hora, o Papai Noel vira, entrando perfeitamente no enquadramento.

— *Rá*. Ele deu uma piscadinha — diz ela.

— O quê?

Na foto, o Papai Noel está se inclinando no trono e olhando diretamente para a câmera com uma piscadinha, deixando a foto perfeita.

— Ah, é mesmo. Essa foto ficou maneira — digo, pensando no quão bonita ela está.

— Ahhhh, ficaram tão lindas. Você sempre tira as melhores fotos minhas — diz Porsha.

— Eu sei.

— Vou postar essa aqui. Rápido, o que eu coloco na legenda?

— Que legal, tô no shopping comemorando o Natal? — sugiro.

— Venci a neve?

Com a cabeça baixa, ela brinca com alguns filtros enquanto debatemos as legendas antes de concordarmos com "Duende gostosa toda majestosa".

— A tempestade está piorando — murmura Porsha, preocupada. — Alguém postou que está preso no mesmo ponto da 285 há uma hora.

— Claro que você me convenceu a dirigir. E é claro que a confusão da Stevie nos fez cometer a loucura de vir aqui.

Ela suspira, erguendo o celular.

— Cara, meu carro mal dirige na chuva, você acha que ele sobreviveria ao nevascalipse?

— É assim que estão chamando?

Porsha passa por mais algumas postagens.

— É. E as pessoas estão literalmente presas nas vias expressas.

— A gente precisa mesmo passar por isso hoje? Já não tem coisa demais acontecendo?

Ela dá um sorrisinho.

— Kazeem Extra-Reclaminto Especial.

Estou prestes a reclamar quando sinto o cheiro de algo glorioso.

Pizza. É como se eu estivesse no paraíso. Mais uma hora até o sol se pôr, e então posso me acabar de comer aseeda da Ummi, ensopado de frango, arroz e doces. Mal posso esperar!

Nos apertamos na GameStop e abrimos caminho entre o enxame de crianças e pais suados.

— *Rá!* Lembro quando a gente construía isso — diz Porsha, pegando um conjunto de Lego Star Wars.

— É. Aí meu pai me disse que se eu quisesse ser um arquiteto sério, tinha que deixar os brinquedos de lado.

— Mas até adultos se divertem com isso.

Dou de ombros.

— Filhos de imigrantes não podem se dar ao luxo de serem comuns. Legos são fáceis demais. Construí uma cidade inteira de palitinhos de picolé e cartolina enquanto tinha que atravessar oito quilômetros na neve até a escola.

— Está bem, vovô. — Porsha gesticula para um ponto acima do meu ombro. — Olha. Está ali.

Na prateleira atrás de mim está o conjunto de Lego para construir um par de rosas vermelhas.

— Este aqui? — pergunto, pegando uma caixa.

Porsha procura nas mensagens de Stevie.

— É, é isso. Deve ser uma piada interna ou algo assim. Você consegue montar, né?

— *Aff!* Por favor, né. Uma criança de três anos conseguiria montar.

— Ótimo.

— Por que estamos fazendo isso mesmo?

— Amor, vovô. Estamos fazendo isso pelo amor! É tão romântico, se você parar para pensar. Se alguma garota quisesse minha ajuda para encontrar seu jogo favorito — ela gesticula para a loja —, eu atravessaria uma nevasca.

— Que mentira.

— Talvez. Mas soou convincente.

— Você é uma boa atriz.

Porsha sorri e arranca a caixa das minhas mãos.

— Eu disse que teria sido uma ótima Virgem Maria na peça da igreja.

Balanço a cabeça.

— Bem, se fosse para você... Acho que eu procuraria um daqueles calendários do advento azul e dourado de biscoito de gengibre que você tinha aos seis anos.

Ela vira.

— Espera, você lembra disso?

— Claro... eu lembro de tudo sobre você.

Porsha abre um daqueles sorrisos de novo, e sinto um calor e uma agitação tão grandes no peito que quase confesso. Mas então uma mulher lotada de sacolas se enfia entre nós para passar, e um dos rolos de papel de presente dela atinge a minha cara.

— Nunca recebi flores de um cara, sabia? — diz Porsha com uma risadinha. — Nem de verdade nem de Lego.

Porque Porsha odeia flores. Diz que só consegue lembrar do funeral da mãe. Centenas de arranjos foram enviados para a casa dela e para a igreja do pastor Williams. O pai de Stevie prometeu doar todas para um lar de idosos.

Mas se eu soubesse que isso era tudo o que ela queria, teria arrumado uma dúzia de buquês. Talvez eu ainda consiga fazer isso antes do jantar hoje à noite. Caramba, será que ela gosta de rosas? Lírios? Queria poder falar desse plano com Sola. Mas não posso, tipo, ligar para ela agora para falar do amor da minha vida enquanto ela está passando por esse término.

— Tipo, eu sei que o Dia dos Namorados é para ser um feriado super-romântico — diz Porsha enquanto vamos até o caixa. — Mas o Natal adiciona um pouquinho mais de magia ao amor, sabe? Os presentes especiais, as festas, as luzes, o azevinho. — Ela suspira. — E aqui estou. Cem por cento solteira, escolhendo presentes românticos para amigos que encontraram a cara-metade.

Meu coração está gritando "CONTA PARA ELA, seu burro!". Mas meu cérebro não vai deixar. Não em uma fila da GameStop do Lenox. Tem que ser perfeito. Com bolo, doces e agora flores. Ainda assim, posso deixar uma dicazinha.

— Bem, nunca se sabe. Este ano pode ser… diferente.

Ela zomba.

— Aham.

Fazemos a compra, e Porsha pega algumas bengalinhas doces de brinde enquanto vamos até as escadas rolantes.

— Ahhh! Podemos comprar um frappuccino?

Porsha aponta para o quiosque da cafeteria com sua bengala.

— Não. Não. Viu? É por isso que não deixei você vir sem mim. Você ficaria aqui por horas.

— Ah, vamos! Eu quero aquele bolo.

Minha língua pega fogo só de ouvir falar em comida. Estou tentando não perder o foco, tentando ignorar todos os cheiros deliciosos ao meu redor. Mas quase ataco uma criança passando com um pote de bolinhas de pretzel da Auntie Anne.

— Não.

O sino no gorro de Papai Noel da Porsha tilinta quando ela faz um biquinho, arrastando os pés, andando superdevagar. Então pega o celular do bolso e para de andar.

— AI MEU DEUS! AI MEU DEUS! É ele.

— Ele quem?

— Dominick. Ele curtiu meu último post! E comentou um HAHAHA.

Dominick Reed. Porsha é apaixonada por ele desde o ensino fundamental, e ele mal sabe que ela existe. Ou pelo menos foi o que pensei. E daí? Ele curtiu o post dela. Grande coisa. Eu comento e curto todos os posts dela. Principalmente as fotos que eu mesmo tiro porque, como um bom melhor amigo, sempre encontro os melhores ângulos. Todo mundo pensa que o cara é maneiro, quando na verdade ele só é normal.

Porsha abre todas as redes sociais dele com mais ou menos setenta mil seguidores.

Certo, o cara tem um metro e noventa, grana e todo aquele visual de "meu pai é um rapper famoso". Grande coisa.

Ela fica boquiaberta.

— Kaz... ele acabou de me mandar uma mensagem.

Merda.

Porsha dá pulinhos, surtando.

— O que eu faço? O que eu faço?

— Hã... não sei. Abre a mensagem e vê o que ele quer.

Toda fora de si, ela assente.

— Tem razão, tem razão.

Expiro, nervoso, tentando ficar tranquilo. Ele provavelmente só comentou sobre a foto dela. Quer dizer, ficou muito irada, eu sei, já que fui eu que tirei. E ele provavelmente está entediado em casa, afinal somos os únicos idiotas dirigindo por aí no meio de uma nevasca, comprando flores falsas e discutindo com um cara pobre premium por causa de vagas de estacionamento.

Porsha agarra o celular, arregalando os olhos de choque.

— Kaz. Ele me convidou. Para a casa dele. Para a festa de Natal. AQUELA festa de Natal!

Todo ano, os pais de Dom dão uma mega festa de Natal que sai em todos os blogs e páginas de fofoca. Ele convida mais ou menos metade da escola. Como vocês podem ver, sempre estivemos na outra metade. Até hoje.

— AI MEU DEUS! Ele acabou de me seguir. — Porsha rodopia, com um sorrisinho bobo. — Não acredito. Quer dizer, eu achava que ele nem sabia da minha existência, mas uau. UAU! Olha!

Ela enfia o celular na minha cara, e assim que leio a mensagem, sinto meio que um aperto no peito.

— A festa é... hoje à noite? — murmuro.

— É!

— Mas... Mas você tem... Quer dizer, você não lembra...

— Fiquei sabendo que as meninas vão superproduzidas para essa festa. Nível Hollywood. O que eu vou vestir? Não acredito que isso está acontecendo!

Suspiro.

— É, nem eu.

— Vamos embora. Preciso ir pra casa me arrumar.

Pegamos a escada rolante para o primeiro piso, passando entre as pessoas enquanto tento prender a respiração para não sentir os cheiros da praça de alimentação. Eu poderia comer qualquer coisa.

Quando passamos por uma loja de vestidos chiques, Porsha para de repente.

— Ahhh, espera aí — murmura, espiando os três manequins sem rosto vestidos para o Ano-Novo na vitrine. Ela assente devagar. — Preciso de algo para usar hoje à noite.

— Cara, você vai mesmo nessa festa?

— Sim! Ele me convidou. Eu tenho que ir!

Não, você não tem que ir!, quero gritar. *Porque você tem que vir COMIGO!* Mas não digo isso. Por quê? Sei lá. Como posso convencer ela sem revelar meus motivos secretos? Não vou me declarar nessa droga desse shopping.

— Vamos. Me ajuda a escolher alguma coisa — diz Porsha, entrando na loja.

— Nós deveríamos...

— Vai ser rapidinho. Juro. Por favor.

Ah, não, os olhinhos de cachorrinho não. Ela deve saber que eu não consigo resistir.

— *Aff*. Ok. Dez minutos.

Porsha sorri, batendo palmas. Mas a loja está um caos. A fila quase sai pela porta enquanto clientes enlouquecidos circulam com pilhas de roupas nos braços. Os vendedores, com os olhos arregalados e os rostos vermelhos, suam por trás dos balcões bagunçados.

— É um apocalipse zumbi — murmuro.

Porsha não me ouve. Quem é que poderia ouvir, com essa música pop horrível tocando alto nas caixas de som no teto? Ela ataca a primeira arara de roupas que vê.

— Preciso de algo fofo, mas sexy, mas que não pareça que estou me esforçando demais.

Do outro lado de uma mesa de camisas dobradas, duas mulheres discutem por causa de uma blusa tamanho M.

— Isso aqui é o meu pior pesadelo — digo.

Porsha segue meu olhar e me dá um tapinha no braço.

— Para de ser fofoqueiro e vem aqui me ajudar!

— Cara, um de nós precisa vigiar os arredores. E por que você está tão pilhada?

— Porque você sabe que eu não entendo nada de festas, vestidos, maquiagem, salto alto. Não posso aparecer usando Jordans e moletom.

— Por que não?

— Porque não é isso o que ele... quer. — Porsha franze os lábios.

— Tá. E se você ficar na fila do provador para mim enquanto escolho algumas peças?

Ela aponta para uma fila saindo de uma sala nos fundos. Fico lá por quinze minutos, e a fila mal se mexeu quando Porsha chega carregando um monte de roupa.

— Só algumas peças, né?

— Você não estava lá para me ajudar a passar um pente-fino. Aqui, o que você acha dessa?

— É um vestido ou um maiô?

Porsha ri e me dá um empurrãozinho.

— Para! Fala sério, vovô!

— Está nevando! Você vai pegar uma pneumonia.

— Ok. Acho que peguei um vestido de frio ou algo do tipo — diz ela, colocando o resto dos itens em uma arara antes de pegar o celular.

— O que você está fazendo agora?

— Estou mandando mensagem para a Stevie dizendo que conseguimos as rosas e que fui convidada para a festa. Ela vai surtar.

Inspeciono nossa compra e sorrio.

— Embora esse plano de conseguir-Sola-de-volta seja louco, é legal também, sabe? Estar com alguém que sabe tudo sobre você. Que lembra de todos os detalhes…

Estou tentando deixar dicas, lembretes, como Sola sugeriu que eu fizesse, mas Porsha não me ouve. Está ocupada demais no celular. Não mandando mensagem, mas passeando pelas fotos de Dominick.

— O que será que fez Dominick, sei lá, me mandar mensagem? Ele nunca falou comigo na escola. Você acha que ele estava de olho no meu perfil esse tempo todo, me observando? Talvez você esteja certo, Kaz. Talvez este ano *seja mesmo* diferente.

Seguro um grunhido e dou de ombros.

— Talvez. Quem sabe.

Finalmente chega a nossa vez, e Porsha se enfia no provador. Sento em um banco ao lado de um cara jogando no celular. Não tenho tempo para jogos. Preciso de uma estratégia. Como vou convencer Porsha a não ir na festa? Sim, jantar na minha casa seria incrível, principalmente hoje à noite, mas nem se compara a uma festa na mansão de um rapper. Só preciso agir normalmente.

— Sabe — começo, tentando pensar em uma distração. — Ainda tem tanta coisa na sua lista de afazeres.

— Eu sei. — Porsha ri detrás das cortinas. — Não acredito em como estou atrasada.

— E você mesma disse que a fila na Honey Swine vai estar grande. Talvez você não deva ir à festa, sei lá. Tipo, que convite de última hora foi esse? Parece que ele nem estava pensando em você.

Porsha não responde. Eu insisto.

— Cara, se eu fosse você, não ia mesmo, não. Fala para ele que já tem planos. Tipo, você quer parecer desesperada, como se não tivesse nada para fazer, como se estivesse só esperando por ele? Você é melhor que isso. Na verdade, não deveria dizer nada. Deixa ele ficar pensando coisas. Tá ligada? Porsha?

Porsha abre as cortinas e sai do provador.

— Ok. O que você acha?

Usando um salto alto prateado, ela ajeita as mangas de um vestido de tricô branco que mostra os ombros e o colo, e acaba nas canelas dela. Uma roupa perfeita para uma princesa da neve.

— Eu... Eu... Eu... — Levanto, deixando meu celular cair. — Merda.

— Hum, isso é um merda bom? Ou ruim?

Pego o celular, e meu queixo, do chão, mas mesmo assim não consigo me controlar.

— E aí? — Porsha ri, nervosa, parecendo insegura. — Você não vai dizer nada?

Não sei o que dizer. Eu a conheço desde sempre, e nunca a vi tão... linda. Sim, ela sempre está bonita, mas isso... isso é totalmente diferente.

— Você está... quer dizer, você está... — Deslumbrante? Linda? Gostosa? Faltam palavras no dicionário.

— Garota, você está liiinda!

Nós dois viramos e damos de cara com uma senhora cheia de roupas.

— Sério? — pergunta Porsha. — Não estou... ridícula? Minhas pernas não estão gordas?

— De jeito nenhum. Olha para o seu namorado. Ele mal consegue falar.

Porsha faz um movimento com a mão.

— Ah, não. Ele não é meu namorado. É meu melhor amigo.

A mulher ergue a sobrancelha para mim, como se pudesse ler a minha mente.

— Humm. Tem certeza?

Viro para Porsha.

— Hã, é, você está ótima. Mas você, é, devia pegar um cachecol porque, sabe, está nevando. Hum. Você está pronta para ir?

Ela murcha um pouquinho, mas assente.

— Estou, vou me trocar.

Eu a observo voltar para o provador, porque não consigo tirar os olhos dela nem por um segundo. Meus joelhos estremecem, e esbarro em um carrinho de roupas.

A velha dá uma risadinha, se aproximando.

— Mmm-hummm. Então o que você vai usar nessa festa que claramente não quer que ela vá?

— Eu? Ah, não. Eu não vou.

— Sério? Você vai deixar ela ir, e ainda por cima vestida assim? *Tsc.*

A mulher tem razão. Se eu deixar Porsha ir para a festa, todos os caras vão ficar babando. Mas se nem o risco de atrasar o cronograma natalino tirou isso da cabeça dela, o que vai tirar?

À nossa direita, uma garota sai do provador usando um vestido florido superlongo... e um hijab rosa-claro.

— Vovó, acho que é melhor pegar outro tamanho desse.

Nossos olhares se encontram, e a mulher olha de um para o outro.

— Essa aqui é a minha neta, Nikki — diz a senhora. — Nikki, esse é o meu novo amigo.

Nikki sorri para mim.

— Oi!

— Olá. Quer dizer, assalamu alaikum.

Ela sorri mais.

— Alaikum salaam!

A avó praticamente a empurra na minha direção.

— Minha Nikki está no primeiro ano, a melhor da turma, toca piano e canta muito bem.

Nikki cora.

— Caramba, vovó.

— Bem, já que você não vai na festa, vai fazer algo hoje à noite? — pergunta a mulher. — Os pais dela não estão na cidade e vamos cozinhar...

— Ele tem planos!

Viramos e vemos Porsha atrás de mim, com o vestido na mão. Ela pigarreia.

— Quer dizer, desculpe, mas temos que ir. Feliz Natal!

Ela agarra meu braço e me puxa para os caixas.

Enquanto esperamos na fila, Porsha pega um cachecol da seção de acessórios.

— O que foi aquilo? — pergunto.

Ela dá de ombros, evitando olhar para mim.

— Nós não sabemos quem são elas. A senhora parecia estar tentando te casar com aquela menina. E, enfim, a gente disse pros caras lá fora que voltaríamos em quinze minutos. Eles devem estar nos procurando.

— Ou encontraram outra vaga. Duvido que sejam tão bobos assim de ficar esperando.

Porsha estala a língua quando um sino soa acima de nós. A voz de um funcionário substitui a música.

— Atenção, clientes. Devido ao clima severo, fecharemos o shopping em meia hora. Repito, fecharemos o shopping em meia hora.

— Droga — murmuro, olhando o relógio.

— Está tão ruim assim lá fora?

— Vamos logo antes que a gente fique preso tentando sair da porcaria do estacionamento.

Assim que Porsha pega a nota fiscal, corremos para fora da loja, passando pelo Papai Noel e seus duendes, que estão terminando de atender a última pessoa. Do lado de fora, o solzinho que estava atrás das nuvens de neve sumiu.

Corremos para a entrada lateral, de volta à vaga onde paramos. O carro verde-limão não está mais aqui.

— Falei que eles não seriam burros de esperar — digo, entrando em Rita.

— Ok, ok, vai logo. Preciso descobrir o que fazer com o meu cabelo antes da festa.

Suspiro, aceitando meu destino. Porsha vai, não importa o que eu diga. Enfio a chave e dou partida. Não funciona.

— O que foi? — pergunta ela, franzindo a testa.

— Hã. Não sei. Não está dando partida.

Ela se inclina.

— Que luzinha é aquela ali? Essa que está meio apagada.

— Hum. A luz da gasolina.

— Caramba. Estava assim antes?

Relaxa, digo para mim mesmo.

— Está tudo bem. Tem gasolina suficiente para voltar para casa.

Dou partida de novo, e o motor ganha vida.

— Ufa! Graças a Deus. Vamos embora!

Dou ré, e parece que estamos raspando a estrada, mal saindo do lugar. Piso no freio.

— O que foi agora?

— Acho... que estou com um pneu murcho?

Nos entreolhamos e descemos do carro, correndo até a frente para olhar.

— Merda — falamos em uníssono.

Um pneu murcho eu poderia chamar de acaso. Dois... má sorte, talvez. Mas três?

— Aqueles filhos da mãe — murmura Porsha.

— Meu pai disse que deve levar horas para chegar aqui — Porsha grunhe, desligando a ligação.

— É, e a assistência rodoviária riu como se fosse uma piada.

Porsha esfrega os braços, olhando para o estacionamento quase vazio.

— Cara, liga o aquecimento. Está congelando aqui.

— Não posso. Não quero gastar a gasolina.

Ela revira as sacolas de compras e pega o cachecol, dando duas voltas no pescoço.

— Bem, o que a gente faz agora? Tem que ter um jeito de sair daqui.

Meu estômago ronca alto. Porsha dá uma risadinha.

— Cara, eu não estava falando com você. Estava falando com Kaz.

Eu resmungo.

— Ei, vamos voltar para dentro.

— Do shopping?

— É, podemos ficar aquecidos enquanto o trânsito melhora. Além disso, estou morrendo de fome. Preciso achar alguma coisa para comer.

— Ok. Mas precisamos encontrar um jeito de voltar para casa. Não posso perder a festa!

Reviro os olhos. Ela está mais preocupada com essa droga de festa do que em sair daqui.

Voltamos para dentro do shopping e descobrimos que não somos os únicos nessa situação. Embora todas as lojas estejam fechadas, algumas pessoas estão acampando nos degraus e nos bancos, tentando chamar um carro de aplicativo para voltar para casa.

Espere, lojas fechadas... isso quer dizer que...

— Ah, qual é! — grito e saio correndo.

— Ei! Aonde você vai?

Corro pelo corredor a toda velocidade, Porsha arfando para me acompanhar.

— Kaz! Devagar! Aonde você vai?

Desço a escada rolante correndo. Para o meu horror, todos os quiosques da praça de alimentação estão fechados. O cheiro de frango e fritas ainda está no ar. Meu estômago ruge em resposta.

— Vai correr nas olimpíadas, é? O quê...

— Ei, você! — chamo um cara passando com uma camisa do Popeye's. — Vocês já fecharam mesmo? Não tem comida nenhuma lá atrás? Nem um nugget?

O cara balança a cabeça.

— Não, cara. Fechamos antes do shopping. Está ridículo lá fora. Minha mina está presa na 400 há horas.

— Droga, então *todas* as rodovias principais estão paradas — diz Porsha.

— Te pago para me deixar entrar lá, só para eu ver.

— Kaz — reclama Porsha. — Você não vai comer resto de frango. Para com isso.

Ela me puxa na direção da escada, e eu vou contra a vontade. O sol já se pôs. Sem comida. Sem água. Sem iftar. Passamos pelos corredores em silêncio absoluto, encontrando um banco livre perto da Terra do Papai Noel vazia, as árvores ainda piscando.

Um segurança tenta encurralar um grupo de crianças correndo sem os pais para longe dos quiosques.

— Ei, cara, você sabe como está o trânsito? — pergunto.

Ele faz que não.

— Acho que vamos ter uma grande festa do pijama.

Com o rosto para o alto, Porsha grunhe, pisando com raiva, e corro atrás dela.

— Que foi?

— A gente nunca vai conseguir sair daqui! Não acredito que vou perder a festa!

— A festa?

— É! Talvez essa seja minha única chance e agora… *aff.* Por que minha vida é assim? Por que nada pode dar certo para mim?

Fecho as mãos e viro, a raiva subindo pela minha garganta. Ela não faz ideia, não faz a menor ideia.

— Kaz? — Porsha fica na minha frente. — Ei, o que foi?

— Era para eu terminar meu jejum hoje à noite.

Ela dá de ombros.

— Aham. E daí?

— E DAÍ? Estou perdendo o iftar. Perdendo o falso Eid. O *meu* feriado para o qual você nunca vai, lembra?

Porsha franze a testa como se não fizesse ideia do que estou falando.

— Kaz…

— Sabe, o ano todo, desde o começo, eu sempre estou em todas. Fazendo biscoitos para o Dia dos Namorados, caçando ovos de Páscoa, tomando refrigerante verde no Dia de São Patrício, comendo cachorros-quentes e hambúrgueres no Quatro de Julho. Na competição de salada de batatas no Dia do Trabalhador. Combinando fantasias no Dia das Bruxas, indo no Turkey Bowl do Dia de Ação de Graças, apesar de você não gostar dessa data, e, por último, o Natal, o Super Bowl de todos os feriados. Eu não perco nenhum, nenhum mesmo. Você não deixa. Não que eu queira perder, porque quero ficar com você. Eu sempre quero ficar com você, então aguento todos os seus feriados idiotas. E aqui estou, no maior feriado da MINHA vida, e você preocupada com uma bosta de festa?

Porsha me olha como se chifres de renas tivessem crescido na minha testa.

— Cara, de onde veio tudo isso?

— Você não sabe?

A voz me faz dar um pulo, e nos viramos. E ali está o Papai Noel apoiado no trenó. Em vez de seu casaco vermelho, está com uma jaqueta do exército; o gorro foi substituído por uma touca preta.

— Hã? — diz Porsha.

— Você deve ser cega se não está vendo que esse garoto gosta de você.

Levo um susto.

— Ei, não se mete, Noel!

Ele dá uma risadinha.

— Ok, só estou dizendo... apenas um cara apaixonado faria tudo isso.

Porsha franze a testa, olhando para ele. Em qualquer outro dia ela mandaria o cara cuidar da própria vida. Mas especificamente hoje ela pisca e só me encara. Como se uma cortina tivesse sido aberta.

— Eu... — começa ela. — Quer dizer, eu... merda.

Então ela sai correndo.

— Porsha! — chamo, mas ela me ignora.

— Eu desistiria se fosse você — diz o Noel, agora ao meu lado. — Você largou uma pilha de merda no colo dela. Tem que dar tempo para ela limpar.

— Cara, eu não sei qual é o seu problema...

— Não, mas eu sei qual é o seu. — Ele ri. — E está na cara que é aquela garota.

Quero discutir. Quero mesmo. Mas não consigo encontrar o que dizer.

— Como espera que uma garota saiba que você gosta dela se não diz nada?

— Eu ia contar. Ia mesmo! Estava tudo planejado. Mas aí ela recebeu um convite para uma festa e... e não sei. Mas eu não podia dizer para ela assim, do nada, né?

O homem dá uma risadinha, pega sua mochila azul e vai na direção da porta.

— Para mim, parece que você está arrumando desculpas.

— Não, eu só estava esperando o momento certo. Tem que ser especial.

— Se você ficar esperando, o momento certo nunca vai chegar. Agora, e se essa tempestade não tivesse acontecido? Você a deixaria ir naquela festa e estragaria outra chance esperando por ele. Jovem, às vezes você tem que aproveitar o momento.

É estranho andar em um shopping vazio. Ver todas as lojas fechadas, e a música de Natal ainda tocando... sem Porsha. Ela não me quer. Por que outro motivo fugiria? Não acredito que entendi errado. Sei que não como desde ontem, mas nunca me senti tão vazio e anestesiado. No meio do caminho, me vejo na frente da GameStop fechada e lembro de Stevie, provavelmente quebrando a cabeça de tanto pensar se todo esse negócio vai mesmo fazer Sola voltar, e enquanto isso eu acabei de perder a garota que quero conquistar.

No nosso último serviço comunitário da Jack and Jill, Stevie me pegou olhando para Porsha do outro lado da sala embalando suprimentos para vítimas de vulcões.

— Por que você não conta para ela o que sente? — perguntou Stevie lá fora, enquanto colocávamos caixas em um caminhão. — Está na cara que gosta muito dela.

— Você está querendo que eu faça papel de trouxa? Não posso sair *contando* para ela.

— Bem, você já parece trouxa parado aí olhando — disse Stevie, toda séria. — Precisa fazer alguma coisa.

Balancei a cabeça.

— Vou fazer algo. Só... não sei o quê. Mas tem que ser algo bom. Stevie deu de ombros.

— Acho que conheço alguém que pode ajudar.

Eu não conhecia Sola tão bem assim, só sabia que a gente tinha aula de química avançada juntos. Mas Stevie insistiu que ela era a rainha do romance e saberia exatamente o que fazer. E, cacete, ela estava certa.

— Tá bom, terminamos o seu plano do falso Eid — disse Sola quando nos reunimos para a prova e trabalhamos no nosso plano para conquistar Porsha. — O bolo foi encomendado e seu discurso está pronto.

— Beleza. Aí eu conto para ela. E depois?

— Depois que você contar, beija ela. Ela precisa saber que você está falando sério. Porque quando você passar desse limite, não tem volta. Mas você tem que beijar ela como se quisesse muito.

— É claro que eu quero muito!

— Não. Tipo, como se quisesse DE VERDADE. Beija ela como se fosse a última vez que você vai beijar alguém na vida. Como se você estivesse indo para a guerra ou algo assim. Como nos filmes. Um beijo glorioso hollywoodiano.

— Ah. Ahhhhh.

Sola ergueu a sobrancelha.

— Você quer ela, né?

— É, eu só nunca pensei… nisso.

Sola se inclinou para a frente, segurando uma lata de refrigerante.

— Talvez a gente esteja fazendo isso da maneira errada, sabe? Talvez a gente deva simplificar as coisas. Por que você não pode só contar a ela o que sente? Vocês se conhecem desde sempre.

— Porque eu quero que seja especial.

— Ou é porque você está com medo de que ela não goste de você também? Kaz… às vezes dizer exatamente o que sente, sem decoração chique, é especial de um jeito diferente. Porque quando você conhece muito alguém, menos é mais.

Meu estômago faminto me arrasta de volta para a praça de alimentação meio vazia. Fazer jejum ensina paciência e autocontrole. Passei grande parte do meu jejum pensando em Porsha e orando por ela. Imaginei mil vezes o momento em que enfim contaria para ela. Mas, mandando a real mesmo, minha "paciência" era só uma forma de procrastinar. Porque estou nervoso. Sei que quando eu cruzar esse limite e dizer o que sinto, não tem como voltar atrás, e não sei como ela vai reagir, apesar de tudo em mim dizer que devemos ficar juntos.

Penso na rosa de Lego. Ainda não acredito que Stevie está fazendo algo tão louco só para a Sola. Louco… e corajoso pra cacete.

Sinto como se um raio atingisse minha coluna. Dou meia-volta e corro pelo shopping. Preciso encontrar Porsha. Estive enrolando porque estou com medo de… como foi que o Noel falou? Aproveitar o momento. Não quero que se passe nem mais um minuto sem que ela saiba o que eu sinto pra valer. E se der ruim, deu. Mas pelo menos tentei. Pelo menos conseguirei dizer isso a Sola.

Passo correndo pela Macy's. Perto da Terra do Papai Noel e no topo da escada, vejo Porsha. Ela está com o celular na mão, vendo algum vídeo. Bloqueia a tela quando me aproximo, agarrando o cachecol na outra mão.

— E aí — murmuro.

Porsha inspira fundo.

— E aí.

— O que você está fazendo?

Ela abre a boca, cora, e então se acalma.

— Pesquisando como amarrar um cachecol na cabeça. Tipo um hijab, sabe?

— Por quê?

— Porque... se conseguirmos sair daqui, precisamos ir direto para a sua casa. Para o falso Eid.

Sento ao lado dela.

— Não, Porsha. Não precisa. Eu entendo. É *a* festa de Natal. Você tem que ir.

Ela balança a cabeça.

— Eu sempre te obriguei a participar de todas aquelas coisas de feriado e você nunca reclamou. Mentira. Você reclama o tempo todo. Mas nunca diz não. Você sempre vai. Agora me sinto idiota por te forçar a fazer coisas que você não queria.

— Você não me forçou.

— Eu forcei... porque não queria que você se sentisse excluído. Quando você chegou aqui e todo mundo zoava o seu sotaque e tal... minha mãe disse que eu deveria te ajudar a se sentir em casa. Então pensei que a melhor forma de te fazer se sentir em casa seria te convidar para participar dos feriados americanos. Tão ridículo. E você está certo. Eu amo os feriados mais que tudo. Mas também é porque você faz parte deles. Não consigo me imaginar fazendo tudo isso com outra pessoa. Quem vai aceitar se vestir como uma árvore para uma peça de Natal por mim?

— Olha, nunca mais, mano.

Porsha ri, me empurrando com o ombro.

— Então, sim, é *a* festa de Natal. Mas... eu não ia querer estar lá sem você. E acho que sei que, um dia, em breve... você não vai poder fazer essas coisas comigo. Que vai querer estar com garotas que sabem como amarrar um hijab sem precisar pesquisar na internet. É por isso que eu nunca quis ir ao Eid, porque... eu não queria fazer papel de boba. Eu estava com medo de falar alguma besteira ou de estragar tudo, e aí você veria que eu não poderia... sei lá. Ser uma boa namorada.

Olho para o cachecol na mão dela.

— Hã... você sabe que existem casais de religiões diferentes, né?

Ela se encolhe e cobre o rosto com o cachecol.

— *Aff*. Isso é tão constrangedor.

Dou risada.

— Você não precisa usar um hijab hoje à noite. Pode ir como quiser. Ummi te ama do mesmo jeito. Tipo, ela liga mais pra você do que pra mim. Mas, se você quiser, posso te ensinar. Só porque sim.

Porsha assente.

— Acho que eu ia gostar.

— Desculpa por não ter te contado o que eu sinto e tal. E por ter explodido com você. Acho que eu estava esperando a hora certa, mas não quero deixar outro momento passar sem você saber que eu te amo. Pronto. Falei. Eu te amo.

Ela assente.

— Nos degraus... enquanto estamos presos no shopping... no meio de uma nevasca. Muito romântico.

— Vou acabar com a Stevie!

Porsha balança a cabeça.

— Aqui. Peguei uma coisa para você. — Ela tira uma barrinha de granola e uma garrafa de água do bolso do casaco.

Fico boquiaberto.

— Onde você... como você...

— Troquei com uma criança por umas bengalinhas de açúcar.

Dou uma mordida na barrinha de granola e sinto como se aquilo fosse a melhor coisa que já comi na vida. Enquanto viro a garrafa de água na boca, olho para cima e vejo um raminho verde amarrado com fita vermelha pendurado acima de nós.

— *Rá*, ali o negócio do azevinho.

— Eu sei — diz Porsha timidamente, olhando para o chão. — Eu meio que sentei aqui de propósito.

— Ah. Ahhhhh!

Ficamos sentados em silêncio por alguns segundos, mexendo as mãos, e ela ri.

— Você pode me beijar agora, viu?

— Ah, maneiro, é, eu tava pra perguntar isso mesmo.

Porsha dá um sorrisinho bem quando nossos lábios se tocam. E no meio do shopping, cercados por pisca-piscas bregas e laços vermelhos gigantes, durante a nevasca do século, eu consigo beijar aquele sorriso que está nos meus sonhos desde que nos conhecemos. O tempo para quando nos afastamos para retomar o fôlego. Estou tão perdido no olhar dela que quase esqueço onde estamos.

— Hã... então... — Fico meio perdido. Quer dizer, o que fazer depois de finalmente beijar sua melhor amiga?

Porsha ri, animada.

— Então... a gente deveria tirar uma selfie!

Dou uma risadinha enquanto ela se apoia no meu ombro e abraço sua cintura, estendendo o outro braço com o celular dela.

— Pronta? Três, dois, um...

Porsha beija minha bochecha e a foto sai perfeita, só nós dois. E beeeeem lá no fundo... está aquele bendito Noel, olhando para nós no primeiro andar. Viro para ele, que dá um tchauzinho.

— Ei! Eu sabia que vocês iam se resolver! — grita ele.

Porsha e eu gargalhamos enquanto o observamos voltar para a Terra do Papai Noel.

— Certo — diz ela, pegando o celular e abrindo o Instagram. — Qual vai ser a legenda?

Penso por um momento e começo a rir.

— Humm... Feliz Natal só para quem está preso no shopping!

Rimos até nossos lábios se encontrarem de novo, e me pergunto como sobrevivi tanto tempo sem beijá-la.

Porsha se afasta.

— Hum... Kaz?

Apoio minha testa na dela.

— Humm.

— Como vamos sair daqui?

TRÊS

Stevie

Virginia-Highland, 17h28
6 horas e 32 minutos para a meia-noite

— Ninguém consegue dirigir aqui quando neva — diz o motorista do aplicativo, fazendo as janelas do carro embaçarem ainda mais. — É por isso que pegamos essas vias secundárias. Demora mais, mas sempre acho que vale mais a pena pegar estradas mais vazias.

Quando o carro parou, pensei que tinha sido engano. Por fora, a SUV vermelha brilhava com luzes verdes sinistras embaixo, como se fosse a protagonista de um especial de Natal da franquia *Velozes & Furiosos*. Dentro, tinha um globo espelhado e uma corrente de luzes vermelha, branca e verde, e o motorista, com uma barba branca enorme, colocou hinos natalinos para tocar bem alto na caixa de som.

— Isso é uma pegadinha, né? — perguntei ao entrar.

Mas o motorista só sorriu para mim pelo retrovisor e disse:

— Só se você achar engraçado. Estou pronto quando você estiver, querida.

— É culturalmente insensível tocar músicas de Natal. E se seu passageiro não celebrar o Natal?

Ele apertou um botão no volante e de repente todas as luzes ficaram azuis e brancas, o globo espelhado começou a girar e uma música em hebraico tocou.

— Chanuká? — perguntou ele, com a pronúncia certa e tudo.

— Bem, não, mas...

Ele apertou outro botão e as luzes voltaram a ser verdes e vermelhas, mas a música tocando parecia... Ei, aquilo era suaíli?

— Kwanzaa?

— Não, senhor, o que eu quis dizer foi...

Ele trocou as luzes e as músicas mais algumas vezes para todos os feriados que eu conseguia lembrar (até o solstício de inverno para os pagãos), até que eu disse:

— Não consigo pensar com essa barulheira!

Ele assentiu e murmurou:

— Ué, por que não falou antes?

Então agora estou focando no som crepitante que os pneus fazem ao passar sobre a neve, na esperança de que esse ASMR seja suficiente para manter meus batimentos calmos e minha mente no presente. As ruas estão tão engarrafadas que pegar as vias secundárias não parece fazer muita diferença. Mal me dou conta de que o motorista, agora falante demais, está me enchendo de perguntas, querendo saber por que exatamente vou ao estádio durante essa nevasca, e sinto um ligeiro desejo de dizer a ele que: 1) não está nevando no momento; 2) tem menos de oito centímetros de neve acumulada; e 3) todo esse trânsito é culpa do medo das pessoas.

Mas não falo nada. Não tenho tempo para corrigir a lógica falaciosa dele. Tenho muita coisa para resolver até chegar no Ern. Falando em Ern...

E ERN

> Tem certeza que é uma boa ideia tentar vir aqui nesse tempo, Stevie?

S STEVIE

> Eu preciso. É o maior gesto em que consegui pensar que (com sua ajuda, é claro) podia ser feito antes da meia-noite, e grande o suficiente pra consertar tudo.

> Ok! Vai ser um bom teste pra celebração do sr. Celebridade e seu futuro pedido de casamento no Ano-Novo. Estou planejando isso há meses, mas é difícil testar o roteiro quando a futura noiva dele mora a três quarteirões de distância.

> Mas nunca tentei esse tipo de coisa com esse tempo, então vou começar a preparar e testar.

> Ern... e se não funcionar?

> Ah, para com isso, Stevie. Vc é a cientista, né? Se um experimento falha, o que vc faz?

> **Confiro os designs experimentais em busca de falhas e tento de novo.**

Exatamente. É isso. Não esquece, tá?

Abro meu caderno de experimentos na página de um plano em que estava trabalhando antes de ferrar tudo.

TÍTULO DO EXPERIMENTO: CONQUISTANDO UM CONQUISTADOR.

PERGUNTA CIENTÍFICA: Dá para ser mais romântica que a namorada mais obcecada por romance do mundo?

HIPÓTESE: A combinação certa de elementos românticos, um bom planejamento e subterfúgio adequado levará a um resultado mais romântico que qualquer coisa com a qual Sola poderia sonhar.

Estou trabalhando nisso desde o Dia das Bruxas, montando uma surpresa de véspera de Natal para ela. Foi meu motivo original para pedir favores aos nossos amigos, mas agora talvez tenha sido tudo em vão.

O ultimato da meia-noite pisca várias vezes na minha mente. Imagino Sola deitada em seu edredom de caxemira, pisca-piscas formando leves sardas de luz por sua linda pele retinta enquanto ela observa o tique-taque do pequeno relógio de pêndulo que dei de presente em seu aniversário de quinze anos. Conhecendo Sola, ela vai contar cada minuto, cada segundo até o prazo que me deu.

Sinto um aperto no peito quando penso nela escondida no quarto, as lágrimas encharcando o travesseiro. Vê-la chorando sempre foi a pior coisa para mim. Ela é uma daquelas pessoas que ficam lindas quando choram, as lágrimas molhando seus cílios e os deixando mais alongados, o queixo tremendo e um barulhinho agudo ecoando da garganta. É uma tortura. Mesmo quando sei que é por causa de um filme muito triste ou muito piegas ou porque ela teve um dia ruim na escola. Nunca suportei sequer pensar que ela está magoada. Sinto uma urgência em consertar o que quer que esteja causando suas lágrimas, de alguma forma, qualquer que seja, na hora. Embora ela diga que ama chorar — "Um belo choro limpa o nariz e o coração". E então sempre me beija, com o nariz congestionado e a bochecha úmida, para mostrar que está bem. Mas parte de mim deseja que ela nunca mais fique triste.

E, ainda assim, desta vez eu sou o motivo de tudo. O que só piora meu desgosto.

Pego uma canetinha na mochila e faço um X grande e torto no plano antigo. Minhas mãos mal conseguem segurar a caneta, como se toda a ansiedade tivesse se acumulado dentro delas.

— Não precisa ficar nervosa, senhora — diz o motorista, me olhando pelo retrovisor. — Vai levar um tempinho, mas nós vamos chegar. Com sorte você não vai perder muita coisa do evento para onde está indo. Estou surpreso por não terem cancelado, com todos esses alertas do governo.

— Não me chama de senhora, cara — murmuro.

— É o quê? — Ele ergue a sobrancelha peluda.

— Nada. — Enfio a cara no caderno, esperando que ele entenda a deixa. Que pare de puxar papo. Ligue para alguém. Faça outra coisa, qualquer coisa, mas não fale comigo agora.

— Você está indo ver alguém especial? Aposto que é isso. — Ele dá uma risadinha enquanto eu afundo mais no banco. — Se for um primeiro encontro, só seja você mesma. Não tem nada pior do que fingir ser quem não é ou tentar impressionar os outros. Qualquer pessoa teria sorte de estar com você. É o que digo para as minhas meninas.

Argh, aposto que Sola não se sente mais tão sortuda. Fecho os olhos com força, e posso ouvir a voz dela sussurrando no meu ouvido, abrindo um dos mil biscoitos da sorte que ela pegava para adivinhar nosso futuro ou determinar quão auspicioso nosso ano seria.

No verão depois do nono ano, Sola e eu participamos do programa de liderança da Academia Barthingham para Meninas. Um dos melhores — e mais bem-sucedidos — verões que tivemos. Nosso grande plano era passar julho e agosto juntas, longe dos nossos pais (principalmente dos *dela*) nos enchendo de perguntas do tipo: *por que* insistíamos em passar tempo juntas todo dia e *por que* ficávamos trocando mensagens quando estávamos separadas e *por que* melhores amigas precisavam viver assim grudadas.

Enquanto estávamos fora, reuni coragem para admitir que queria que fôssemos mais que melhores amigas, que havia algo entre nós... e esperava que ela sentisse o mesmo. Eu tinha o grande sonho de irmos para o internato — era para isso que servia o programa. Dividiríamos um quarto e, quando não estivéssemos em seminários chatos sobre habilidades de liderança e sobre como falar em público, passaríamos todo o tempo livre explorando o lugar, saindo com Evan-Rose e tentando entender o que rolava entre nós. Éramos só melhores amigas... ou algo mais? Havia outro motivo para querermos ficar juntas o tempo inteiro? Será que ela sequer tinha espaço para me ver assim, como o interesse amoroso presente em todos os romances que escrevia e nos que lia? Aquilo era real ou estava só na minha cabeça?

Desenho um coração na janela embaçada do carro, desejando estar de volta naqueles bosques fechados da Nova Inglaterra, morrendo de calor, suada e resmungona, seguindo Sola para o lago do campus.

— Falta muito? — perguntei, tentando esconder o quanto eu odiava o maravilhoso mundo lá fora enquanto ela saltitava, animada, em seu novo vestido bonito, segurando uma cesta cheia de lanches e garrafas de água para que pudéssemos viver nossa estética pessoas--negras-e-cottagecore. Eu não queria que meu desdém estragasse o dia dela. Sempre me esforcei para não ser esse tipo de pessoa, *aquela* melhor amiga que nunca estava disposta a fazer o que a outra queria... embora eu preferisse estar com as minhas revistas de teoria quântica favoritas, lendo sobre cientistas que admirava e suas últimas descobertas, ou encolhida perto da janela do nosso quarto observando todos os jovens no pátio em seus jogos estúpidos ou assistindo a uma das comédias românticas bregas de Sola enquanto ela trançava contas nos meus dreadlocks. Qualquer coisa era melhor que a umidade, os mosquitos e as árvores que me faziam espirrar. Mas sempre tentei ao máximo não estragar as coisas que ela amava.

— Tudo bem aí? — Sola sorriu, olhando para trás, pronta para me provocar.

— Aham. Claro que está tudo bem.

Olhei para as árvores para evitar olhá-la nos olhos, esperando que o rubor nas minhas bochechas não estivesse perceptível. O sol da tarde brilhava sobre nós, e minha camiseta estava encharcada de suor. Eu sabia que devia estar com um cheiro esquisito de ar livre e que provavelmente havia folhas e pólen no meu cabelo. Tentei focar no caminho à frente, tentando não tropeçar nos troncos, galhos e pedras. Ignorando a minha ansiedade.

— Estou sentindo os seus pensamentos — Sola cantarolou.

Arfei.

— Você sabe que isso não é cientificamente possível.

— É Solalogia.

— Você não pode...

— Antes que você retruque, o nome disso é neologismo. Uma palavra... ou expressão recém-cunhada, ok? É coisa de escritor. Aceite. — Ela deu uma piscadinha. — Tenho meu próprio método científico agora. Respeite um pouco.

Eu ri.

— Você é a futura novelista aqui, então acho que eu deveria acreditar em você.

Revirei os olhos e estiquei a mão para fazer cócegas nela. Sola sabia me tirar da minha própria cabeça e da minha teimosia com suas piadas. A maioria das pessoas me descrevia como séria, obstinada demais, mas ela não. Sempre tive a impressão de que ela amava tentar me fazer sorrir ou suavizar meu gênio difícil. Sola tinha uma forma de me decifrar — observando intensamente meus trejeitos, sabendo quando eu me perdia em um dos meus labirintos.

Dobramos a milionésima esquina, e ela ergueu o mais recente biscoito da sorte da comida chinesa que a escola encomendara para o almoço.

— Está dizendo que vamos ter um dia de sorte.

— Não acredito em sorte. Não é…

— Cientificamente possível — Sola terminou minha frase.

— Mas é verdade. Como se define a sorte? — perguntei. — Que variáveis estamos considerando?

— Você tem sempre que transformar tudo em um experimento ou equação?

— Não deveria ser assim? — Tentei andar mais rápido para acompanhá-la, me perguntando como ela não estava coberta de suor e completamente estressada por conta dos mosquitos, mordidas e pólen. — Para sabermos o que é ou não verdade.

— Algumas coisas podem só ser coincidência, acaso, destino, sorte *e* ainda ser verdade. Ou pelo menos verdadeiras. — Sola correu para o final da trilha, parando ao lado do quadro de avisos fechado. Deu batidinhas no vidro com o dedo. Havia um pôster divulgando a festa da fogueira para comemorar a volta às aulas da Academia Barthingham para Meninas. E era velho pra caramba. O lago se abria atrás de Sola, a promessa do mergulho na água gelada me fazendo querer pular lá dentro de uma vez.

— Me convença. Qual é a sua hipótese? Como você vai testar essa sua teoria? — perguntei, sem fôlego.

— O que está te incomodando? — Sola colocou a cesta no chão.

Me alonguei.

— Está calor, estou toda pegajosa e estamos caminhando há horas.

— Isso está só te irritando… O que está te *incomodando?* Dá para ver que você está incomodada com alguma coisa. Você passou o verão inteiro emburrada, e eu não consegui descobrir o que foi. Geralmente consigo, mas desta vez não. — Ela me observou com seus olhos castanho-escuros, e eu desviei o olhar, odiando aquela situação, não querendo que ela visse como eu era covarde, tudo que eu havia enterrado dentro de mim, como eu estava com medo de contar a verdade para ela. — Você sempre fala de ciência quando está preocupada.

— Não falo, não.

— Ah, fala sim. Esse seu cérebro brilhante dispara. Aí você corre de volta para o seu porto seguro, seus experimentos e seus elementos químicos. Desembucha.

— Como é que você sabe disso?

Minha mãe sempre dizia: "Sentimentos são coisas que nem experimentos, hipóteses e tabelas de dados conseguem desvendar". E ela me incentivava a não ignorar os meus ou me tornar um quebra-cabeça — principalmente se ninguém, nem eu mesma, pudesse resolver. Mas eu ainda não sabia como dizer tudo que queria. As palavras estavam dentro de mim, embaralhadas e trancafiadas.

— Eu presto atenção. — Sola afastou um dos meus dreads do meu ombro, o toque dela causando um arrepio na minha pele. — Eu conheço *você*.

— Não é nada — respondi, mas as palavras pareceram mentiras.
— Vamos só entrar na água. Estou morrendo de calor.

— Não. — Sola mordiscou o lábio e não tirava os olhos de mim.
— Você está estragando meu momento hollywoodiano, meu pique-nique perfeito, a memória que recontaremos o tempo todo, nosso ponto de virada do romance.

— O quê?

Sola se aproximou na ponta dos pés, fazendo o que podia para ficar no nível dos meus olhos. Foi tão fofo que sorri mesmo com todo o nervosismo e a irritação do calor. Ela chegou cada vez mais perto de mim. Eu quase podia sentir o gosto do seu gloss de ameixa.

— Já vai dar a hora de voltar para casa e você está preocupada com a gente, mas não deveria.

Meu coração disparou. Tentei responder, mas ela segurou minhas mãos e sussurrou:

— Vou te beijar agora, e você vai ser minha namorada.

Um arrepio de nervosismo e animação correu pelos meus braços até a ponta dos meus dedos. Abri a boca para falar, mas minha voz saiu num gritinho.

Sola segurava o papel do biscoito da sorte.

— Eu estava esperando pelo dia certo. Pela carta certa aparecer na minha leitura do tarô, pela previsão astrológica certa aparecer no aplicativo e pelo papelzinho certo do biscoito da sorte. Quero que a gente crie essa memória em um dia de sorte. Quero que a gente nunca esqueça. Vamos lembrar desse dia mesmo quando estivermos com raiva uma da outra.

Eu a abracei, sentindo o calor do sol em sua pele.

— Eu... Eu... te amo — gaguejei. — Sempre amei. Sempre vou amar.

— Eu sei, e eu também te amo. E estamos bem, seja aqui ou... — Sola gesticulou para o lago — ou em casa. E, acima de tudo, somos sortudas. Nos encontramos.

Meu coração disparou. Ela se inclinou na minha direção e pressionou a boca na minha. O choque me fez paralisar. Eu tinha sonhado por tanto tempo com o beijo dela, com Sola me querendo como mais que amiga. E, naquele momento, as preocupações e perguntas que eu tinha sumiram. Me senti tão sortuda por Sola me escolher, por ela ter se preocupado com o que aquele nosso verão significaria, com o que aconteceria quando fizéssemos nossas malas no dia seguinte e voltássemos para Atlanta, para todas as coisas em casa.

Mas ali, atrás do quadro de avisos, eu dei meu primeiro beijo... e queria que durasse para sempre.

— Você vai atender?

A voz do motorista invade minha memória. Estou de volta no carro, floquinhos de neve passando pela janela, as luzes de freio banhando os assentos de vermelho, e meu celular tocando sem parar.

A foto de Ern está na tela. Uma versão mais velha do sorriso de Evan-Rose. Atendo.

— Oi, foi mal.

— Caramba, Stevie! Já estava ficando preocupado! Você está bem?

— Sim. Estou a caminho.

— Ah, beleza. Eu estava começando a achar que você tinha mudado de ideia. O tempo parece estar piorando.

É quando percebo que ele tem razão. A neve está caindo *pra valer* agora.

— Não, não. Estou indo. Só estou presa no trânsito.

— Não sei quanto tempo vai demorar, mocinha — diz o motorista, e faço uma careta.

— Certo, testei a primeira parte do roteiro e estou recebendo bons relatórios. Eu já tinha as permissões, mas a polícia está irritada. Com sorte eles não vão ter tempo para mim, com todos esses acidentes rolando nas rodovias. — Ern ri, e isso me lembra da risadinha boba de Evan-Rose. Fico com ainda mais saudade dela, e mal posso esperar que ela volte para casa nas férias de inverno. — Vai ser lindo, sério.

— Tem que ser perfeito. — Meu estômago revira, e tento resistir à ânsia de vomitar.

— Você está com sorte, porque perfeição é a minha especialidade. Não se preocupa. Eu cuido disso.

Talvez essa seja a primeira vez na vida que terei que confiar na sorte.

E odeio isso.

NPR

A neve está caindo... mas é seguro comê-la? Meteorologistas opinam.

Atlanta Journal-Constitution

SHOPPINGS DA REGIÃO DE ATLANTA FECHADOS DEVIDO A PIORA NO CLIMA: Por que as compras de última hora terão que esperar.

Twitter

#NevascalipseAtlanta2Ponto0 está em alta na sua região

The New York Times

Nova-iorquinos se divertem com a reação de Georgia à nevasca histórica, mas cientistas dizem que mudança climática deve ser levada a sério.

NWS

A região metropolitana de Atlanta permanece sob aviso de nevasca, tornando viagens potencialmente perigosas. Oficiais do estado e de emergência local pedem à população que monitore as condições das estradas e evite sair de carro, a não ser que seja absolutamente necessário.

QUATRO

E.R.

Aeroporto Internacional de Atlanta Hartsfield-Jackson, 18h02
5 horas e 58 minutos para a meia-noite

A caminho da ponte de embarque — depois de uma hora e meia parados na pista, esperando a neve dar uma trégua para conseguirmos chegar ao portão, enquanto eu bisbilhotava as milhões de notificações para passar o tempo —, Savanna chega bem perto e sussurra no meu ouvido:

— Tem certeza que não estamos em Massachusetts, Evan-Rose? Pensei que na Georgia não tivesse esse "caos de dias congelados", como você diz.

— Ah, cala a boca. — E digo isso por um bom motivo: a respiração dela batendo no meu pescoço e na minha orelha é um pouco demais para mim. É quente, mas também fresca porque ela está sempre com uma balinha de menta na boca. Só... demais para mim. Já tenho muitos problemas na cabeça. Não preciso adicionar "tesão" na lista.

Gente, como ela é cheirosa.

Tomo a péssima decisão de segurar a mão dela e entrelaçar nossos dedos. Savanna aperta duas vezes (coisa nossa), apoia a cabeça no meu ombro — enquanto estamos caminhando, só para vocês saberem — e suspira.

Que caos.

— *Aff*, vocês duas são tão fofas que chega a dar nojo — diz uma voz nitidamente de garota branca atrás de nós.

Em seguida, sinto um tapa forte na bunda e vejo uma garota baixinha passar por nós, com mechas loiras e brilhantes ondulando às costas. Jameson Mabe, rainha do baile e presidente do corpo estudantil na Academia Barthingham para Meninas da Nova Inglaterra. Um lugar que Van e eu mal podíamos esperar para esquecer por algumas semanas.

— Tenham um ótimo feriado, pombiiiiiinhas! — ela praticamente canta, sem olhar para trás.

— Espera aí — diz Savanna, se endireitando. — Ela acabou de... aquele tapa...

— Sim.

— Ah, eu vou dar uma surra nela. — Van tenta se afastar de mim. — Não estou nem aí se ela manda e desmanda na escola, nenhuma vagabunda com cara de Skipper vai bater na bunda da minha garota e se safar.

— Relaxa — digo, puxando Van pelas costas. Estou muito tentada a corrigir a parte do "minha", mas vou resistir. Desta vez. — Pelo menos ela não pegou no meu cabelo. Aliás, uma vagabunda com cara de quê? E o que você acha de não usar a palavra "vagabunda"?

— Hã, Skipper? A irmã mais nova da Barbie?

— Ah.

— Essa mina não é alta o suficiente para ser a Barbie. E "vaga-bunda" é bem mais leve do que a palavra que eu realmente queria usar. E sei como você é, então...

E aí está. Uma das minhas mais notáveis apreensões quando se trata dessa garota maravilhosa: o tom meio de julgamento que às vezes ela usa para falar de outras garotas. Afasto a mão, fingindo ajustar a mochila no ombro.

Enfim saímos do túnel flutuante e retrátil bizarro que conecta o avião ao aeroporto. (Quem foi que inventou a ponte de embar-que? Vou pesquisar depois.) Está bom e quentinho dentro do aero-porto... mas deve ter alguma coisa a ver com a quantidade de pessoas aqui. O lugar está completamente caótico.

— Ai, que saco — diz Van quando para ao meu lado. Nem percebi que eu tinha parado de me mexer.

— Que saco mesmo... ai!

Com certeza não paramos no lugar mais conveniente. Um cara com o tamanho e porte de uma SUV gigante esbarra no meu ombro, fazendo o longo tubo que sai da minha mochila acertar a lateral da minha cabeça.

— Ah, cara, mil desculpas! — diz ele, agarrando o cabelo castanho ondulado em pânico como se tivesse me atropelado ou algo assim. — Você está bem?

— Estou bem, senhor. — Me seguro para não rir da preocupa-ção do cara. — Eu estava bem na frente da entrada, então foi minha culpa também.

Agora ele está com a mão no peito.

— Tem certeza que tem certeza?

— Tenho. — (Que pergunta é essa?) — Faça uma ótima viagem!

E tiro Savanna do caminho do homo sapiens.

— Garota, você é tão melhor que eu — diz ela quando o homem se afasta na multidão. — No seu lugar, eu teria dado na cara daquele homem.

— Alguém está agitada hoje.

E eu estou irritada. Por que estou irritada? Não é como se Savanna tivesse feito algo para me irritar... Por que esse negócio de amor-e-relacionamentos é tão complicado?

Além disso, por que tem tanta gente aqui?

— Entãããão, não comentei nada até agora, mas preciso perguntar. Tem um tubo gigante saindo da sua mochila porque...?

Tanta. Gente. O ar quase parece vibrar. O que me dá coceira.

— É um aviso.

— Aviso? De quê? — Van fica preocupada.

— Não, bobinha. Estou falando do tubo. É do quadro de avisos no fim da trilha que leva ao lago no campus.

— Tem um quadro de avisos no fim da trilha?

Sorrio. Aparentemente Stevie estava certa quando disse: "Ev-Ro, tenho noventa e oito por cento de certeza que ninguém repara nesse negócio."

— Tem — digo para Savanna.

Mas, sinceramente, embora eu soubesse do quadro, não acreditei que o pôster que Stevie queria ainda estava no local. Porque o treco é velho. Diz:

VENHAM, VENHAM TODOS PARA
A ANUAL FOGUEIRA DE VOLTA ÀS AULAS
DA ACADEMIA BARTHINGHAM PARA MENINAS

LAGO ELLIOTT, COSTA LESTE DO ACAMPAMENTO
28 DE AGOSTO DE 1981, 20:30

Isso aconteceu literalmente dois dias antes de minha mãe nascer.

Ou seja, estava bem preso: o pôster está um pouquinho apagado sim, mas não foi danificado pela água, não tem furinho de insetos nem nada. O que era para ser a invasão mais fácil da minha vida acabou tomando mais tempo e esforço do que estou disposta a admitir.

E tudo porque claramente ainda sou uma romântica incorrigível ou algo assim. (Estou revirando os olhos agora... e tentando não olhar para Savanna.)

Uma família com três crianças pequenas passa atrás de Van, com carrinho e cadeirinha a tiracolo, e de repente ela está espremida contra mim. E seu casaco está aberto. Sinto a pele macia dela no meu antebraço. Quando Van vira a cabeça, seus dreadlocks na altura do queixo roçam na minha bochecha. Sinto cheiro de lavanda, cedro e óleo de coco, e sou instantaneamente levada à primeira vez que ela adormeceu com o rosto enterrado em meu pescoço. Estou tentada a abraçar a cintura dela e puxá-la para mais perto ainda.

Balanço a cabeça. *Preciso sair dessa.*

— Temos que ir — digo, segurando a mão dela de novo e a puxando para a via principal do saguão.

— Então, para que é o pôster? — pergunta Van enquanto entramos no espaço (um pouco) menos lotado a alguns metros da área do portão.

— Minha amiga Stevie me pediu para pegar. — Olho para a esquerda, para a direita e para a esquerda de novo, tentando descobrir para que lado fica o trem do aeroporto que nos levará às bagagens. — Te falei da minha melhor amiga do ensino fundamental. Fizemos um daqueles programas de liderança da Barthingham no verão depois do nono ano.

— Por que Stevie não estuda lá?

— Onde?

— Na nossa adorada instituição — responde Van. — Não é para isso que servem os programas de verão? Para deixar claro que todas as garotas querem voar para a Bléhingham e provar que têm potencial para atravessar a penosa jornada acadêmica?

— Ah. É, Stevie... decidiu seguir por outro caminho. — Pigarreio. — Depois de ir até lá, a Barthingham não pareceu o lugar certo.

O que não estou contando — também conhecido como mentindo na cara dura: Stevie participou do programa de verão com outra amiga (que virou namorada), Sola, e as duas na verdade tinham intenção de entrar para a Barthingham. E em parte por minha causa. No meu primeiro ano lá, Stevie era a única pessoa da minha cidade com quem eu falava quando estava lidando com as minhas próprias... questões. Questões a meu respeito. E minhas, hããã... atrações.

Stevie sempre foi bem aberta em relação à sua preferência por meninas desde que tínhamos onze anos, então contei a ela que minha "jornada de autodescobrimento" (é, eu usei mesmo essa frase, ridículo) parecia estar indo mais depressa porque eu estava em um lugar onde via garotas a fim de garotas em literalmente todos os cantos.

Foi tudo o que ela precisou ouvir. Stevie contou para Sola, e o plano delas era escapar para o internato para poderem ficar juntas sem ter que lidar com perguntas e olhares tortos e pessoas querendo saber da vida delas. As duas se inscreveram e foram chamadas... mas os pais de Sola decidiram que não queriam a filha tão longe "em um momento tão crítico de seu desenvolvimento".

Sola ficou por lá, então Stevie também ficou. Agora, elas colideram a Aliança de Gêneros e Sexualidades na Marsha P. Johnson. Bem... pelo menos *colideravam*.

Outra coisa que estou deixando de fora de propósito: o motivo de Stevie ter me pedido para pegar o pôster. Ela estava tentando fazer um grande gesto romântico com marcos da jornada do relacionamento das duas. Meu trabalho era pegar esse pôster e levar para casa... mas pelo visto minha missão foi em vão. O plano todo foi cancelado porque Stevie e Sola terminaram.

Assim como eu e essa verdadeira rainha cuja mão quentinha é a única coisa me mantendo ancorada no presente enquanto todas essas pessoas nos cercam. Entre a cacofonia de vozes, o redemoinho estonteante de cheiros e todos os estranhos passando perto demais... é, estou um pouquinho sufocada. Apesar de claramente estar piorando minha confusão mental, fico feliz por ter minha tecnicamente ex do meu lado.

— Por que tem tanta gente aqui? — pergunto, em voz alta desta vez, ainda tentando descobrir para que lado podemos ir para pegar nossas malas e dar o fora. Enviei uma mensagem para o meu pai assim que pousamos, e ele disse que estava a caminho. Espero mesmo que já tenha chegado para nos buscar.

— Bem, se aquelas telas estiverem corretas, não há voos decolando nem pousando agora — Van responde.

— Oi?

Sigo o olhar dela. Uma tela acima de nós diz:

Devido ao mau tempo na área de Atlanta, a Administração Federal de Aviação solicitou fechamento do Aeroporto Internacional Hartsfield-Jackson. Sua segurança é a nossa maior prioridade, e pedimos desculpas por qualquer inconveniência.

Ao lado da tela está uma daquelas listas de voos — e todos estão marcados com um grande e agressivo ATRASADO na coluna de status. Ao lado da tela uma televisão está ligada num canal de notícias, com um repórter bem agasalhado e cercado de neve falando de uma… rodovia?

— Estamos completamente parados aqui na 75 com a 85, Jo. E como você pode ver, embora a nevasca tenha passado, muita neve se acumulou num curto período! — ele grita acima do uivo do vento.

— Você sabe que eu amo esta cidade, mas acho que é seguro dizer que a formidável Atlanta está pouco preparada para uma nevasca desta magnitude. Mais ou menos vinte minutos atrás, o prefeito emitiu uma ordem de abrigo para a cidade inteira, e baseado no que estamos vendo aqui nas estradas, não foi uma má ideia…

A voz do cara some, e minha visão fica desfocada. Isso não é bom.

— Ai, caramba — diz alguém ao meu lado.

Sinto o peso de uma mão no meu ombro e dois dedos apertando embaixo da minha mandíbula. Em seguida, o rosto de Savanna volta a entrar em foco. Temos exatamente a mesma altura, então agora estou bem de frente para os grandes olhos castanhos dela.

— Seu pulso está acelerado — diz Van. — E você parece que acabou de topar com o brinquedo assassino te esperando na esquina. Está precisando de um abraço.

É uma afirmação, não uma pergunta. E antes que eu possa contestar, os braços dela estão ao redor do meu pescoço. Os meus, traidores que são, instintivamente abraçam a cintura dela, aquela que tentei não agarrar três minutos atrás. Ela é macia de um jeito tão maravilhoso. A tensão nos meus ombros vai embora.

Mas não por muito tempo. Porque ouvimos uma buzina e nos separamos num pulo, desviando bem na hora em que um daqueles carrinhos de transporte do aeroporto avança em nossa direção. Os três passageiros sentados no fundo — um homem idoso e uma mulher, sua namorada, imagino, já que estão de mãos dadas, e um cara mais ou menos da nossa idade que está agarrando o cabo de sua bengala com força — parecem genuinamente temer por suas vidas enquanto passam zunindo.

E então:

— Quer dizer que nosso voo foi cancelado *e* não vamos conseguir um hotel? — berra um homem para um agente do aeroporto à minha esquerda.

Viro a cabeça como se tivesse ouvido um tiro ou algo assim. (Definitivamente não é para tanto, mas todo esse estímulo está fazendo meu cérebro pifar, juro.)

— Senhor, eu também não quero ficar presa aqui — responde a agente, uma moça linda de pele retinta com tranças presas em um coque alto. — Mas infelizmente não sou aquela mulher negra de cabelo branco dos X-Men. Infelizmente não posso fazer a neve parar de cair. — Ela dá de ombros.

Desvio o olhar e observo as janelas que vão do chão ao teto. Não há nada visível do outro lado além de uma nuvem grossa e branca com pedacinhos brilhantes girando dentro.

Pego o celular e ligo para o meu pai. Torcendo, contra todas as expectativas, para que ele não esteja preso na rodovia.

Mas não adianta. Porque três grandes palavras em negrito ocupam agora o rodapé da tela da TV: ABRIGUE-SE ONDE ESTIVER.

Ou seja: não saia daí.

Savanna segura minha mão de novo, mas não é nem um pouco reconfortante agora.

Estamos oficialmente presas no aeroporto.

Já que esta é a primeira visita oficial de Van ao bom e velho Hartsfield-Jackson, tomo a decisão sumária de levá-la ao meu lugar favorito daqui para que, com sorte, possamos acampar em algum ponto calmo e escapar da multidão. Uma energia caótica paira no ar, me deixando bem mais assustada do que eu gostaria.

— Vamos à selva — digo, finalmente vendo uma placa que aponta para a direção certa. Seguro a mão dela. — Por aqui.

Savanna se aproxima demais de mim, o que é desnecessário e distrativo, não de um jeito bom neste exato momento.

— Aah, que selva é essa? — ela praticamente sussurra bem no meu ouvido (de novo).

Estou cem por cento ignorando o arrepio que desce pelos meus braços até a ponta dos meus dedos e que depois vira formigamento.

Tem hora que ela é muito irresistível.

— É, hummm… — *Respiiiira, E.R.* — É um lugar muito fofo debaixo do aeroporto. Só dá para saber que ele existe se você decidir ir andando em vez de pegar o…

Meu celular começa a vibrar. Uma desculpa para largar a mão de Savanna e abrir um espaço muito necessário entre nós (pela minha sanidade). Ela está praticamente imprensando meu bolso.

É Stevie.

— O que aconteceu? Ela mudou de ideia? — pergunto assim que atendo.

— Muito engraçado, E.R. Suponho que você tenha chegado bem.

— Sim, chegamos, mas…

— Que bom. Porque rolou uma mudança nos planos — diz Stevie.

— É, eu sei — respondo. Pego a mão de Van e continuo distraída na direção das escadas rolantes. — O plano foi cancelado. Eu estava no grupo, lembra?

— Ah, sim. Bem, essa mudança também já mudou.

Bufo. Ai, essa Stevie.

— Certo…

— Preciso que você entregue esse pôster ao Mo antes de sair do aeroporto.

Espera…

— O quê?

— Mo. O Maurice. Seu cunhado.

— Eu sei o nome do meu cunhado, Stevie.

— Está bem, seu irmão disse que o turno do Mo vai acabar daqui a pouco, então preciso que você leve o pôster para ele para que ele traga para mim no estádio.

— Eu… Por que você está no estádio?

— Não estou lá ainda, mas explico depois. Você pode entregar para ele?

— Hããã… não vejo por que não…

Será que eu conto para ela que ninguém pode sair do aeroporto agora?

— Está bem, ótimo — diz Stevie. — Obrigada, E.R.!

E desligamos.

— Táááááááá… — digo, com o celular ainda na mão.

— Está tudo bem? — pergunta Savanna.

— Hum, acho que sim? Stevie me pediu para…

O celular toca de novo.

— Aposto que é Stevie de no… — começo, mas quando olho a tela, o resto da frase some na ponta da minha língua.

— Quem é? — pergunta Van, tentando ver por conta própria.

Olha. Não sei quem inventou a película de privacidade — que impede que alguém do seu lado consiga enxergar a tela do seu celular —, mas eu gostaria de dar um beijo nessa pessoa. É só graças a isso que Van não consegue ver o grande NÃO ATENDA em cima do número de telefone piscando na minha tela. Ela com certeza faria um milhão de perguntas.

95

— Não faço ideia — minto, silenciando a ligação.

— *Aff*. Deve ser uma daquelas ligações com voz de computador perguntando se você quer aproveitar a oferta do plano de dad...

Meu celular toca de novo, e eu internamente dou um chute em mim mesma por não ter pensado em colocar no silencioso depois de rejeitar a primeira ligação. Também sei que preciso atender agora. É provável que a pessoa do outro lado da linha não pare até que eu atenda.

Suspiro.

— Vou atender — digo para Van.

Ela dá de ombros.

— Você que sabe.

Ah, se ela soubesse...

Respiro fundo.

— Alô? — digo, levando o celular à orelha. Qualquer coisa, é só falar que está barulhento demais aqui e que não estou ouvindo nada.

— Richie RICH! — Ouço uma voz que parece manteiga deslizando do topo de um biscoito quentinho. É um apelido com o meu sobrenome (Richardson), e esse palhaço é a única pessoa que usa.

Eu odeio. (Porque no fundo talvez eu ame.)

— Hã... oi?

— Surpresa por eu ligar, hum — diz ele.

— Sim, correto.

Ele ri.

— Por que você está falando como se estivesse fazendo uma entrevista de emprego com um homem branco?

Porque prefiro que minha (mais ou menos) ex-namorada não saiba que estou no telefone com o cara com quem eu talvez tenha passado tempo demais enquanto ela e eu estávamos dando um tempo no verão passado.

— Posso ajudar?

— Caramba, vai ser assim, então? Peço desculpas por pensar que você estaria feliz em falar comigo.

Ele parece magoado. Droga.

— Espera, não. Desculpa, eu… — *Merda!* — Me dá um segundo, ok?

Cubro a boca do fone e me viro para Savanna.

— Não estou ouvindo direito. Vou ali onde está mais silencioso.

Me afasto antes que ela possa fazer perguntas. Deus do céu, se você existe mesmo, por favor, impeça ela de me seguir.

Quando espio por cima do ombro, ela está no canto do corredor principal, olhando o celular. Obrigada, Senhor.

Coloco o *meu* de volta na orelha.

— Alô?

— Rich, tenho que confessar… ficar te esperando agora, depois de você basicamente ter partido meu coração de novo, está fazendo eu me sentir meio patético.

— Prometo que eu não estava tentando te magoar, Eric. É só que… — Dou uma olhada ao redor. — É um momento estranho. Barulhento. Muita gente.

— Foi por isso que liguei. Fiquei pensando… já que nós dois estamos presos no aeroporto de Atlanta agora, talvez pudéssemos nos encontrar e comer alguma coisa.

Humm... como você sabe que estou no aeroporto?, é a primeira pergunta que surge na minha cabeça, mas engulo as palavras.

— Por que você está no aeroporto de Atlanta?

Eric ri.

— Cara, é a quarta noite do Chanuká e falta pouquinho para o Natal.

Ah, dã, os avós dele moram aqui. Foi por causa deles que nos conhecemos.

— Bagel, o beagle, vomitou ou passou mal, então minha vó ligou para o seu pai, que aparentemente está preso em um lugar chamado estacionamento do celular, onde está te esperando.

Quase paro para explicar a ele que o estacionamento do celular é onde os carros estacionam para esperar alguém que vieram buscar, assim o motorista não precisa ficar dando voltas nos terminais, já que é proibido parar no meio da pista e perto das saídas. Mas então me dou conta: meu pai conseguiu chegar. Ao menos uma boa notícia.

— Eu tinha mandado mensagem para minha avó assim que vi as palavras "fechamento do aeroporto", e ela me avisou que o vovô estava parado no trânsito, tentando chegar. Então ela contou pro seu pai que eu também estava aqui, e ele disse pra ela me mandar entrar em contato com você. Mundo pequeno, né?

— Muito.

Fecho os olhos e balanço a cabeça. Eric Ryan Castle está preso no mesmo lugar que Evan-Rose Richardson enquanto Evan-Rose Richardson está com Savanna Estrela Divina (sim, esse é o nome da Van, e sim, é exagerado que nem ela).

Vai ser um desastre maior que uma nevasca, e a cidade de Atlanta não está preparada para isso.

No primeiro dia do nono ano, entrei em um dos salões ocos — também conhecidos como salas de aula supervelhas, sem graça e grandes demais — na ala Wharton de artes da Academia Barthingham para Meninas.

É nojento como tudo soa pretensioso, não é?

Enfim.

Na fileira da frente, tinha uma garota com cara de determinada, uma pele linda, marrom e brilhante, grandes olhos marrons e longos dreadlocks marrons... usando batom marrom. Quando me viu, ela me olhou de cima a baixo e desviou o olhar para a mesa.

Savanna Divina.

Foi um momento daqueles.

Um momento que começou e acabou num piscar de olhos. Levaria semanas até que Van e eu nos falássemos. E isso só aconteceu porque nos colocaram juntas num trabalho.

E assim começou o ano e meio mais confuso da minha vida.

Não que eu nunca tivesse *reparado* em meninas dessa forma antes. Eu só nunca tinha pensado muito no assunto. Já fiquei com meninos. Com muitos meninos. Nos dois anos entre meu primeiro beijo (no começo do sétimo ano) e meu início na escola de meninas no final do verão, quando entrei no ensino médio, tive várias jornadas entre beijos e pegação com diferentes tipos de garotos.

Mas desde o primeiro dia na ABM, notar Van abriu as portas da minha fase "Uau, garotas são bem mais atraentes que garotos!" com tudo. Sabe, de repente ficou tão óbvio! Dos diferentes tipos de corpo à maciez da pele e aos cheiros, vozes, toques. Estou generalizando demais aqui, mas o que quero dizer é que de repente eu estava atordoada por toda aquela glória feminina ao meu redor. Aluguei muito os ouvidos de Stevie nessa época.

No final daquele ano, eu tinha me assumido lésbica — na escola e para Stevie, pelo menos. E Savanna, que jurava que tivera sua "primeira namorada no primeiro ano", era o centro da coisa toda. O sol no meu sistema solar sáfico (aprendi essa palavra nos Estudos de Gênero e Sexualidade). Eu não queria admitir, porque isso significaria que eu tinha sido completamente arrancada da minha zona de conforto, e me assustava pensar que alguém tinha esse tipo de poder sobre mim. Mas o frio na barriga e as mãos suadas e o coração acelerado e os devaneios e a inabilidade de montar uma frase coerente (a princípio) eram problemas para esconder debaixo do tapete. Eu estava muito a fim dela.

Mas a questão era que... todo mundo estava. E isso se tornou cada vez mais evidente conforme o ano avançava. Pior, a fofoca era que, lá na sua cidade, Van tinha uma fila de ex-crushes que ainda eram doidas por ela.

Nos tornamos... "amigas". Entre aspas porque era uma amizade esquisita pra caramba. Muito elétrica, se é que isso faz sentido. Como se sempre houvesse um zumbido de algo mais que amigável fluindo entre nós. E isso acontecia mesmo com ela namorando outras pessoas. Porque se teve uma coisa que ela fez durante os primeiros anos foi isso. Nenhum desses relacionamentos durou mais que dois meses, mas meu sangue fervia mesmo assim.

(Não que eu tenha contado isso pra ela.)

Enfim, um mês antes do final do segundo ano, Van passou por mais um término. Ela me procurou chorando. Então, eu estava sentada com o braço ao redor do ombro dela, pronta para quebrar a cara de alguém, quando ela jogou a maior bomba no meu colo: ela não estava chorando porque alguma garota — Shay, no caso — havia partido seu coração. Não, estava chorando porque sabia que "nunca teria um relacionamento saudável e duradouro aqui porque estava louca demais por mim".

Por mim. Evan-Rose Richardson.

Claro que os sentimentos que eu vinha cultivando por ela explodiram e me cobriram de glitter... mas a confissão de Van teve um segundo e inesperado efeito. Porque quando eu me permiti *ir em frente* e, tipo, imaginar como seria estar com ela, percebi que eu estava separando totalmente o mundo-da-escola do mundo-de--casa: eu nem tinha me assumido para a minha família.

Agora, vou admitir... eu sou bem covarde. Isso com certeza é um problema, e estou cem por cento consciente e tentando melhorar. Dito isso, como estava tão perto do fim do ano letivo, eu mandei um: "Também gosto de você, mas a gente provavelmente não deveria começar um namoro a distância, né?" (Savanna mora em Maryland). Então concordamos em deixar na zona da amizade durante o verão e revisitar a ideia de nós duas juntas no começo do ano escolar seguinte.

Mas quando fui para casa, eu... não consegui. Não consegui contar à minha família. E me senti muito idiota. Porque não é como se eles fossem contra ou tivessem receios ou algo assim. Tipo... Eu estou indo entregar um pôster para o marido do meu irmão.

Enfim, como não contei nada a eles, quando meu pai — Robert Richardson, o Doutor de Cachorro, como as pessoas o chamam — mencionou que o neto de uma de suas "mães de cachorro" estava vindo de Washington D.C. para passar o verão e precisava de um guia, eu topei. Não era como se eu sentisse atração por garotos.

Só que eu sentia, sim.

E se ainda sinto? Sim, ainda sinto.

Argh.

— Então, que tal se a gente comer alguma coisa? — diz Eric no meu ouvido (pelo celular). — A gente pode conversar um pouco, colocar o assunto em dia. Eu estava esperando poder te ver, então é perfeito.

Meu coração acelera um pouco.

O lance com Eric é o seguinte: *ele* é quase perfeito. Bem, de acordo com a minha escala, pelo menos. Ele é alto. Tipo, um metro e noventa. Clichê? Sim, mas como eu tenho um metro e setenta, prefiro garotos mais altos. É maravilhoso olhar para ele — seus cílios são enormes, seus lábios são grandes e sua pele marrom-clara é basicamente impecável. E ele é superinteligente: recebeu uma oferta de bolsa integral do MIT no ano passado depois de ganhar um tipo de concurso de engenharia. Ainda no ensino médio, viu?

Mas a parada nem é essa. É o que Eric chama de "inteligência emocional". O cara consegue me ler como se eu fosse um livro da Judy Blume. E isso diz muito. Porque eu, Evan-Rose Richardson, sou uma expert certificada em esconder o que estou sentindo. Até de mim mesma, às vezes.

E sabe qual é a outra única pessoa que consegue me ler assim? Isso mesmo: Savanna Divina.

Eric e eu... nos envolvemos. Na verdade, só paramos de nos envolver porque ele teve que voltar para casa.

E não tenho orgulho disso, mas quando voltei para a escola, não disse nada sobre Eric para Van. Nós duas só... começamos a namorar. Alguns meses nisso e ela decidiu que em vez de ir às Bahamas com os pais como geralmente faz no Natal, iria para minha casa. Conhecer minha família. Terminamos há algumas semanas porque... bem, eu precisava de espaço — ser vizinha da sua namorada no dormitório significa passar muito tempo com ela, e as coisas ficaram muito intensas muito rápido. É um milagre nunca termos sido flagradas... fazendo coisas.

E, enfim, por mais terrível que pareça, meio que funcionou para mim. Sim, ela ainda veio para casa comigo. Mas agora não estou mentindo quando me refiro a ela como minha "amiga".

— Hã, alô? — chama Eric. — Você ainda está...

Ouço um *biiiip!* Outra chamada chegando.

— Ei, Eric, me dá um segundo. Preciso atender.

— Como quiser, Richie Rich.

Aperto o botão sem sequer ver quem é... o que significa que não estou pronta.

— Hummm, E.R.? Você já terminou sua ligação esquisita? — pergunta Savanna. — Você meio que me deixou em um lugar muito estranho com, tipo, milhares de pessoas.

Merda.

— Eu sei, eu sei. Desculpa — respondo, fechando os olhos com força.

Meu celular faz *biiiiips!* de novo.

— Van, espera um segundo, ok? — digo, mas eu mesma não espero pela resposta dela antes de tirar o celular da orelha e realmente olhar para a tela desta vez.

Eric. O que...

Aperto o botão.

— Alô?

— Ei, foi mal, a ligação caiu. Não queria que você pensasse que eu desliguei em vez de esperar como prometi.

Me dou um tapa na testa.

— Tá, fica aí.

De volta a Van.

— Ei, desculpa por isso.

— Você está exausta, E.R. — diz ela. — Posso sentir as ondas de exaustão emanando de você. O que está acontecendo? Onde você está?

Não estou nem um pouquinho interessada em ser lida assim agora. Principalmente por telefone.

Cara, no que eu estava pensando quando trouxe Savanna para casa comigo? Ela não sabe que não me assumi para a minha família e que eles acham que ela é só minha melhor amiga do internato. Na verdade, tenho bastante certeza de que *ela* acha que sou a rainha dos adolescentes gays da minha cidade.

E eu com certeza não me assumi para o Eric. E talvez ainda goste dele. Mas de quem gosto MAIS?

Como foi que cheguei nesse ponto?

Preciso de tempo e espaço para pensar.

— Não estou longe de onde estávamos — digo para Van. Vou até a passagem ampla e olho para trás, para o portão onde pedi que ela esperasse. — É só ir no corredor e olhar.

Depois de um segundo, ela aparece e eu levanto a mão. Van acena de volta. Vê-la de longe — usando uma calça jeans cinza justa por dentro de botas de veludo com pelinhos também cinza e blusa de gola alta cor de creme por baixo da longa jaqueta puffer — faz meu coração muito confuso ficar ainda mais louco.

— Olha, estou falando com Maurice na outra linha.

(Sim. Parte de mim mente assim na cara dura para ela.)

— Hummm… quem é Maurice?

Ai, caramba… ela está usando o mesmo de tom de agora há pouco quando Jameson bateu na minha bunda. Como vou contar sobre Eric, sabendo como ela fica com esse tipo de coisa?

— Meu cunhado — respondo. — Desculpa, esqueci que você não sabia o nome dele. Se estiver tudo bem por você, quero encontrar com ele rapidinho para me livrar desse pôster. Não deve demorar mais que, sei lá, quinze minutos. Acho que ele disse que está no saguão internacional.

— Você… não quer que eu vá junto?

Argh.

— Tipo, você poderia ir… mas acho que seria um desperdício do seu tempo e energia. Preciso ir rápido e não quero engatilhar sua asma. — *Deus, por favor não jogue um raio na minha cabeça bem aqui neste aeroporto.* — Que tal se você ficar de olho nas telas e me mandar uma mensagem se o aviso for removido e pudermos sair daqui?

Por alguns segundos, ela não responde. E por mais que queira dizer que minha maior preocupação nestes segundos é o bem-estar dela, estou mesmo pensando em Eric e em quanto tempo ele está esperando.

— Beleza — responde Van, por fim. Sua voz está cheia de resignação, e a facada que sinto no coração ao olhar para ela gira no meu peito. Quando ela volta a falar, sinto que está olhando diretamente para a minha alma suja e podre. — Fico aqui então — diz ela. — Te esperando.

A faca gira para o outro lado.

— Certo. Volto assim que puder.

Aceno e vou até as escadas rolantes enquanto troco para a outra ligação.

— Eric?

— Humm?

— Ah, que bom. — Solto o ar. — Você ainda está aí.

Ele ri.

— Por que eu desligaria, E.R.? Quero muito te ver.

Balanço a cabeça.

— É, sobre isso...

— Lá vem. Você está prestes a partir meu coração de novo, né? E durante o Natalnuca ainda por cima!

Fuja, Evan-Rose.

— Não, não — minto de novo. — Só preciso encontrar meu cunhado e entregar um negócio para ele — digo, usando a mesma desculpa. (*Covaaaaarde.*) — Eu, humm... te ligo depois.

— Está bem. Vou esperar. Com um pouquinho de paciência.

* * *

Como?

Essa é a pergunta correndo em círculos pelo meu cérebro enquanto desço pela escada rolante para o trem do avião sozinha. Como eu acabei com esse... pepino?

A coisa toda com o Eric nem era para ter acontecido. Começou por acidente. Eu estava trabalhando na recepção da clínica veterinária do meu pai e ouvi uma risada lá fora que me pegou tão desprevenida que derrubei um pote de canetas. A porta abriu, e uma adorável senhorinha branca com uma auréola de cabelo cor de vinho entrou. Ela estava segurando um beagle debaixo do braço e um adolescente de pele marrom no outro.

— Vó, você é louca, cara — dizia o garoto para ela.

Foi uma das cenas mais confusas que já vi — e mesmo assim adorável, e também de partir o coração... Eu tinha perdido meu avô fazia alguns meses.

E, aparentemente, eu estava encarando os dois. Porque quando o cara ergueu o olhar, fizemos contato visual, e ele ficou paralisado. Tipo, a cara inteira dele mudou. Ele até soltou o braço da senhorinha.

— Ih, ele está tendo um instalove com a filha do doutor de cachorro — disse ela.

O que foi suficiente para interrompermos o contato visual. Meu rosto queimou de verdade.

— Ei, vó, para com isso — disse ele. — Eu nem tenho Instagram, então nem faz sentido.

— Que nada — respondeu a mulher, balançando a mão. — Eu

disse instalove... claramente *alguém* não lê muitos livros jovem-
-adultos.

Dei uma risadinha (de cabeça baixa).

E então ele estava na minha frente.

— Desculpa por isso — disse. Eu olhei para cima (e basicamente
morri). — Minha avó tem uma consulta meio-dia e meia com o dr.
Richardson...

— Eu não tenho consulta, seu bobo. É o Bagel que tem. — Ela
ergueu o cachorro, que parecia muito velho.

— Foi mal, vó, caramba.

Não consegui segurar o sorriso.

— Estou vendo o nome do Bagel aqui na agenda...

— E qual é o seu? — perguntou o garoto.

— Hã? — Ergui a cabeça.

Ele balançou a dele.

— Desculpa, me empolguei. Qual é o seu nome?

— Ah — respondi. — Meu nome é...

— Evan-Rose. — disse a avó. Ela ergueu as sobrancelhas suges-
tivamente. — O pai vive falando dela. E olha só, as iniciais de vocês
dois são E.R. Esse aqui é o Eric Ryan.

— Ah. Bem, é um prazer conhecer vocês dois — respondi.

Assim que eles entraram, decidi tirar aquilo da cabeça.

Melhor assim. Foi só coisa de momento. O que os olhos não
veem o coração não sente, nada para ficar pensando ou confun-
dindo minha cabeça.

Só que meu celular tocou dois dias depois, e era ele. Tinha ficado sabendo que: 1) eu concordei em mostrar a cidade para ele (eu

havia esquecido totalmente disso) e 2) que eu curtia "moda como expressão artística". Então perguntou se eu queria ir com ele em um desfile fechado de uma coleção urbana de alta-costura na semana seguinte. Um desfile ao qual eu, por acaso, estava doida para ir fazia, tipo, um mês.

Como Eric tinha conseguido meu número? Pedindo ao meu pai.

Eu topei, e a partir daí foi ladeira abaixo.

Para complicar mais ainda a situação minha família adorava ele e seus avós. Vovó (ou Vó) é russa e judia, Vovô é um homem negro bem do interior da Carolina do Sul, e tenho que admitir, os dois são hilários e incríveis. E Eric ama tanto os avós que é... *Pshhhh.*

Então lá estava eu, me escondendo no fundo do armário e pedindo a Eric, o queridinho de todos, para bloquear a porta. Eu falava com a Van todos os dias e ainda era louca por ela? Com certeza. Eu só não, sabe... não conseguia contar a verdade para a minha família. E quanto mais eu sustentava o que na minha opinião era uma falcatrua, mais me enfiava nela. A ponto de não saber mais se eu estava fingindo gostar dele ou se tinha começado a gostar mesmo.

E sabe qual é a parte louca? Nós nunca nos beijamos nem nada assim. Na verdade, minha relação com Eric não era muito diferente da que tive com Savanna antes de ela me contar que gostava de mim. Nós éramos amigos, mas, tipo... meio que algo a mais? Pelo menos em termos de sentimentos.

Enfim, eu sabia que algo estava rolando com meu coração teimoso quando me vi chorando no meu quarto por três dias seguidos quando ele voltou para casa. Aí quando eu voltei para a escola, disse a ele que precisava focar nas minhas tarefas e cortar as distrações (mentira pura), e então me joguei de cabeça no colo amoroso da Van. Quase literalmente.

Não vou negar que ela me deixou caidinha... mas esse lance esquisito e superclichê de sentir frio na barriga é um sinal de que ele também me deixou assim? Ou isso é só culpa por eu tê-lo usado?

Preciso de espaço para pensar.

Estou prestes a entrar na selva do aeroporto — uma exposição de arte entre os saguões A e B com esculturas em formato de copas de árvores penduradas no teto, iluminado por uma variedade de tons de verde e verde-azulado — quando paro. Eu disse a Van que ia trazê-la aqui. E aqui estou eu sozinha.

Porque menti para ela.

Suspiro e pego o celular. Ligo para Maurice para ver onde ele está e para me livrar desse pôster. Está começando a pesar como um tubo cheio de tijolos. Stevie é tão dedicada a Sola. É lindo. É por isso que concordei tão rápido com a tarefa — eu posso não fazer ideia de como consertar minha vida amorosa, mas quero que minhas amigas sejam felizes.

Mo atende no primeiro toque.

— Irmãzinha! Eu estava me perguntando quando você ia ligar.

Sorrio.

— Oi, Maurice.

— E aí, pronta para me entregar o bagulho?

— Caramba, Mo. Desse jeito até parece que é algo ilegal.

Ele ri.

— Não sei bem onde você está agora, mas vem para o saguão E. Depois que passar pela escada rolante, você vai ver várias vitrines à direita, lá na frente; é onde vou estar. Se dermos sorte, eles vão liberar o aeroporto e poderemos sair daqui.

Solto o ar. Até parece que, em vez de jogar um raio na minha testa, alguém lá em cima no céu está ouvindo meu coração. O alívio que sinto ao pensar em me livrar do pôster praticamente flutua no ar.

— Está bem — digo. — Já vou.

Um breve resumo: meu cunhado é bonitão. Alto e atlético, com uma careca brilhante e uma barba preta perfeitamente aparada e sedosa. Além disso, ele tem cheiro de outono — morno e terroso com uma boa dose de especiarias. O lugar favorito dele, ao que parece, é uma série de mostruários exibindo os objetos preciosos do Reverendo Dr. Martin Luther King Jr.

Quando chego, ele está olhando para um que contém um paletó. E antes que eu possa dizer qualquer coisa, Maurice diz:

— Ele realmente usou isto aqui. Dá para imaginar? Você está por aí com seu paletó, fazendo suas coisas e mudando todo o curso da história sem nem perceber. A determinação que o homem incorporou é surpreendente.

Determinação. Engulo em seco.

Ele vira para mim, sorri e abre os braços para me abraçar. É quando percebo que há menos confusão ao nosso redor. Interessante.

— E aí, irmãzinha? Trouxe o contrabando? — pergunta ele enquanto me abraça. É reconfortante.

— Claro. — Tiro a mochila do ombro e pego o tubo. — Aqui

está. E só para deixar claro, não é contrabando de verdade, Mo. É um pôster.

— Ah, relaxa, menina — diz ele, pegando o pôster. — Isso tem alguma coisa a ver com o planinho da Stevie?

— Hã?

— Recebi uma mensagem do seu irmão cabeçudo, me dizendo que Stevie arrumou alguma pra cima dele lá no estádio. Ele precisa montar o lance do noivado lá. A empresa está crescendo. Mas você sabe alguma coisa desse plano?

— Não sei o que ela está aprontando. Mas agora estou curiosa.

— Uma pena o que aconteceu entre a Stevie e a Sola. — Mo balança a cabeça. — Vocês crianças não fazem ideia do que têm.

Um crescente terror se espalha por mim.

— Como assim?

— A liberdade que vocês têm para amar como quiserem, na maior parte do tempo. Você provavelmente não sabe disso, mas seu irmão e eu éramos muito a fim um do outro quando tínhamos a sua idade, só que nenhum dos dois se sentia confortável para tomar uma atitude. Há dezoito anos, nossos sentimentos não eram nem um pouquinho aceitáveis.

Estou chocada demais para falar. Eu nem sabia que Ern e Maurice fizeram o ensino médio juntos. Meu irmão estava indo para o primeiro ano da faculdade quando eu nasci. (Eu fui o "presente inesperado" dos meus pais, como eles dizem.) Só sabia que, quando eu tinha nove anos, fomos visitar meu irmão em Boston, onde ele estudava, e ele nos contou que Maurice, que eu pensara ser seu colega de quarto, era na verdade seu namorado.

112

— Quer dizer… não estou dizendo que os relacionamentos são mais fáceis agora — continua ele. — Acho que eu só queria que vocês, jovens, tivessem mais coragem para lutar-por-seu-amor.

Ele me olha como se soubesse de algo (sobre mim) e um arrepio desce pelos meus braços.

— Ah. — Porque o que mais eu deveria dizer?

— Estou citando uma música antiga, aliás. — Mo dá uma piscadinha. — Sade. Um mega clássico. Procura depois.

Faço que sim.

— Ok.

— Na verdade, deixa que eu te mando o link. Mas você tem que prestar atenção na letra. Eu sei que estou falando igual um velho agora…

Dou risada.

— Não vou mentir. Está mesmo.

— Se a carapuça serve. — Ele dá de ombros. — Enfim. O que estou dizendo é que queria que vocês lutassem um pouquinho mais pelo amor quando o encontrarem. Por mais brega que isso soe.

Não faço ideia do que o meu rosto está dizendo, mas deve estar dizendo alguma coisa, porque Mo inclina a cabeça para o lado e semicerra os olhos.

— A propósito: cadê sua convidada? Podia jurar que Ern tinha comentado que você traria uma amiga da escola…

Meu coração bate um pouco mais rápido.

— Ah, humm… ela está no outro saguão. — Engulo em seco. — Falando nisso, eu deveria voltar para lá.

— Acredito que isso seja exatamente o que você precisa fazer, Evan-Rose — diz ele, me batendo de leve na cabeça com o tubo.

113

Isso me faz sorrir.

— Te vejo no jantar de Natal? — pergunto.

Ele responde com um "uhum".

— Com sorte estaremos fora do aeroporto a essa altura — diz ele. — Vou te avisar quando a entrega for feita.

Maurice bate o tubo na testa e, com uma piscadinha, se volta para o mostruário do MLK.

Enquanto desço pela escada rolante, decido pesquisar a letra da música que Mo mencionou. Mas só consigo ler as primeiras linhas do primeiro verso, porque meu celular vibra com uma mensagem.

 VAN
Tá viva aí, Flor Sólida?

E volta a dor no coração, e meus olhos idiotas ficam marejados.

Pouco depois que Van e eu decidimos abrir o jogo sobre nossos sentimentos, meu avô faleceu. Ele ficou doente por um bom tempo, mas tem uma grande diferença entre saber que alguém vai morrer em breve e a morte se tornar uma realidade. Eu *pensei* que estava pronta — vovô estava sofrendo bastante —, mas... é, eu não estava.

Depois que minha mãe me ligou para me dar a notícia, fiquei tão chocada que todo o resto evaporou do meu cérebro. Tanto que esqueci completamente do piquenique que tinha marcado com Van.

Então ela foi atrás de mim. Não temos permissão para trancar a porta dos dormitórios na escola, por isso ela me encontrou no chão ao lado da cama em posição fetal. Chorando em silêncio.

Ouvi as palavras: "Ai, meu bem". Em seguida, fui ajudada a subir na cama. Savanna colocou minha cabeça em seu colo e enfiou os dedos — com as unhas pintadas de laranja, minha cor favorita — no meu cabelo cacheado volumoso, massageando meu couro cabeludo. Depois, começou a cantarolar.

Primeiro, pensei que eu estava surtando um pouquinho. Literalmente *ninguém* tinha me visto tão... vulnerável antes. Eu não poderia levantar a guarda naquele momento nem se tentasse.

Ainda assim, era *bom* ser cuidada. Amada. Acolhida exatamente naquele estado em que eu me encontrava, sem nenhum julgamento.

— Sabe o que você é? — perguntou Van, me olhando. Eu nunca tinha visto olhos tão cheios de compaixão. — Você é uma flor sólida.

Ela limpou uma das minhas lágrimas com o dedão.

Resmunguei e sentei.

— É o *quê?*

— Bem, Evan quer dizer "pedra", e "rose" obviamente é uma flor, e você *de fato* é a pessoa mais sólida e suave que conheço — explicou ela, dando de ombros. — Forte e firme, mas também super sensível. Você é totalmente empática. Dá para ver.

Era estranho ser lida tão bem assim.

— Além disso, você é muito bonita — continuou Van. — O que se encaixa perfeitamente na definição. Você, Evan-Rose Richardson, é a flor sólida mais perfeita. — Ela tocou a ponta do meu nariz.

Peguei a mão dela e olhei bem dentro dos seus grandes olhos castanhos.

Então a beijei como nunca tinha beijado ninguém. Pensar nisso me faz querer beijá-la agora.

Leio a mensagem outra vez e então volto para a letra da Sade.

Cara, o que me deu na cabeça? Eu ia mesmo *largar* alguém que me fez perceber que não tem nada de errado em ser tudo que eu sou? Que criou e me deu espaço para eu expressar meus sentimentos?

E por quê? Porque tenho um medo irracional de que meus pais fiquem decepcionados por terem dois filhos queer?

— Droga — sussurro alto.

Preciso contar a verdade a ela.

Para Eric também.

Mando mensagem para ele primeiro.

> **E** **E.R.**
>
> **Desculpa fazer vc esperar... e também pq vou demorar um pouquinho mais.**
>
> **Preciso achar minha namorada.**

> **E** **ERIC**
>
> **Namorada?!?!**

> **Ééééé... longa história.**
>
> **Mas vou te contar tudo, prometo.**

> Vou cobrar, Richie Rich!

> Principalmente considerando a faca enorme que atravessou meu coração agora!

Me encolho, mas me livro da sensação. Preciso voltar para Savanna.

E E.R.
> Ei! Sim, eu tô bem. Foi mal pela demora.

> Estou voltando. Vc tá no mesmo lugar que eu te deixei?

> Preciso te contar uma coisa.

 VAN
> Fui para o saguão B. Tem uma livraria/restaurante legal chamada Café Intermezzo.

> Me encontra aqui. É bem no átrio central perto das escadas rolantes.

> Encontrei alguém que quero que vc conheça.

> Lá da minha cidade. Ex-crush, pra ser sincera... mas tá na cidade pra visitar a família e não pode sair daqui também. Então pensei, pq não nos juntarmos?

Um fogo atravessa o meu corpo inteiro. Estou evitando Eric como se ele estivesse carregando algum vírus pandêmico, mas Van está se divertindo com a *ex*?

Bem, isso não é nada legal.

Minha mente fica acelerada com todas as histórias que ouvi sobre a fila de garotas desesperadas que Van deixou para trás quando foi para a Barthingham. A colega de quarto dela me disse, inclusive, que uma ex-namorada dela *ainda* envia uma carta de amor por semana.

E se ela estiver cansada do meu drama e essa garota estiver disposta a conquistá-la de novo? *Deveria* ser improvável — mas eu mesma estava pensando em largar Van por um semi-ex-crush, não estava?

Merda.

Enquanto entro no trem do avião, penso no que vou dizer para ela — com certeza na frente dessa ex, para que essa garota fique *totalmente* ciente de que Savanna não está disponível.

E tem também a explicação que devo a Eric. O que me lembra que também tenho que contar a Van *sobre* Eric. E *depois* preciso contar à minha família que estou *com* Van e que portanto isso muda a natureza da minha relação com Eric.

Essas férias estão prestes a ficar interessantes.

Quando desço do trem e subo para o átrio, vejo o restaurante. Conforme me aproximo, Savanna me vê e acena. A ex sentada diante dela está usando um moletom com capuz.

Quando ela volta a prestar atenção na conversa que está tendo, reviro os olhos. *Tinha que ser* uma mina descoladinha que usa moletom com capuz em ambiente fechado. Deve estar de óculos escuros também.

Inspiro fundo, forço um sorriso e me aproximo.

— Oi, amor — digo, erguendo o queixo de Savanna e me inclinado para dar nela um beijo muito público e na boca.

Enquanto me endireito, ela ergue as sobrancelhas.

— Ah! Estou vendo que alguém está com o humor melhor... — E ela me olha, da cabeça aos pés.

Sinto um arrepio.

— Estou feliz de te ver, só isso. — Coloco minha mochila no chão e puxo uma cadeira para sentar. Hora de encarar o passado (que com sorte já entendeu a natureza *atual* do meu relacionamento com Van). — Oi, eu sou Evan-Ro...

Tá de brincadeira...

— E aí, Richie Rich! — diz Eric, sorrindo como se tivesse acabado de ganhar medalha de ouro por subterfúgio. Lá está aquele brilho nos olhos dele que costumava me enlouquecer.

— Espera aí... — A voz de Van fica tomada pela tensão. — Vocês se conhecem?

— Hã...

— O pai da Evan-Rose é o veterinário do cachorro da minha avó — diz Eric, interrompendo nosso contato visual.

Desvio o olhar para a mesa. Não poderia olhar nos olhos de Van nem se minha vida dependesse disso. E vamos ser sinceras: nesse momento, a minha vida — como está — pode *mesmo* depender disso.

— Espera, então você sabia quem ela era esse tempo todo, Ryan? — pergunta Savanna.

E é claro que eu ergo minha cabeça traidora. *Ryan?*

Eric dá de ombros.

— Cara, Evan-Rose não é um nome *super*comum, então quando você disse, eu meio que descobri que era essa rainha aqui. Principalmente quando você falou da sua escola.

E ele *pisca* para mim.

— Ryan! — Van dá um tapa no ombro dele. — Por que você não falou nada?

— Bem, para começo de conversa, eu queria ter certeza. E além disso... — Agora ele vira para mim e ergue as sobrancelhas. — Pensei que seria uma surpresa divertida.

Isso faz a dor no meu peito sumir. *Uma surpresa divertida?* Sério?

— Eric, eu...

— Espera, você chama ele de *Eric?* — interrompe Van.

— É assim que meus avós me chamam — diz ele. — Então várias pessoas que eu conheço aqui em Atlanta me chamam assim também.

— Que estranho — responde Van.

Eric sorri para mim.

— Em casa, uso meu nome do meio.

— Sim, reparei — digo, forçando minha garganta agora seca como o deserto. — Então o que eu...

— Evan-Rose e eu passamos muito tempo juntos no verão passado — comenta Eric, falando diretamente com Savanna. — Ela definitivamente foi o ponto alto das minhas seis semanas aqui.

Ai, Deus. Ai, Deus.

— Hummm...

Ele se inclina à frente e baixa o tom de voz.

— Quer saber qual a melhor parte do tempo que nós dois passamos juntos, VanVan?

VanVan?

Merda, preciso *interromper* isso...

— Foi o tanto que ela falou de você — sussurra ele (bem alto).

— Eric, eu... — *Espera aí...* — Calma. Como é que é?

Savanna vira sua cabeça linda e cheia de dreadlocks na minha direção, mas não consigo ler a expressão dela.

— Ela nunca chegou a falar o seu *nome* — continua ele. — E sinceramente, eu acho que ela nem percebia que vivia falando da melhor amiga da escola. Agora que sei que é você, tudo o que ela disse faz todo o sentido.

— E o que exatamente ela disse? — Van não tira os olhos de mim.

— Ela falava muito de como você é doce e gentil, e sempre dizia que queria ser mais como você.

Querido Deus, se não estiver muito ocupado, eu gostaria de evaporar, por favor e obrigada.

Porque agora Eric também está olhando para mim.

— Teve uma vez que eu estava contando uma coisa para ela e comecei a chorar...

Van sorri.

— Você sempre foi chorão.

— Sujo. Mal lavado — diz ele, apontando para si mesmo e então para ela. — Enfim, quando terminei de contar, Evan-Rose estava me olhando como se eu tivesse acabado de mostrar a ela a chave para destrancar o multiverso ou algo assim. Aí eu falei: "É importante sentir seus sentimentos. Eles estão aí por um motivo, não estão?". E ela respondeu...

— É o que a minha melhor amiga diria — completo a história.

— Tenho que te falar, VanVan. A garota é *muito* obcecada por você.

— Ai, meu Deus!

Bato no peito dele com as costas da mão. É o suficiente para quebrar a tensão... mas então ouço Savanna fungar. *Ela* está chorando.

— Falei que você era chorona também — diz Eric (Ryan?).

— Cala a boca, Ry! — diz Van.

Agora estou rindo. Porque é tudo tão ridículo.

Savanna ainda está me encarando, as lágrimas descendo pelo rosto, o lábio inferior tremendo em um biquinho. Provavelmente não é o momento mais apropriado para pensar essas coisas, mas eu queria muito poder mordê-lo.

— Ei, estão vendo isso? — pergunta Eric, estragando o nosso momento.

Garotos.

— Aparentemente está rolando uma atividade esquisita de luz acima do estádio — continua ele, sem esperar resposta. — A internet está surtando! "Atlanta Vê Neve... E Aliens?" Essa é a chamada no Shade Room. A imagem atual parece uma concha ou uma nota musical.

— Espera... — O que Maurice falou sobre Ernest estar aprontando algo no estádio para Stevie. — É...?

O celular começa a tocar na mão dele.

— Ai, cacete. Preciso atender. Estou fazendo um projeto sobre Frank Der Yuen com um colega. Vou deixar as pombinhas em paz.

— Frank *quem?* — pergunta Van, claramente incapaz de resistir.

— O cara que inventou a ponte telescópica — responde Eric.

— Humm... que aleatório.

— Não é não. Ele era um engenheiro aeronáutico que estudou no MIT.

— Ah. *Seu* sonho — digo.

— Exatamente. — Ele desliza um dedo na tela e leva o celular à orelha. — Sean, fala, irmão! Encontrou aquela informação? — Eric recolhe seus pertences.

E então vai embora.

Cara, eu tenho muita coisa para explicar.

Sem falar nada, estico a mão e limpo uma lágrima do rosto de Savanna. Ainda estou com minhas luvas sem dedos. Ela que fez para mim.

Van funga.

— Você falou coisas boas de mim?

— Ai, meu Deus, você é *tão* dramática. — Escondo o rosto nas mãos. Porque estou envergonhada. Uma romântica incorrigível disfarçada que está desconfortável com manifestações de amor. Preciso melhorar isso.

— Enfim — diz ela. Então funga de novo e pega uma pequena embalagem de lenços de papel da bolsa. ("Uma chorona tem que estar sempre preparada", ela me disse uma vez.) — Você ama esse meu jeito.

Suspiro.

— Amo mesmo. — Ficamos em silêncio por um momento, então espio pelo vão entre meus dedos antes de baixar as mãos e olhar bem no fundo dos olhos dela. — Eu também amo *você*.

— Dã. — Van revira os olhos e assoa o nariz. — Você é uma babaquinha de vez em quando, mas eu percebo como me olha e sinto como você cuida de mim. Às vezes é desnecessário falar.

Agora *eu* que vou chorar.

— Van, quer namorar comigo?

— Eu já sou sua namorada, E.R. — responde Savanna. — Nós duas sabemos que aquela coisa de término foi uma piada. Literalmente nada mudou entre nós.

Dou risada.

— Touché, amor.

Ela fica vermelha. Van ama quando eu a chamo assim, e eu amo como ela reage.

E aqui estamos nós.

— Entãããão... podemos ir naquele negócio de selva agora? Olhei no Google e parece bem incrível — diz Van. — Um lugarzinho perfeito pra gente se pegar rapidinho. Porque obviamente você *tem* que me beijar agora. E eu não vou querer parar.

Ela está olhando para a minha boca enquanto diz isso, e preciso desviar o olhar. As *coisas* que essa garota consegue fazer comigo sem mexer um dedo são um pouco absurdas demais.

— Claro — respondo. — Fica no andar de baixo.

— Fantástico.

Levantamos para sair do fofo e pequeno livrestaurante, como Van chama o lugar, e descubro que Eric já pagou a conta. Então nos enfiamos na multidão de pessoas no átrio do saguão B para voltar lá para baixo. Juntas, mãos dadas, dedos entrelaçados.

Stevie vai ficar muito feliz.

Bem quando chegamos do outro lado, meu celular vibra no bolso, e eu instintivamente pego para olhar a mensagem.

Durante todo o trajeto de escada rolante, não consigo parar de sorrir.

 ERIC
De nada, Richie Rich. 😌

G   **GRUPO DAS AMIGAS: J&S ♥**

18:40

Sola
Acabou. Tenho certeza.

Jimi
Vc não falou que Stevie tinha até meia-noite?

Sola
Sim, mas...

Jimi
Então relaxa. Espera pra ver o que acontece.

Sola
Pensei que ela viria correndo, sei lá.

Jimi
Eu entendo, amiga. Mas talvez Stevie ESTEJA correndo. Talvez esteja criando coragem pra se desculpar. Vc devia dar uma chance pra ela.

Sola
Era pra vc estar do meu lado.

Jimi
Estou do lado de quem vai fazer vcs voltarem.

Sola
Nem sei se consigo perdoar Stevie.

Jimi

Mas não vale a pena tentar?

CINCO

Sola

Casa da Sola, Inman Park, 19h17
4 horas e 43 minutos para a meia-noite

Já se perguntou que som o coração faz ao se partir? Se é algo melódico? Ou se cada rachadura produz uma batida formando um ritmo pulsante? Ou um som cadenciado enquanto as fibras se rompem? Seria aquela baboseira de "se uma árvore cai na floresta, mas não tem ninguém por perto..."? Será que faz algum som? Mas sério... se eu pegar o estetoscópio do meu pai e colocá-lo no meu peito agora, será que conseguirei ouvir meu coração se partindo ao meio?

Embora meu pai diga que é cientificamente impossível ouvir o coração se partir, quando o dia fica muito, muito silencioso, como hoje, enquanto a neve cai e a vizinhança está adormecida e quieta, posso ouvir o meu. Estou usando o estetoscópio infantil que ele me deu de Natal quando eu tinha oito anos. Ele estava me preparando para ser médica. Ou pelo menos tentando plantar essa sementinha na minha cabeça, não importa o quanto eu tentasse impedir.

Agora, pressionando o metal gelado na minha pele, não consigo parar de procurar. Busco a evidência do mesmo jeito que Stevie busca a evidência de... tudo. Me pergunto o que Stevie diria se eu pedisse que ela me explicasse o silêncio perfurante da minha dor. Qual seria a explicação científica dela?

Preciso fazer alguma coisa, qualquer coisa, para diminuir pelo menos um pouco dessa dor. Arranco as botas e grito para a minha prima:

— Gbemi! Você vem?

Ela aparece na entrada de casa segurando cinco caixas de sapatos, o corpo todo atarracado, como se estivesse usando quatro camadas de roupas.

— Não está tão frio assim — digo, mal conseguindo ver as bochechas fofas e redondas dela.

Ela arfa.

— Está nevando.

— Sim... e?

Gbemi me encara e olha pela janela.

— Em Atlanta.

— Aham, eu tenho olhos.

— Eu sei. Mas ao contrário de você, eu não vivo em um conto de fadas. Você vai passar muito frio com esse vestido.

Ela fecha o zíper do casaco até em cima, para que o colarinho cubra sua boca. Troco o estetoscópio por um cachecol de renda branco e tento não descontar a raiva nela. Gbemi não tem culpa por eu estar assim. Esse mérito vai todo para a minha em breve futura ex-namorada, Stevie.

Stevie amava esse vestido. É justo que eu diga o último adeus ao nosso relacionamento com ele.

— Tem certeza que quer fazer isso? — pergunta Gbemi.

— Tenho.

— Você sabe que está sendo mega dramática, né?

— Olha quem fala. Eu ouvi você no celular com suas amigas mais cedo. — Olho para ela. — Falando do Jabari. — Cantarolo o nome dele e ergo as sobrancelhas porque provocá-la é a única coisa me impedindo de chorar.

Gbemi revira os olhos.

— Estou no sétimo ano. Drama é a única coisa que eu tenho. E não gosto dele, ele que gosta de mim — explica ela, colocando as caixas no chão e gesticulando na minha direção. Todas as mulheres na nossa família falam com as mãos. — Você está no último ano do ensino médio. Minha mãe diz que você é um filme de Nollywood ambulante e que precisa ir mais para a igreja. — Ela aperta o nariz, imitando a mãe dela. — Adesola é cheia de maldade e bruxaria. Ela precisa encontrar o caminho do Senhor — diz, em uma imitação perfeita do sotaque da minha tia.

Sinto meus ombros ficarem tensos. A imitação me leva de volta àquele domingo. Aquela noite terrível. Respiro fundo e começo a empilhar as caixas para levá-las lá para fora.

— Você já se apaixonou, Olugbemi? — pergunto.

— Hã, não. Que nojo. Tipo, eu gosto de pessoas, mas não quero me apaixonaaaaar nem nada assim. É por isso que vivo rejeitando o Jabari. Ele é emocionado demais. Gosto de sair com ele e tal, mas tenho objetivos, sabe?

Sorrio de leve.

— Sei. Mas o amor nem sempre é um atraso de vida.

Gbemi me olha como se não tivesse tanta certeza. Enquanto digo isso, me pergunto se estou errada. E se eu tiver sido um atraso para Stevie esse tempo todo?

Pigarreio.

— Me ajuda aqui.

Eu já estava apaixonada pela Stevie no sétimo ano. Só não sabia ainda. Não sabia que o desejo sufocante de estar com ela o tempo todo ia além de querer ser sua melhor amiga para a vida toda — que era o começo de algo... mais. Nas aulas, eu sempre sentava ao lado dela, e no refeitório sempre ficávamos na mesma mesa. Mesmo depois da escola, quando Stevie se enfiava no laboratório de ciências ou me levava com ela para as exibições no aquário, eu levava algum livro e fazia companhia a ela só para ver seus olhos brilhando. Eu amava quando Stevie ficava radiante por minha causa — naqueles momentos eu sabia que ela me amava tanto quanto amava seus conceitos, experimentos e livros complicados.

Mas agora me pergunto se o que senti, e se o que pensei que ela sentia, foi real.

— Um dia, você vai entender — digo para a minha prima, tentando me convencer também.

Enchemos meu carrinho de brinquedo com caixas de sapatos. Foi preciso uma coleção de treze caixas brancas, rosa e amarelas para caber todo o relacionamento de Adesola Olayinka e Stevie Williams, então que bom que minha coleção de sapatos é tão grande que deu conta. Mas treze é um número que dá azar. Talvez seja um sinal de que não fomos feitas para ficar juntas no fim das contas. O pensamento faz outra pequena rachadura no meu coração.

Inspiro fundo e pego as duas pás do meu pai. Gbemi me segue, puxando o carrinho.

— Vem comigo.

Saímos. Os grunhidos e resmungos de Gbemi e o som de nossas botas parece mais alto do que o normal no silêncio da vizinhança. O silêncio deixa espaço demais para pensar — espaço demais para sentir.

Passamos por trás da minha casa da árvore de infância, que meu irmão mais novo implorou para os meus pais construírem logo depois de nos mudarmos de Chicago para Atlanta.

— Não olha para cima, não olha para cima, não olha para cima — murmuro comigo mesma, mas meus olhos traem meu coração.

A primeira vez que Stevie e eu fizemos alguma coisa juntas fora da escola foi nessa casa da árvore. Ficamos lendo até escurecer, pés entrelaçados sob a colcha e segurando lanternas porque eu tinha lido um romance em que um casal fazia isso. Stevie debochou da minha obsessão por histórias de amor fofinhas, espiando o livro por trás de mim e dando risadinhas até eu afastá-la. Bati na capa dura do livro dela de física.

— Era para você trazer algo que queria ler por diversão — falei.

— Isso aqui é diversão para mim, cabeçuda — respondeu Stevie.

— Nerd — murmurei.

— Você ama — respondeu ela.

— Amo, sim — sussurrei.

Stevie me ouviu e abriu um sorriso.

Fecho os olhos com força, tentando apagar o rostinho de criança de Stevie. Ela tinha pulado o quinto ano e ainda tinha as bochechas gordinhas. Tinha tanto cabelo que a mãe fazia de tudo mas nunca conseguia domá-lo, e seus óculos grossos sempre sobravam no rosto, então ela tinha a mania de empurrá-los para cima no nariz. Afasto a calidez da lembrança e digo para mim mesma que vou apagá-la — junto com Stevie — assim que possível.

— Seu celular não para de tocar — diz Gbemi, tentando me acompanhar, sem fôlego.

Acho que comecei a andar mais rápido, querendo deixar a casa da árvore e suas memórias para trás.

— Eu sei.

— Você não vai atender?

Não me dou ao trabalho de pegar meu celular que não para de berrar, chiar com notificações e vibrar no meu bolso. Sei que está cheio de mensagens de Stevie. Mas não consigo ler nem responder. Ainda não.

Isso nunca aconteceu comigo, com a gente, então eu não fazia ideia de que podia ficar com tanta raiva assim. Que podia ficar tão magoada assim. Eu não sabia que era capaz de evitar as mensagens ou as ligações de Stevie. Que era capaz de ser tão dura com a pessoa que um dia me deixou amolecida.

Talvez meu coração não esteja partido. Talvez, em vez de ser a massa quente e pegajosa que sempre foi, pulsante, bombeando sangue e acelerando por amores reais e imaginários, ele tenha ficado frio. Congelado. Sólido como gelo, até. Uma simples mensagem dizendo "desculpa" três dias depois não será suficiente, e não consigo imaginar nada menos que ela diante de mim confessando seu amor, como nos filmes, derretendo meu coração.

Mas eu sei que Stevie jamais faria algo assim. E é por isso que sei que terminamos.

A tristeza logo se torna raiva. Estou oscilando entre as duas emoções, que nem uma bolinha de pingue-pongue, há vários dias. Aponto para o chão coberto de neve.

— Aqui está bom — digo a Gbemi. — Vamos começar a cavar.

Eu prometi a ela vinte dólares se me ajudasse. De má vontade, ela pega uma pá.

— Só para constar — diz minha prima, mesmo enquanto sua pá afunda na grama congelada. — Ainda acho que isso é superdesnecessário.

Ignoro o julgamento de uma aluna do sétimo ano e prossigo. Flocos de neve macios flutuam ao nosso redor enquanto cavamos um buraco raso atrás da maior árvore do meu quintal. Espero que minha mãe não pare de cozinhar (e de andar de um lado para o outro) para olhar pela janela da cozinha, senão vai ver nós duas destruindo o quintal dela. O céu é uma grande faixa branca, que afina um pouco em pontos específicos, apenas o suficiente para exibir algumas estrelas e uma lua grande e brilhante. A lua gélida.

Resisto à vontade de olhar meu horóscopo de novo. Estava cheio de avisos como: "Você terá uma jornada difícil durante o solstício de inverno, a noite mais longa do ano". Não é o que quero ouvir depois de dar um ultimato à minha namorada, torcendo para que ela conserte tudo mas tendo pouca esperança de que isso aconteça. Está nevando em Atlanta, então meu horóscopo está mais para um horroróscopo. Para completar, o biscoito da sorte que peguei no almoço não tinha papelzinho dentro. É um dia amaldiçoado. Uma noite amaldiçoada. Uma bosta de semana amaldiçoada.

Cavo com mais força até que minhas mãos estejam doloridas e meu gorro de tricô, encharcado. Tento focar apenas no som da terra e da neve estalando sob a pá. A bainha do meu vestido está suja, mas não posso parar agora.

Ranjo os dentes e digo a mim mesma para esquecer Stevie, esquecer tudo. Se ela realmente estivesse arrependida, já estaria aqui. Parte de mim sabe que ultimatos nunca dão certo em relacionamentos. Já escutei muito podcast de terapia de casal, li muito livro e vi muita comédia romântica para saber que não deve ser assim, mas estou brava demais. Triste demais. Sempre sou muito paciente com Stevie, e na maioria das vezes não consigo ficar chateada com ela. Mas agora preciso que ela se esforce um pouco por mim, só desta vez.

Gbemi começa a cantarolar uma canção que nossa avó sempre canta, e penso no rosto dela naquela noite. As profundas marcas de expressão na testa já enrugada enquanto o jantar dava errado; ela balançando a cabeça e estalando a língua. Seu sorriso perdendo a cor. Minha avó sempre disse que a raiva cresce como uma erva daninha na alma, e agora essa raiva ameaça se espalhar pelos meus braços, pernas e peito, consumindo todo o meu corpo.

— Já está bom? — resmunga Gbemi.

Ela arrancou o casaco, claramente ficando com calor de tanto esforço.

— Não. Continua. Sete palmos. Dois metros. Não quero menos

que isso. Meu relacionamento está morto, então estamos cavando um túmulo.

— Humm, eu tenho um metro e cinquenta de altura e você não é muito mais alta. Levaríamos uma eternidade. Vamos cavar só o suficiente para as caixas caberem.

— Ai, tá bom.

Continuo cavando e jogando a terra para o lado, deixando o barulho crepitante da neve e do solo ficar alto o suficiente para empurrar a memória daquela noite para mais longe. Mas toda vez que fica silencioso demais, os detalhes preenchem minha mente como um pesadelo no lugar do conto de fadas que eu esperava.

Passei o final de semana inteiro preparando a casa, ouvindo cada uma das reclamações da minha mãe sobre minha decoração, com luzinhas e tapetes, flores silvestres e potes de vidro. Ela não fazia ideia de que não era um jantar normal de domingo — nosso jantar pós-igreja. Seria *o* jantar. O jantar onde eu contaria a todos que Stevie não era só minha "amiguinha", mas minha namorada, minha alma gêmea, minha pessoa, e que planejávamos ir para a Universidade Howard juntas no outono que vem. Minha mãe não fazia ideia de como aquela noite era importante para mim, mas quando comecei a pegar os pratos e talheres chiques, ela soube que algo estava rolando.

— Não sei por que você está fazendo esse barulho todo aí, correndo desse jeito — disse minha mãe enquanto colocava a prataria bonita na sala de jantar para mim.

Eu amava quando ela fingia estar irritada mas ajudava mesmo assim, apesar de toda a reclamação.

— As pessoas vão chegar em mais ou menos uma hora — falei enquanto decorava a mesa com lanternas antigas e trilhos de mesa de guirlanda que eu mesma tinha feito. Tudo tinha que estar perfeito. — Você não quer que fique bonito?

— Você nunca ficou tão animada assim para vê-los. — Ela ergueu a sobrancelha perfeitamente delineada. — O que está acontecendo?

— Não posso fazer algo especial para vocês? — perguntei, tentando me agarrar à meia verdade o máximo possível. — E não vemos a família desde a pandemia. Você não sentiu falta da sua mãe, das suas irmãs e do seu irmão?

Eu sabia que ia ganhar um revirar de olhos, mas precisava tentar. Mudar de assunto é a minha especialidade. Eles chegariam em uma hora: tia Adesua vinha de Nova York com Gbemi, tio Tosin vinha dirigindo de Washington D.C., o irmão do meu pai, tio Wale, de Chicago e tia Adelayo traria vovó de Lagos para visitar e ficaria até depois do Ano-Novo.

Com isso, minha mãe se virou e foi dar uma olhada na sopa egusi e me deixou sozinha na sala de jantar. Coloquei plaquinhas com o nome de cada um em cada prato, acendi lindas velas que também tinham sido feitas por mim e dobrei os guardanapos de renda. Eu era muito boa com decoração de mesa, e Stevie sempre achou que eu daria uma excelente cerimonialista de casamentos e noivados, capaz de criar experiências dignas dos sonhos mais loucos das pessoas.

Coloquei a plaquinha com o nome de Stevie no prato ao lado do meu, em seguida arrumei e rearrumei o lugar umas vinte vezes antes de me obrigar a sair dali para pegar mais das estrelas de inverno artesanais para decorar a toalha de mesa.

A porta da frente abriu, e a casa se encheu dos sons da família. Tia Adelayo já reclamava do trânsito do aeroporto até nossa casa e dizia que minha mãe precisava ligar o aquecedor ou ficaríamos todos resfriados. Tio Wale entrou com os braços cheios de malas e presentes e foi direto para a árvore de Natal. Tio Tosin brincava, aos risos, com meu irmão mais novo, Femi, dizendo que ele continuava muito magricelo, e minha mãe corria de um lado para o outro na cozinha, conferindo a comida enquanto meu pai tentava fazer minha avó sentar na poltrona na frente da lareira.

Abri as portas da sala de jantar, espiando, observando o caos, esperando que eles se acomodassem antes que Stevie chegasse. Eu estava a um passo de ter um treco. Quanto mais agitados e elétricos eles estivessem, mais chances de o jantar dar errado. Com mais comentários implicantes. Mais perguntas. Mais abertura para eles ficarem indiferentes — ou fingirem estar. Mas lembrei que Stevie era impressionante. Tinha notas bem melhores que as minhas, e as universidades estavam brigando por ela. Mesmo assim, eu estava preocupada.

Mandei mensagem para ela. Nenhuma resposta. Pensei que talvez ela estivesse atrasada, como sempre. Mandei outra, conferindo se ela não estava surtando por causa do jantar. Stevie andava muito nervosa naquela época — e na noite anterior tivemos uma grande discussão sobre o experimento dela.

Coloquei uma roupa vintage que eu sabia que Stevia ia gostar, cumprimentei e distribui abraços como a boa filha da anfitriã, então esperei Stevie, nervosa, na porta da frente.

138

Mas o tempo passava — dez, vinte, trinta minutos —, e nem sinal dela.

— Não vou deixar a comida esfriar, Adesola. Hora do jantar.

Minha mãe me expulsou da porta e me fez ir para a sala de jantar, onde minhas tias, tios e primos estavam ao redor da mesa que eu tinha arrumado, criticando e comentando cada coisinha.

— Você tem talento para isso — disse tio Tosin.

— O que estamos esperando? — reclamou tia Adesua. — A vizinhança inteira deve estar ouvindo meu estômago agora...

— Stevie, que estuda com Adesola, vai jantar com a gente — interrompeu meu pai.

Tia Adelayo colocou a mão no peito, chocada.

— Você deixa ela trazer meninos aqui, Tiwa?

Meu estômago revirou. Limpei uma gota de suor.

— Stevie não é menino — disse Gbemi.

— Que nome é esse? — perguntou tio Wale.

— É Stephanie, mas nós a chamamos de Stevie — expliquei.

Todos expressaram suas opiniões sobre chamá-la ou não de *Stevie* porque era muito confuso. Gbemi fez um discurso sobre nomes, gênero e como todo mundo deveria ter a mente mais aberta. Eu ignorei, minha pulsação acelerada abafando minha audição.

— Chega logo, Stevie. Chega logo, Stevie — murmurei, e continuei a mandar mensagem para ela.

A campainha tocou. Seu som ecoou dentro do meu peito. Levantei em um pulo como se alguém tivesse colocado uma bombinha embaixo da minha cadeira. Abri a porta com força. Stevie estava lá, sem parar quieta, coberta por um pó esquisito e fedendo a laboratório.

— Você está atrasada.

— Desculpa. Me distraí tentando fazer o magnésio...

— Entre. — Eu a puxei. Olhei-a dos pés à cabeça. Senti o cheiro dela. — Você só colocou isso por cima da sua camisa do laboratório?

— Sim, desculpa. Não tive tempo de me trocar.

A voz dela soou estranha, as palavras arrastadas, e não era por conta do sotaque sulista.

— O que foi?

— Nada.

Me inclinei à frente para olhar nos olhos dela. Mal dava para ver o castanho-claro da íris, as pupilas muito dilatadas, e a parte branca, injetada.

— Você está bem? — perguntei, começando a ficar de fato nervosa. Aquele não era o normal dela. — Você ficou acordada a noite toda no laboratório?

— Tive uma cãibra no pescoço depois de mexer no equipamento do laboratório. Também estava tensa, então tomei uns dois relaxantes musculares. Não é nada.

— Stevie. — Me aproximei e abaixei a voz. — Parece que você está... chapada.

Uma raiva quente subiu pelo meu pescoço. Por que ela faria isso justo naquela noite? A noite em que eu precisava que tudo fosse perfeito. Uma noite em que tínhamos que criar boas memórias. Uma noite em que um erro poderia arruinar tudo.

— Não estou.

— Adesola! — A voz de minha mãe ecoou no corredor.

Eu a empurrei para a frente e sussurrei:

— Não temos tempo para isso agora. Dá seu jeito.

Respirei fundo e entrei na sala de jantar com ela. Minha barulhenta família nigeriana ficou quieta. Eles observaram Stevie, examinando o suéter torto dela, o esmalte lascado, seus dreadlocks quase na altura da cintura, a constelação de sardas no nariz, a forma como ela mordiscava o lábio e brincava com o piercing que tinha ali. Stevie nem lembrou de tirar o piercing antes de vir. Tentei não entrar ainda mais em pânico.

Aos poucos, eu a apresentei aos membros da minha família que ela não tinha conhecido, e senti minha mãe nos encarando enquanto sentávamos.

O resto do jantar pareceu um furacão em câmera lenta: minhas tias enchendo Stevie de perguntas, meus tios fazendo piadas das quais ninguém riu, meu pai desesperadamente tentando amenizar o clima tenso, minha mãe em absoluto silêncio. A ansiedade de Stevie se transformou em arrogância, alimentada pelos relaxantes musculares e por seu desespero de impressionar.

Senti uma coceira de estresse subindo pelo meu peito enquanto Stevie falava. "Não sou fluente em iorubá, mas acredito que se pronuncie…"; "Não, isso está tecnicamente incorreto, mas não se preocupe, muitas pessoas não entendem a ciência por trás da questão"; "Você deveria usar o termo 'mudança climática' em vez de 'aquecimento global', porque aquecimento global é só um aspecto da mudança climática… claro que nem todos estão familiarizados com as complexidades de…"; "Não precisa acreditar em mim, embora eu seja uma gênia certificada…"

Tentei apertar o joelho de Stevie sob a mesa enquanto ela fazia cada vez mais papel de idiota, tentando usar as palavras em iorubá que eu tinha ensinado ou questionando as teorias de tio Wale regurgitadas dos jornais, lembrando a todos de seu QI alto e seu intelecto de gênio. Tentei interromper os solilóquios longos, reclamões e arrastados dela. Tentei pedir baixinho que ela se acalmasse, que fosse ela mesma... mas nada funcionou.

Nem tínhamos chegado à sobremesa quando minha mãe levantou de repente.

— Chega! — A única palavra que ela tinha dito desde que Stevie chegou.

A mesa ficou em silêncio. Meus primos pararam de mastigar, minha avó balançou a cabeça e meu coração parou.

— Chega dessa palhaçada na minha mesa. Não hoje, nem nunca. Stephanie... — Ela semicerrou os olhos para Stevie. — Não sei o que está acontecendo com você, ou, francamente, o que você usou, mas cansei do seu show por hoje. Por favor, vá embora.

Stevie encarou minha mãe, os olhos enevoados.

— Por favor, não me chame assim — disse ela.

— Como é, mocinha? Não te chamar de quê?

— Nem disso — disse Stevie. Ela mexeu a perna, e minha mão, que repousava em seu joelho, caiu para debaixo da mesa.

— Adesola — disse minha mãe. — É melhor você levar sua amiguinha embora.

— Ela não é minha amiga — murmurei, pensando que ninguém ouviria, já que tudo naquele desastre de noite me enchia de vergonha e tristeza.

142

— O que você falou para a sua mãe? — perguntou tio Tosin.

Olhei para ele, e então para Stevie de novo.

— Eu disse que ela não é minha amiga. Ela é minha namorada, ok? É por isso que eu queria que tudo fosse perfeito.

— Ahhhh — disse Gbemi. — É por isso que a mesa está parecendo um catálogo de cottagecore! Este é o seu jantar de saída do armário?

Ela sorriu, bateu palmas e colocou "Born This Way" para tocar no celular.

— Gbemi, chega — disseram minhas duas tias ao mesmo tempo.

Minha mãe olhou para mim, para Stevie e depois para mim de novo. Ela apontou para Stevie com seu longo dedo marrom.

— Você tem que ir.

— Mas, mãe...

Ela ergueu a mão e eu engoli o resto da frase. Meu pai pigarreou, um sinal para eu parar de falar.

Stevie levantou desajeitadamente, fazendo minhas tias franzirem a testa ainda mais.

— Você está bem para dirigir, mocinha? — perguntou meu pai enquanto eu prendia a respiração, engolindo as lágrimas que ameaçavam cair.

— Estou bem — murmurou Stevie, não se dando ao trabalho de corrigi-lo outra vez. Então saiu da sala antes que qualquer um pudesse dizer qualquer coisa.

Meus pés coçavam para se mexer, e cada parte de mim queria correr atrás dela.

— Nem pense nisso — ameaçou minha mãe como se pudesse ler minha mente.

Afundei na cadeira e desisti de lutar contra as lágrimas que escorriam pelas minhas bochechas. A conversa continuou, e Gbemi estendeu sua mãozinha sob a mesa para apertar a minha. O toque suave dela era a única coisa impedindo que minha mão começasse a tremer e eu desabasse completamente ali. Encarei meu copo até minha visão ficar embaçada, observando meus gelos em forma de flocos de neve derreterem e o líquido se fundir nas luzes.

Meu relacionamento com Stevie parecia aquele floco de neve, uma coisa frágil perdendo forma, derretendo até virar nada.

— Acho que está bom — a voz de Gbemi me arranca da lembrança.

As bochechinhas marrons dela quase brilham, pegajosas de suor.

Entro no buraco, então olho para todos os caixões de caixa de sapatos em fila ao lado dele.

— Acho que sim. Me dá uma das caixas.

Gbemi obedece.

— Tem certeza?

— Tenho que ter.

Não consigo evitar espiar lá dentro, e encontro todos os itens que representam nosso futuro juntas: papeizinhos de biscoitos da sorte falando sobre felicidade, panfletos de Howard, uma planta que desenhei do apartamento que dividiríamos lá em algum momento, designs do quarto dela e do meu no dormitório, cartões com os nomes dos filhos que teríamos, um caderno cheio das minhas histórias favoritas sobre todos os melhores encontros que tivemos para eu nunca esquecer, playlist do nosso casamento. Um futuro que não existiria mais.

Estou tão mergulhada nas lembranças que a princípio não ouço meu pai chamar.

— Sim, pai?

— O que vocês estão fazendo, meus raios de sol?

Largo a pá.

— Ela me obrigou, tio. Eu juro — dedura Gbemi, correndo de volta para casa.

— Você não vai ganhar aqueles vinte dólares! — grito.

Meu pai ri, me cumprimentando com seu sorriso cálido e seus olhos preocupados. Há mais fios brancos na barba dele agora, depois da pandemia e de todos os seus turnos no hospital e pacientes perdidos.

— Vi que sua cúmplice te abandonou na cena do crime.

— Aquela traidora — respondo.

Ele dá uma risadinha e seus olhos encontram os meus. De repente, ele fica parado e sério.

— Então, me conta. O que você está fazendo?

Suspiro.

— Aqui jaz meu relacionamento com Stevie Williams. Nada sobrevive. Quero apagar tudo. Você gostaria de ir ao funeral? Vai começar em uns dez minutos.

Meu pai faz uma careta.

— Estivemos em funerais demais nesses últimos anos. Não quero ver nem ouvir nada sobre mortes.

Me sinto terrível na hora.

— Pensei que a gente tinha falado sobre passar mais tempo com a família enquanto eles estão na cidade, e menos tempo — ele apoia a mão no meu ombro — obcecada por tudo isso.

O som da minha grande e barulhenta família nigeriana que está hospedada aqui escapa de casa enquanto Gbemi abre a porta dos fundos, as risadas, piadas e provocações ecoando pelo quintal. Eles estão discutindo sobre algum filme, esviscerando cada ponto da história, cada peruca ruim e maquiagem horrível. Estive evitando eles desde o jantar com Stevie. Eu não queria ouvir os comentários e todas as piadas. Não queria ouvir os "eu avisei" sobre os perigos de namorar alguém que não era nigeriano — mais especificamente iorubá. Não queria ouvir sobre o filho da amiga da minha tia ou do membro da igreja do meu tio que estão prontos para namorar comigo. E, acima de tudo, não queria ouvir que de alguma forma era errado eu namorar — e amar — Stevie.

Meu pai dá de ombros e se aproxima de mim. Viro o rosto enquanto alguns flocos de neve caem em seu cabelo. Ele tem aquele tipo de olhar que faz a gente desabar. Os cantinhos se erguem como se seus olhos estivessem sorrindo, e o formato é especial. Quando encaro aqueles olhos sinto vontade de ser sincera. Como decepcioná-los? Como mentir para aqueles olhos? A última coisa que quero é ver decepção neles. Talvez seja por isso que os pacientes o amam tanto.

— Eu só... — As palavras morrem.

— Está tudo bem, meu amor. Me diga o que você está pensando.

— Estou enterrando meu relacionamento. A sete palmos. Ou quase. Está morto e eu quero esquecer tudo... tudo sobre ela.

— Não sei se esquecer é a resposta. Além disso, só porque algo ou alguém morre, não significa que o esquecemos.

Me encolho. Meu pai está certo. A memória daquela noite toma conta de mim de novo.

— Estou com tanta raiva, pai.

— Tudo bem ficar chateada. Foi uma experiência muito chata de assistir. Mas os Olayinka e os Fayemi podem ser difíceis. Embora a gente já conheça Stevie, o modo como você está falando dela é novo para todos nós. — Ele pega minha mão, que some dentro da dele, e eu me sinto uma garotinha que ralou o joelho e precisa ser consolada pelo pai mesmo tendo quase dezoito anos. — Nós não facilitamos.

— Mas Stevie não deveria ter se comportado daquele jeito. — Respiro fundo. — Ela não deveria ter vindo daquele jeito.

Chuto uma das caixas. O conteúdo cai na neve: pequenas medusas-da-lua de pelúcia que ela me deu.

Um silêncio se instaura entre nós. Me pergunto se meu pai pode ouvir como meu coração congelado rachou, as rachaduras se espalhando como raios enquanto tento não repassar cada detalhe daquela terrível noite de domingo. Fico revendo na minha cabeça sem parar há dias. Meu coração estará completamente estilhaçado até a meia-noite.

Fecho os olhos.

— Você tem remédio para coração partido?

Meu pai dá uma risadinha e sorri.

— Tempo… e perdão. — Ele aperta minha mão, beija minha testa. — Você já conversou com ela?

— Não. Eu disse que se ela não se desculpar de verdade não só para mim, mas para todos nós, até a meia-noite, nunca mais vou falar com ela.

— Um ultimato? — Ele ergue a sobrancelha grossa.

Assinto.

— Não é assim que o amor funciona, meu raio de sol. A vida não é um livro ou um filme.

— Deveria ser — resmungo enquanto meu celular se acende. Mensagens chegam de Jimi, e mais algumas de Stevie.

— É ela?

Dou de ombros.

— A maioria é de Jimi.

— Tenho certeza que Stevie ligou para o telefone fixo mais cedo. Provavelmente tentando reunir coragem para se desculpar com a sua mãe, o que, vamos ser sinceros, é a coisa mais difícil do mundo. "Como você OUSA!" — diz ele, imitando a voz brava da minha mãe. Ela leva educação e decoro muito a sério.

Nós dois rimos até que uma lagrimazinha escapa do meu olho, que ele limpa com o dedão.

— Você vai ouvir o que ela tem a dizer quando a hora chegar? Mesmo que ela não consiga fazer isso no prazo?

Uma onda de raiva explode em mim.

— Preciso sentir isso tudo, pai.

— Eu sei o quanto você a ama.

Ouvir meu pai dizer aquilo com todas as letras faz meu coração apertar, e engulo cada grito se formando na minha garganta.

— Você... você... sabia?

— Claro que eu sabia.

— Como... e por que você não disse nada?

— Vocês estavam sempre juntas, e de alguma forma você esquece que eu te conheço desde que nasceu. Sei pela expressão nos seus olhos quando você está apaixonada por algo ou... alguém. — Meu pai ri. — Mas eu estava esperando você estar pronta para me contar e para contar para a sua mãe fosse lá o que você queria que soubéssemos.

Lágrimas escorrem pela minha bochecha. Tudo sai. Os sentimentos que estive segurando, tudo que tentei engolir. Murcho como um balão vazio e quase caio na neve quando termino.

Meu pai ouve e assente. Ele inspira fundo, começando várias vezes antes de falar para valer.

— Sou um cientista de corpo e alma, assim como Stevie, meu raio de sol, então a entendo de muitas maneiras. Somos naturalmente céticos. Queremos acreditar como você acredita. Queremos nos perder em fantasias, mas nossos cérebros nos atentam a certos detalhes. Não podemos ignorá-los. Temos que entender como algo funciona, sua mecânica, seus padrões. Todo mundo está tentando entender o mundo ao redor. Somos assim.

Ele segura meu queixo.

— Muitas das suas reclamações sobre Stevie sua mãe já fez de mim. Várias vezes eu sinto vontade de ser mais como você. Um amante do impossível. Queria poder ter sido uma criança como você, que acreditava que uma vampira morava na casa ao lado só porque a velha dona Wyndham nunca saía de casa de dia, ou que investigava cada toco de árvore procurando por casinhas de fada, ou que deixava cartas no parapeito da janela para os aliens toda vez que via um cometa passar no céu. Sua imaginação é tão grande. É uma das suas qualidades mais nobres.

Seguro as lágrimas de novo e olho para o céu para impedir que caiam. Desperdicei lágrimas demais com alguém que não acredita no amor, que fez um experimento inteiro para provar como o amor não passa de uma reação química do cérebro. As nuvens estão indo embora, e pedaços de céu azul-escuro aparecem. A noite mais longa do ano. A pior noite do ano.

— Sola, dê tempo ao tempo. Lembre-se das coisas que ama em Stevie e dê a ela a oportunidade de pelo menos se explicar. Não deixe sua raiva apagar a luz que há entre vocês. Está bem? Faz isso por mim?

— Eu ainda acredito que a dona Wyndham era uma vampira. Ela era quase transparente também — digo, para evitar chorar, e tento aumentar a raiva dentro de mim.

Meu pai ri, beija minha cabeça e pega uma pá.

— Agora, vamos ajeitar o quintal antes que sua mãe fique curiosa e venha aqui. Se ela te pegar, nós dois vamos ouvir um sermão daqueles.

Colocamos a terra de volta no buraco, e ele me ajuda a pegar todos os caixõezinhos de caixas de sapato que enchi com os presentes de Stevie.

— Pronta? — Ele enfia mais algumas caixas embaixo do braço e me abraça com o outro. — Vai ficar tudo bem, meu amor, prometo. Um passo de cada vez. Você vai encontrar um pouquinho de magia de novo.

Não acredito nele, mas estou fria demais para discutir. Me arrasto para a frente, as coxas encharcadas e a pele dormente. É assim que vou me sentir para sempre sem Stevie?

— O que é aquilo? — pergunta meu pai, apontando para cima.

O céu se ilumina, a escuridão se tornando azul-turquesa.

Solto um grunhido. Devem ser fogos de artifício. Mas quem está soltando fogos de artifício depois de uma nevasca? Não faz sentido.

— Você viu? — pergunta ele.

— Vi o quê?

Gbemi sai correndo pela porta dos fundos, sem fôlego.

— Você viu? Você viu?

— O quê? — Eu a cutuco.

— Tem uma palavra no céu — responde meu pai. — Tenho quase certeza.

O céu explode em cores. Minhas favoritas: rosa e turquesa.

— Eu vi o seu nome! — grita Gbemi. — Os fogos de artifício estão formando o seu nome.

Meu coração dispara.

— São drones — corrige meu pai.

Não pode ser.

Stevie?

E ERN

E aí, como tá indo?

S STEVIE

Mal. O carro andou literalmente dois quilômetros e meio nas últimas duas horas. E ele tá todo decorado pras festas de fim de ano. Até o motorista PARECE o Papai Noel. Estou em dúvida se o universo me ama ou me odeia agora.

Haha. Bem, pelo menos a neve parou. Por um minuto tava impossível de ver as luzes por causa das nuvens. Vamos esperar que clareie mais.

Eu te daria uma previsão da minha chegada, mas não tenho. Foi mal, Ern.

Relaxa. Como falei, esse é um ensaio incrível para a grande noite do sr. Celebridade. Estou animado para ajudar.

Tá bem.

Só garanta que o Papai Noel te traga aqui inteira, tá?

RELATÓRIO DA
RÁDIO WTOP ATLANTA

19h59

Além da neve que fez a região metropolitana de
Atlanta parar, há novos relatórios de tráfego aéreo
não autorizado.

Os ouvintes relatam que há objetos estranhos
iluminando as nuvens. A hashtag #OVNIsdeAtlanta
está bombando em todas as redes sociais, embora
os gabinetes do prefeito e do governador ainda não
tenham feito nenhuma declaração oficial. Algumas
informações relatam notas musicais, enquanto
outras relatam palavras.

Fique ligado para atualizações e para as últimas
notícias.

SEIS

Jordyn

Interestadual 85 na ponte sul da Peachtree Street, 20h01
3 horas e 59 minutos para a meia-noite

A habilidade de entender situações sociais nunca foi uma das principais características de Omari St. Clair. Se fosse, ele teria percebido horas atrás como estou trincando a mandíbula e apertando o volante com força toda vez que ele muda minha estação de rádio.

Pode não parecer nada de mais — é só o rádio —, mas é o princípio da coisa. Já que é o *meu* carro e *eu* estou dirigindo, *eu* não deveria controlar o rádio ou pelo menos poder dar minha opinião? Não que Omari St. Clair ligue para o que eu penso.

Também há uma chance de eu estar frustrada porque estamos no meu carro há onze horas, e algumas delas foram no engarrafamento da I-85. Para piorar, ele é um amigo com quem não converso direito há um ano, desde que nos beijamos.

A neve cobrindo o chão transformou minha amada Atlanta em um planeta desconhecido. Embora essa coisa branca não esteja mais caindo do céu, vi pneus derraparem, carros se arrastarem a dois quilômetros por hora, motoristas pararem no acostamento para se protegerem. Depois de um semestre em Washington D.C. na Howard, me acostumei um pouco a dirigir na neve, mas durante todo o caminho repeti as instruções do meu pai mentalmente.

Jordyn, dirija devagar. Jordyn, acelere devagar e freie devagar. Jordyn, não ameace jogar aquele garoto do seu carro só porque ele fica mexendo no seu rádio.

Essa última ele não disse, mas deveria. Se esse garoto mexer no meu rádio mais uma vez...

Mas Omari St. Clair não mexe apenas mais uma vez. Mexe várias. Uma canção de Natal. *Clique*, ele troca. Jazz. *Clique*. Música trap. *Clique*. Uma voz diz:

— Quinze centímetros de neve se acumularam na região metropolitana de Atlanta e oficiais...

Clique.

— Opa! — Giro o botão de novo. — Temos que ouvir isso.

— ... estado de emergência. O trânsito em várias interestaduais está parado devido às condições das estradas. As autoridades de emergência estão trabalhando para normalizar as vias, mas no momento não há como prever quando as estradas estarão seguras novamente. Milhares de motoristas podem passar a noite em seus carros...

— O quê? — grito.

— Ela disse que milhares de motoristas podem passar... — Omari nota o olhar feio que lanço para ele e para. — Relaxa, Vinte-e-Três. Eu estava tentando amenizar o clima.

Omari tem me chamado de Vinte-e-Três desde que descobriu

que meu pai me deu o nome de Jordyn em homenagem ao Michael Jordan.

— Não dá para amenizar o clima quando existe a possibilidade de passarmos a noite no meu carro — digo.

— Poderia ser pior. Poderíamos passar a noite lá *fora*. Aí congelaríamos até a morte.

— Isso não ajuda em nada, já que pessoas podem congelar até a morte dentro do carro — digo, abrindo o GPS no meu celular.

Quinze centímetros não é tanta neve assim se pensarmos em como Washington D.C. fica, mas é o pior pesadelo do sulista. Para os padrões daqui, isso é uma nevasca.

É exatamente por isso que eu queria ter saído do campus da Howard antes das oito da manhã. Era a única forma de escapar dessa confusão, mas Omari enrolou para sair do dormitório. Aposto que ele se atrasou para o próprio nascimento. Pegamos a estrada por volta das nove. Se as coisas tivessem acontecido como planejei, eu teria parado na entrada da casa de Omari às seis e meia da noite, e então teria chegado ao show da Jimi, entregado a ela o negócio que trouxe da escola e terminado a noite no calor da minha casa, vendo filmes de Natal com minha avó e minhas irmãs.

Mas são 20h10, e parece que meus planos foram arruinados.

Eu sou meio viciada em fazer planos. Vovó Vee me diz o tempo todo: "Se você quiser fazer Deus rir, conte a ele os seus planos".

Minha psicóloga, por outro lado, diz que planos são facas de dois gumes. Sem dúvida podem ajudar com a ansiedade, mas graças a essa coisa que chamamos de vida, nem sempre saem como… o *planejado*. E quando não saem, fico louca. Essa nevasca me enlouqueceu, me sacudiu e me virou de cabeça para baixo.

Omari olha para a neve no chão, os olhos brilhando com encanto. Garotos bonitos de pele marrom, olhos castanhos e cabelos ondulados eram meu fraco. *Eram.* Me pergunto se garotas negras e gordas com olhos escuros e tranças já foram o fraco dele.

— Quando eu era pequeno, achava que flocos de neve eram grandes como aqueles de cartolina — comenta Omari. — Quando a gente para pra pensar, é uma loucura serem tão pequenos e tão únicos. Pode haver milhões deles em Atlanta agora, e nenhum é igual ao outro. A Mãe Natureza é demais.

— É, demais — murmuro, trocando as rotas de carro por rotas a pé no GPS.

Estamos na I-85 perto da parte sul da ponte Peachtree Street, não muito longe do estádio Mercedes-Benz. A rota mais curta para o nosso destino — o Fox Theatre — seria pegar a North Avenue a duas saídas atrás, mas elas estavam fechadas. E posso ver a rampa de saída (aberta) de Courtland Street bem na nossa frente, mas não nos mexemos há mais de uma hora.

Omari e eu moramos em Inman Park, a dez minutos daqui de carro e sem trânsito, o que é impossível em Atlanta, então vamos dizer vinte minutos de carro. Trinta, se for horário de pico.

O Fox Theatre está agora ao norte da nossa localização, e mesmo se milagrosamente começássemos a andar agora, provavelmente levaríamos trinta minutos para chegar *lá*.

No entanto...

Olho pelo retrovisor e estreito os olhos. Aquela *é* a ponte Peachtree Street ali na frente... e o Fox *fica na* Peachtree Street...

Coloco a informação no mapa. É uma caminhada de catorze

minutos. Nada mal. Troco para o aplicativo de clima. Está fazendo menos um grau, então pesquiso: "Posso ter hipotermia com um grau negativo?".

Omari estica o pescoço para olhar para o meu celular.

— Você está pensando em ir andando?

— Com certeza. Não posso deixar a Jimi na mão de novo, Omari.

Parece que agora só faço isso. Jimi, minha irmã mais nova, me pediu para levar algumas coisas da escola para uma tal de Stevie, que está namorando a melhor amiga de Jimi, Sola, e me chamou, se eu estivesse "interessada", para ver a banda dela tocar do lado de fora do Fox. Inicialmente, a mercadoria — alguns casacos de moletom e uma faixa da Howard — era para ser parte de um presente de Natal. Sola e Stevie visitaram a Howard há um tempo e fizeram um pacto de estudar lá juntas.

Mas de acordo com a ligação que recebi há algumas horas, preciso levar as coisas para Jimi imediatamente, porque Stevie e Sola tiveram um grande problema e o presente teve que ser adiantado.

"Só traz para mim no Fox", pediu ela. "Com sorte, vai ajudar Stevie a conseguir a Sola de volta."

Espero conseguir minha irmã mais nova de volta também, do meu jeito. Esse foi o meu primeiro semestre na faculdade, e eu não tenho sido a melhor irmã mais velha para Jimi ou Jayla, a caçula, nos últimos meses. Eu poderia facilmente culpar minha ansiedade. A rotina na faculdade e estar longe de casa são coisas complicadas. Seja como for, eu não estive presente como deveria.

Só que nada foi pior do que a confusão no feriado de Ação de

Graças. Jimi e a banda dela marcaram um show, e eu prometi que ia. Ela já estava chateada porque nossa péssima mãe não tinha aparecido em um. Só que de alguma forma confundi os dias e saí com a minha melhor amiga enquanto minha irmã ficou me procurando na plateia. Eu poderia facilmente culpar minha ansiedade por isso também. Ela me faz confundir datas e horários. De qualquer forma, decepcionei Jimi.

Preciso manter minha palavra desta vez. Ou seja, tenho que levar esses negócios para Jimi para que ela possa chegar a Stevie antes da meia-noite. Eu vou andando se for preciso.

Mas o clima não quer me deixar ser uma irmã mais velha melhor. O primeiro resultado da minha pesquisa diz que uma pessoa *pode sim* ter hipotermia enquanto caminha em uma temperatura de um grau negativo. Bem rápido, aliás.

— Merda. Ok, se formos juntos...

— Não, Jordyn — diz Omari, balançando a cabeça. — Não deveríamos tentar caminhar nessa nevasca. Estamos mais seguros aqui. Temos comida, água e aquele kit de emergência. Aposto que tem várias coisas lá dentro.

— Cobertor aquecido, carregador de celular portátil, muita água e lanches — admito.

Meu pai que montou esse kit para mim. Ele é a preparação em pessoa. Além disso, é viciado em cupons. Mantém sua caverna sempre abastecida com as coisas que compra. Quando ninguém conseguia encontrar papel higiênico e suprimentos de limpeza nas lojas no começo da pandemia, meu pai era o cara.

— Então estamos bem — diz Omari. — É perigoso ir lá fora,

Vinte-e-Três. Aposto que se as ruas estão escorregadias, as calçadas também estão. Não quero me machucar.

Balanço a perna para cima e para baixo. Estou ouvindo, mas... não podemos ficar aqui. *Eu* não posso. Ao nosso lado, uma SUV vermelha com uma luz verde forte na parte inferior passa disparada na faixa de emergência, tocando canções de Natal no volume máximo. Por um segundo, penso em ir atrás dela — parece um sinal. Mas não tenho coragem.

Não é só porque quero ver minha irmã (e porque *ela* quer levar esse negócio para Stevie antes da meia-noite), é que esse carro é muito pequeno. A temperatura está baixa demais. Podemos congelar ou morrer de fome. E se ficarmos sem oxigênio e...

Sinto a mão de Omari na minha.

— Ei.

Meu olhar encontra o dele.

— Respira — diz ele.

Inspiro fundo, e Omari me acompanha. Soltamos o ar juntos.

— Você, hum... tomou seu remédio hoje?

Franzo a testa e retiro a mão.

— Não faça isso.

— Foi só uma pergun...

— A insinuação é humilhante — digo. — Uma pílula não é a cura mágica, Mari. Pessoas com ansiedade podem ter ataques de pânico mesmo tomando os remédios. Além disso, estamos presos na rodovia. Quem não entraria em pânico agora?

— Foi mal. Só quero que você fique bem.

Viro para a frente e seguro a língua para evitar que o "não sabia que você se importava" escape. Não quero ter essa conversa.

A "0 to Dark", do Lil Kinsey, começa a tocar. É tão estranho que o antigo crush de Jimi no fundamental agora seja um rapper famoso. Pela primeira vez, Omari não troca de estação. Ele balança a cabeça e cantarola, como se pudesse acompanhar o ritmo... e como se soubesse a letra. Omari nunca sabe a letra.

— Obrigado de novo pela carona — diz ele.

— Não faria sentido você gastar dinheiro com uma passagem de avião se estamos indo para o mesmo lugar. Além disso, ir para casa de avião dias antes do Natal em um clima ruim é pedir para ter seu voo cancelado. E com todas essas pessoas desagradáveis que ainda não querem seguir as regras, levando germes no voo e não cobrindo a boca quando tossem ou espirram sem máscara... — Me encolho.

— Por que você acha que eu me recuso a andar de avião?

Omari dá um sorrisinho.

— Entendi, sra. Germofóbica. Mesmo assim, fiquei surpreso por você me deixar vir.

Eu também, na verdade. Omari e eu nos conhecemos desde o jardim de infância, quando ele e o irmão mais novo, Mason, se mudaram para Inman Park. Não éramos melhores amigos — esse título vai para minha amiga Mira —, mas Omari e eu sempre fomos legais um com o outro e andávamos com as mesmas pessoas.

Ao longo dos anos, ele se tornou a "minha pessoa" no nosso grupo de amigos. Aquele que gostava das mesmas coisas que eu, sabe? Nós dois amávamos filmes de horror — quanto mais sangrento melhor —, então eu sempre podia contar com ele para ver comigo os filmes que ninguém mais veria. Nós dois odiávamos montanhas-russas, então sempre ficávamos sentados juntos do lado de fora quando nossos amigos iam. Nós dois queríamos estudar na Howard, então pesquisávamos fotos da universidade e nos imaginávamos no campus.

Recebemos a resposta no mesmo dia. Trocamos mensagens e concordamos em nos encontrar no parque do bairro para ver juntos. Carregamos a página nos nossos celulares, e então ele leu a minha, e eu li a dele. Nós dois entramos.

E no meio de toda essa animação, os *sentimentos* tomaram conta de mim, e não resisti ao impulso: beijei Omari St. Clair.

Mas logo descobri que não se pode agir com base nos sentimentos. Pode resultar no garoto que você beijou pedindo desculpa, o que geralmente abre caminho para ele explicar que não gosta de você desse jeito. Eu não deixei que ele terminasse. Corri para casa e decidi que não podia mais ser amiga de Omari St. Clair, porque eu sentia algo por ele que ele não sentia por mim.

Agora estou aqui com ele no recesso de Natal viajando de carro direto para o inferno. Olho ao redor em busca de um sinal de que o trânsito possa estar fluindo, mas só vejo as luzes vermelhas dos freios.

— Eles não podem jogar sal nas estradas? — pergunto. — É o que fazem em D.C.

— Duvido que Atlanta tenha caminhões de sal. E agora é tarde para isso. Todos já estão presos no trânsito.

— Eles têm que fazer alguma coisa! Não podem esperar que as pessoas durmam na interestadual.

— As pessoas fizeram isso na última grande nevasca em 2014, lembra? Dormimos na escola.

— Nem me lembre — digo, e logo em seguida meu celular toca a música que defini para o meu pai: "Papa Don't Take No Mess", do James Brown.

Ninguém mais usa músicas como toque de celular, mas meu pai insistiu que eu fizesse essa música ser a música *dele*. Ele se destacou em um show de talentos em uma reunião de família uma vez — uma vez! — e agora jura que é o primo perdido do James Brown.

Atendo a ligação com um aviso:

— Oi, pai, você está no viva-voz.

— Ah, droga. Então não posso falar que Omari é um bobo cabeçudo?

— Caramba, sr. Robinson — diz Omari. — Eu tenho sentimentos.

Meu pai dá uma risadinha.

— Estou brincando, rapaz. Como vocês estão? O trânsito andou desde a última vez que nos falamos?

Suspiro.

— Não. Está totalmente parado.

— Foi o que pensei. Estamos recebendo muitas ligações — diz ele.

Meu pai é capitão em um quartel dos bombeiros na cidade. Eu amava ir trabalhar com ele só para descer na barra.

Agora que parei para pensar, talvez seja melhor andar até o quartel do que até o Fox.

— Pai, você acha que poderíamos caminhar até a estação e…

— Não, de jeito nenhum — interrompe ele. — Você não vai andando para lugar nenhum, mocinha.

— Mas eu prometi a Jimi que…

— Jimi vai entender se você não puder manter sua promessa. Não estou dizendo que o carro é o melhor dos mundos, mas é mais seguro. Você tem um cobertor aquecido, água e outros itens naquele kit de emergência que te dei. O que é mais do que ela deve ter agora. Com sorte, ela está *dentro* do teatro, e não na rua congelando atrás de você. Fique. Aí.

Omari murmura um "eu avisei".

Ignoro.

— Sim, senhor — digo.

— Omari já te disse isso, não foi? — pergunta meu pai, e Omari dá uma risada. — Ei, eu conheço minha filha.

Ignoro isso também.

— Como estão Jimi, Jayla e a Vovó Vee? — pergunto.

— O celular da Jimi continua caindo na caixa postal, mas não se preocupe — diz ele antes que eu possa interromper. — Sei que ela *chegou* no Fox, e ela tem que gravar uma música com a banda. Você conhece a sua irmã. Quando está tocando, ela se distrai e ignora o celular. Vou continuar tentando. Jayla e Vovó Vee estão sãs e salvas em casa, fazendo biscoitos de Natal.

Tenho certeza que Jayla ama isso. Depois que nossa mãe foi embora quando éramos mais novas, meu pai nos levou para a casa da Vovó Vee para que ela o ajudasse. Jayla e Vovó se tornaram melhores amigas. A única coisa que minha irmã mais nova amaria mais que estar presa em casa com a Vovó seria estar presa na boate da Vovó, Vanity's Aura.

— Para de se preocupar com elas, Jordyn — diz meu pai. — Fica aí e se mantenha em segurança, está bem?

164

— Certo — resmungo.

— Ótimo. Ei! Tenho uma piada para você — diz ele, e quase resmungo de novo. Além de jurar que é o primo do James Brown, ele também jura que é comediante. — Como se chama um boneco de neve velho?

— Não sei, como? — pergunta Omari.

— Poça! — diz meu pai, e começa a rir.

Omari dá uma risadinha, mas eu olho feio para ele.

— Não encoraje isso — digo.

— Encoraje, sim, Omari — diz meu pai. — Encoraje as piadas de tiozão. Vou ligar para a Jimi de novo. Falo com vocês mais tarde.

— Até mais, pai.

— Até mais, sr. Robinson.

Desligamos e eu suspiro. Tenho dezoito anos, sou tecnicamente uma adulta, e tudo o que quero agora é que meu pai venha me buscar.

— Está bem, Atlanta, esse foi o mano Lil Kinsey trazendo um ritmo quente nessa noite fria — diz o DJ no rádio. — Espero que vocês estejam seguros onde quer que seja. Hoje é um dia estranho, pessoal. Algo esquisito está acontecendo no céu. Parece um show de luzes. Alguém está levando o espírito natalino a outro nível.

Um show de luzes? Tento olhar pelo para-brisa. Está escuro, e o céu está cinza e sem estrelas.

— Não vejo luz nenhuma — digo.

— Vamos ficar de olho — diz Omari, e se reclina de leve no banco.

Acho que ele decidiu relaxar. Eu me recuso. De acordo com o

meu relógio, são nove horas agora. Três horas para a meia-noite. Três horas para cumprir minha promessa.

— Então, como foi seu primeiro semestre? — pergunta Omari.

Olho para ele.

— Hã?

— Nós não conversamos o semestre inteiro. Estou tentando me atualizar.

E por que será que não conversamos?, quase pergunto, mas me seguro. Confrontar não é comigo. Só de pensar fico enjoada.

— Foi bom. Minha colega de quarto é ótima, dei sorte. Já ouvi algumas histórias de terror sobre isso.

Omari ergue a mão.

— Por sinal, eu sou uma dessas almas desafortunadas com uma história de terror sobre isso. O meu primeiro colega de quarto odiava tomar banho, tinha cheiro de Cheetos e alho, e roncava como uma hiena. Pedi para mudar de quarto imediatamente. É útil ser filho de ex-aluno.

— O privilégio.

— Ei, os brancos fazem isso o tempo todo. — Omari olha para a SUV verde-limão ao lado dele. A luz do farol diminui e então se apaga. — Seria bom desligar o carro, Vinte-e-Três. A bateria pode morrer se ficarmos por horas assim.

— Quero ouvir o rádio. Além disso, chequei a bateria antes de sair. O mecânico disse que está ótima. Vamos ficar bem.

Omari ergue as mãos.

— Está bem. Seu carro, suas regras.

Resmungo.

— Diga isso para o meu rádio.

— Hã?

— Cara! Você tem noção de quantas vezes trocou de estação desde que entramos no carro?

— Ah — diz ele, e é óbvio que não percebeu. Autoconsciência também não é o forte de Omari. — Foi mal. Por que você não falou nada?

Porque esse não é o *meu* forte.

— Sem problema — minto.

— Tem certeza? Parece que era uma questão para você.

— Obviamente não era para você. Vamos deixar pra lá.

— Como você sabe como me sinto, Jordyn? — pergunta Omari, aparentando estar com raiva.

O que *me* deixa com raiva.

— Ações dizem mais do que palavras.

— Ainda estamos falando do rádio? — pergunta ele.

Minhas bochechas ficam vermelhas. Odeio como ele me olha, porque não está olhando para mim, está olhando através de mim. Dizem que os olhos são a janela da alma, mas Omari St. Clair de alguma forma sabe quebrar o vidro da minha.

Recebo uma notificação no celular. Obrigada, Deus, pelas mensagens de texto.

Desvio o olhar de Omari e foco apenas na minha tela. Duas mensagens não lidas. Uma delas pode ficar assim para sempre. A pessoa que enviou não merece nada além disso.

A outra é de Jayla. Ela me enviou uma foto da mais recente obra de arte da culinária em progresso: cheesecake de Natal. Minha irmã caçula não pode só fazer biscoitos e deixar por isso mesmo. Não, ela transformou os biscoitos de Natal na base de sua cheesecake vermelha e verde. Depois de colocar no forno, diz que planeja cozinhar costeletas com batatas para o jantar desta noite. Jayla gosta de cozinhar e cozinha quando está entediada. Para a nossa sorte, ela é boa nisso.

— Jayla está bem? — pergunta Omari.

Ele estava olhando para o meu celular de novo.

Coloco o aparelho para carregar.

— Sim, ela está bem. Que bom que ela está em casa com a vovó e não presa na escola como ficamos naquela vez.

— Ficar preso na escola não é ruim. O Nevascalipse foi o dia mais legal de todos na escola para mim.

— Quê? Aquele dia foi péssimo, só não foi pior que esta tempestade.

— Ah, para, Vinte-e-Três. Não foi tão ruim. Lembra que o treinador Harris organizou um show de talentos para nos manter entretidos? — Omari ri.

Me esforço para não abrir um sorriso.

— A srta. Walton fez o *moonwalk* e todo mundo foi ao delírio.

— Caaaaara! Aquilo foi muito maneiro. O ponto alto do terceiro ano. O vídeo ainda está na internet.

Balanço a cabeça.

— Não acredito! A internet é mesmo para sempre.

— Ei, um momento histórico assim precisa ser preservado. O sr. Robinson não buscou você e Jimi no carro de bombeiros? Ou sua mãe foi buscar você?

— Foi meu pai. Ela já tinha ido embora nessa época.

— Ah.

— É — murmuro, e encaro o número um ao lado do ícone de mensagem não lida.

"Love on Top", da Beyoncé, começa a tocar. Uma das minhas músicas favoritas da Bey de todos os tempos. Estou prestes a cantarolar o início, mas Omari tem a audácia de trocar de estação. Mas que cacete!

Fico boquiaberta.

— Ah, não! Não acredito que você acabou de trocar a Beyoncé!

— Ah, esqueci que você é fã — diz ele casualmente.

— Querido, eu sou Beyhive o dia inteiro, todo dia, vinte e quatro horas por dia, trezentos e sessenta e cinco dias por ano. Que coragem a sua para tirar a rainha...

Omari dá de ombros.

— Só não é a minha música favorita dela.

— Quer saber? Acho que você está comprovando a minha teoria.

— Teoria? — repete ele, virando para mim. — Que teoria?

Viro para ele também.

— Estou convencida de que há dois tipos de pessoas no mundo.

Omari franze a testa.

— Só duas? Isso não é meio limitante? Esse é o meu problema com as casas de Hogwarts, além da autora, é claro.

— Não vamos entrar nesse assunto — interrompo. (Mas: diga não à transfobia.) — Enfim, minha teoria. Acho que existem dois tipos de pessoa no mundo. Pessoas como você, que mudam de estação quando não gostam da música e continuam mudando até acharem alguma que gostam. Mas também tem várias pessoas como eu, que seguem o fluxo e entendem que, se esperarmos, algo bom pode acontecer.

— Teoria interessante — diz Omari, esfregando o queixo. — Então você está basicamente dizendo que eu sou impaciente e você é paciente.

— É óbvio.

— Mas isso também significa que você é controladora.

— Oi? Quê? É você quem fica mudando a estação, não eu!

— Você ter percebido que eu fico mudando a estação e se irritado com isso mostra que é a maior controladora. Também poderíamos dizer que eu aceito mudanças numa boa e você não.

— Eu aceito numa boa certas mudanças — digo. — Tipo as estações do ano. Eu vou ficar muito feliz quando for primavera de novo, por exemplo.

Omari ri. Isso arranca um sorrisinho de mim. A risada de Omari St. Clair tem esse efeito.

— Mas você não aceita numa boa grandes mudanças da vida?

— Depois do que minha mãe… — Perco a voz, mas pigarreio para que ela volte. — Mudanças não têm sido algo bom na minha vida.

Omari assente em silêncio. Então liga o rádio de novo, mas agora coloca na estação anterior. De volta a "Love on Top".

Quase sorrio com isso, mas enquanto encaro meu celular, sorrir é impossível. Uma sensação ruim me atinge quando penso na mensagem não lida, e não sei se é ansiedade ou medo. Eu queria que fosse raiva, e embora exista muito desse sentimento em mim, não é nada comparado ao medo.

— Ela me mandou mensagem.

Omari para e vira para mim.

— Espera, quem? Sua mãe?

— Não chama ela assim. Mãe é um título que você tem que fazer por merecer. Ela perdeu esse direito no dia que nos abandonou. Doadora de óvulos é mais apropriado.

— Está bem, sua *doadora de óvulos* mandou mensagem. O que ela disse?

Dou de ombros.

— Não sei. Não li.

— Como ela conseguiu seu número?

Suspiro, coçando o couro cabeludo sob uma trança com a ponta da unha.

— Jayla. Ano passado minha irmã criou perfis em todas as redes sociais e a encontrou. Ela e Jimi estavam falando com Erica sem meu pai saber. Descobri quando Erica mandou presentes para nós três. Joguei o meu fora. Então, há dois meses, Erica pediu para falar comigo. Jayla deu meu número para ela. Ela me mandou mensagem, mas me recuso a ler.

— Ela mandou essa mensagem há dois meses? — pergunta Omari.

— É. Ela também me ligou algumas vezes. Eu não atendo. É de se imaginar que ela entenderia que eu não quero conversa, mas aparentemente ela é tão ruim em entender os sinais quanto em ser mãe.

— Caramba, Vinte-e-Três. Sinto muito.

Balanço a perna de novo.

— O que me deixa indignada é a audácia, sabe? Você larga seu marido e suas três filhas para ir em busca da sua carreira de atriz. Tudo dá errado, e você acaba virando garçonete em Los Angeles. Se casa de novo com um caminhoneiro, tem mais dois filhos com ele, e então tem a cara de pau de querer "consertar as coisas" com as crianças que abandonou? Não é assim que funciona.

— Como você sabe que ela é garçonete, se casou de novo e teve mais dois filhos?

— Jayla não é a única que tem Facebook.

— Entendi.

O silêncio é confortável no carro. Encaro o adesivo na janela da minivan à nossa esquerda. É um desenho de uma família de cinco pessoas de mãos dadas e sorrindo. Um dia, essa foi a nossa família, até Erica decidir que não seria mais.

Olho para o relógio de novo. Menos de três horas para eu dar um jeito de levar essas coisas para Stevie. Se eu não cumprir minha palavra com Jimi, estarei sendo igual à Erica?

— Você já pensou em falar com a sua mã… doadora de óvulos? — pergunta Omari. — Se ela está ligando e mandando mensagens, deve estar querendo muito falar com você.

— Mari, ela não tem nada para me dizer.

— Tem, sim. "Desculpa" seria um bom começo. Você merece isso, Vinte-e-Três.

— Era o que eu merecia depois do nosso beijo?

— O quê?

— Nada — digo, e pego meu celular de novo.

Omari o abaixa.

— Espera. Do que você está falando? Jordyn, fala comigo.

Mordo o lábio. Quero mesmo ter essa conversa com ele? Consegui evitá-la muito bem por um ano. Não posso evitá-la por mais uma noite, pelo menos?

De repente, meu rádio fica silencioso, os faróis do carro ficam mais fracos e o zumbir das ventoinhas do aquecedor para, levando o calor embora.

— É — diz Omari (totalmente inútil). — Lá se vai a bateria do carro.

No meio da rodovia lotada, Omari abre o capô como se soubesse o que está fazendo. Omari St. Clair é bom em fingir.

Sopro minhas mãos e olho ao redor. De um lado, um casal está encolhido no banco de trás segurando juntos um celular, o brilho da tela iluminando seus rostos. Eles riem de seja lá o que estão vendo. Eu meio que invejo quem consegue rir durante esse dia infernal.

Do outro lado, há uma minivan desligada. Uma garotinha de dentes tortos com marias-chiquinhas afro nos encara do banco de trás. Ela sopra a janela e escreve *Oi* com o dedo no vidro embaçado, mas está ao contrário e parece *iO*. Aceno de volta.

Omari passa as mãos na nuca, enfiando os dedos no cabelo.

— Parece normal, então isso é bom?

— Mas não está normal — digo. — Droga!

— Eu não vou dizer que avisei...

— Então não diga — me irrito, e imediatamente suspiro. Não é culpa dele. — Desculpa.

— Tudo bem. Isso *foi* bem babaca da minha parte.

— Com certeza — digo, e ele olha para mim. — O que foi? Não vou te deixar em paz.

Ele dá um sorrisinho.

— Nunca. Seu seguro tem assistência rodoviária? Conhecendo o sr. Robinson, deve ter.

Olho para os dois lados da rodovia. O trânsito está parado até onde posso ver nas duas direções.

— Sim, mas é inútil. Duvido que eles consigam chegar até aqui. O que vamos fazer? Tenho que levar essas coisas para Stevie antes da meia-noite, Omari. Pela Jimi.

Omari acena para nossa pequena espectadora na minivan. Ela cobre os olhos e se esconde. É engraçado como criancinhas pensam que se não conseguem ver você também não podem ser vistas.

— Podemos perguntar ao motorista da minivan se ele tem os cabos para a chupeta. Algum desses outros motoristas deve ter — sugere ele.

— Talvez — digo, desejando não ter tirado as coisas que meu pai colocou no meu porta-malas, incluindo os cabos para chupeta.

Se os outros motoristas estivessem dispostos a ajudar, porém, já não teriam reparado na gente aqui olhando o capô do carro e já não teriam vindo? No Sul, costuma ser assim. Mas ou ninguém percebeu que estamos com problemas ou fingiu não perceber. Não posso julgar. Em uma situação dessas, é cada um por si.

E se ficarmos presos aqui, mesmo quando o trânsito começar a fluir? E se formos atingidos por outro carro? E se gerarmos outro engarrafamento e os motoristas de trás ficarem com raiva de nós? E se meu carro ficar preso aqui para sempre?

— Ei — diz Omari, e olho para ele. — Não pense demais. Vai ficar tudo bem.

Pensar demais é como respirar para mim, e os *e se* são meu oxigênio. Tento inspirar ar de verdade.

— Você acha que alguém vai mesmo nos ajudar?

Omari pega a minha mão, como se fosse uma coisa normal que ele faz o tempo todo. Nossas mãos se encaixam surpreendentemente bem. É como se fosse algo normal para mim também.

— Só tem um jeito de descobrir — diz ele.

Vamos até o motorista da minivan. Nossa espectadora se abaixa de novo no assento e cobre os olhos. Criancinhas são estranhas.

Omari bate na janela. A mãe — estou presumindo que seja a mãe — sopra nas mãos antes de baixar o vidro e imediatamente sorri para nós, embora dê para ver que também está preocupada. Ela me lembra das mães que eu via na fila para buscar as crianças na escola... aquelas que eu desejava que fossem a minha depois que ela foi embora.

— Vocês estão bem, mocinhos? — pergunta ela.

Não posso esquecer que, embora tenhamos dezoito anos, para algumas pessoas ainda somos crianças. E, em um momento desses, isso é um alívio. Não quero ser adulta agora.

— Na medida do possível, sim, senhora, estamos bem — responde Omari. — Mas a bateria do nosso carro morreu. Você tem cabos para chupeta?

— Infelizmente não, querido. Sinto muito. Mas alguém deve ter. Se conseguir encontrar, será um prazer te dar uma carga.

— Muito obrigado! — diz Omari, como se fosse a melhor coisa que ele já ouviu, e me puxa.

— Por que você está tão feliz? — pergunto. — Ela não tem os cabos.

— Mas podemos pegar a carga com ela. Mesmo que alguém bem longe tenha os cabos, podemos voltar, usá-los e recarregar o seu carro. O copo está meio cheio, Vinte-e-Três.

É claro que ele faz o tipo copo-meio-cheio. Eu, por outro lado, só espero que o copo não se espatife no chão.

Omari me leva para a SUV verde-limão que está do outro lado do meu carro e bate na janela gentilmente com os dedos. O vidro é fumê, e quando a janela baixa, só vemos fumaça saindo. Balanço a mão para afastar um pouco. Prefiro não ficar chapada agora.

— Qual foi, mano? — diz um cara de trancinha nagô.

—Você tem cabos para chupeta, meu chapa? — pergunta Omari e aponta para o meu pequeno Corolla, minúsculo perto da SUV. — O carro da minha gata morreu, e a gente quer poder sair daqui quando a coisa melhorar.

Minha gata? Odeio como meu coração dispara.

— Deixa comigo — diz o motorista e guarda sua, hum, atividade recreacional.

Me afasto. O motorista, que se chama Kentrell, pega seus cabos e nos conta como ficou preso naquele engarrafamento. Ele estava no Lenox, tentando comprar um presente de Kwanzaa de última hora para a avó, mas não conseguiu achar uma vaga no estacionamento e o shopping acabou fechando mais cedo por causa da nevasca.

— Um cara em uma caminhonete velha pegou minha vaga — diz ele, o rosto ficando sombrio por meio segundo. — Mas tudo bem. Já resolvi a parada.

Certo...

A caminho de casa, ele ficou preso no trânsito, como nós.

— Que merda. Eu estou *doido* pela torta de batata-doce da minha avó.

— Eu estou assim pela torta de abóbora da minha mãe — responde Omari.

Kentrell e eu olhamos para ele como se Omari tivesse se transformado em um alien na nossa frente.

— Torta de abóbora e torta de batata-doce não estão no mesmo nível — digo. — Aliás, deveria ser proibido falar abóbora e batata-doce na mesma frase.

— Pode crer, gata — diz Kentrell. — Me deixa dar um tranco nessa bateria pra vocês.

Vou para o meu carro e Kentrell vai para o dele. Minha bateria começa a funcionar em pouco tempo, e estou tão feliz que quase abraço um completo estranho.

— Tranquilo, gata — diz Kentrell. — Deixa o carro ligado um pouco. Você tem um carinha ali cuidando de você.

— Sempre — diz Omari.

Nossos olhares se encontram, mas não por muito tempo. Eu logo viro o rosto. Não posso deixar ele me decifrar agora, porque nem eu mesma sei o que está acontecendo.

Kentrell volta para o carro, e Omari e eu ficamos na estrada. Todos esses carros e pessoas, e mesmo assim parece que somos só nós dois.

— Então... — digo.

Omari enfia as mãos nos bolsos.

— E agora?

— Acho que a gente espera o trânsito se mexer.

— Beleza... Espera aí — diz ele, e se inclina para olhar para o meu pneu da frente. — O que é isso?

Meu coração para de bater.

— Não me diga que estou com pneu furado... *arghh!*

Algo pesado, molhado e gelado atinge a minha bochecha. Neve. É a porcaria de uma bola de neve.

Olho para cima, e Omari St. Clair está com o maior sorrisão, as mãos inocentemente às costas.

— O que foi isso?

Acho que vou matar ele.

— Seu babac...

Outra bola de neve me atinge, agora no peito, respingando neve no meu rosto.

Omari sorri.

— Só estou tentando te ajudar a relaxar, Vinte-e-Três.

— Você enlouqueceu? — grito.

Omari se inclina e junta mais neve.

— O dia está sendo uma droga, eu entendo. Ficar presa no engarrafamento é uma droga. Passar a noite no carro pode ser uma droga. Mas não significa que não podemos nos divertir.

Ele faz outra bola com o pouquinho de neve que pegou.

— Não ouse...

Ele joga na minha perna e então pisca para alguém. A garotinha na minivan esconde seus dentinhos tortos com as mãos e ri.

— Vamos, Vinte-e-Três — provoca ele —, me mostra do que você é capaz.

— Omari Ramon St. Clair, não vou entrar em uma guerra de bolas de neve com você.

Ele pega mais neve.

— Ela usou meu nome todo. Acho que está com raiva.

— Se você me acertar de novo eu vou...

A maior bola de neve de todas voa na minha direção e cai no meu cabelo, se dissolvendo nas minhas tranças.

Ah, não.

Agora é guerra.

Junto um punhado de neve e rapidamente formo uma bola, depois fico na mesma posição de lançamento que usava quando jogava softball.

Omari arregala os olhos.

— Ah, não.

Conselho: nunca desafie uma ex-lançadora de softball em uma guerra de bolas de neve. Eu arremesso como se fosse uma bola rápida e atinjo em cheio o rosto de Omari.

Nossa espectadora ri tanto que cai no banco, sumindo dentro do carro.

Omari pisca algumas vezes e cospe neve.

— Eu... Eu não estava esperando isso, para ser sincero.

Pego mais neve.

— Você que começou. Agora aguenta.

E bem no meio de uma interestadual travada em Atlanta durante uma nevasca, Omari St. Clair e eu fazemos uma guerra de bolas de neve. Nos jogamos atrás dos carros, ignoramos outros motoristas (que nos observam como se tivéssemos enlouquecido), rimos tanto que dói.

E por alguns minutos esqueço que estamos presos ali. Esqueço todos os *e se*. É bom estar assim.

— Está bem, está bem — diz Omari, saindo de trás de um Jeep com as mãos para cima. — Eu me rendo. Você ganhou, Vinte-e--Três.

— Claro que ganhei.

— Por enquanto. — Algo acima de nós chama a atenção dele. — Ei, olha ali.

Olho para o céu cinza-escuro, e a palavra "muda" brilha forte no céu. Acho que o rádio estava certo sobre o show de luzes.

— Pelo amor de Tupac, o que é isso? — Omari sorri. — Entendeu? Tupac? A música dele, "Changes"? "Mudanças"?

Franzo os lábios.

— Você fez a piada de tiozão do meu pai parecer ótima.

— Ah, para. Essa foi boa — diz Omari. — O que será que significa?

Envolvo meu corpo com os braços. Agora estou com mais frio que antes.

— Talvez seja — meus dentes batem — uma mensagem ou algo assim?

Omari imediatamente tira o casaco e coloca sobre meus ombros.

— Vem, vamos te aquecer.

Voltamos para o carro e sentamos no banco de trás. Só tem um cobertor aquecido no meu kit de emergência. Nos cobrimos, ficando mais perto do que jamais pensei que ficaria de Omari St. Clair outra vez, ombro a ombro, perna com perna, pé com pé.

Meu coração dispara. Foi assim que começou da outra vez.

Não vou fazer aquilo de novo. Pego meu celular no banco da frente e olho as horas. São 21h12 agora, e os veículos não andaram nem um centímetro. Parece que não vou cumprir minha promessa para Jimi.

— Droga! Não vou conseguir entregar isso para Stevie a tempo.

— Por que você está tão preocupada com isso? — pergunta Omari. — Ela é a melhor amiga da sua irmã mais nova. Não é tão importante assim, é?

— Eu prometi a Jimi que entregaria, Omari.

— Conheço Jimi. Ela vai entender. Não dá para fazer muitas coisas nessas condições.

— Mas se eu não conseguir, isso significa que eu... — Engulo em seco. — Sou igual à nossa doadora de óvulos.

É a primeira vez que digo isso em voz alta. Mas desde que decepcionei Jimi no Dia de Ação de Graças, fiquei me perguntando se eu e Erica somos farinha do mesmo saco. Se sou como ela. Vovó Vee sempre diz que é fácil se tornar aquilo que você odeia, e a ideia de ser parecida com a minha doadora de óvulos me aterroriza.

— Você não tem nada a ver com ela, Jordyn.

— Eu não tenho estado presente na vida de Jimi e Jayla ultimamente...

— Porque você está se adaptando à faculdade — diz ele. — Eu não estou presente na vida de Mason como antes. Pega leve com você mesma, Vinte-e-Três. Agora, digamos que você decida ser cabeça-dura e andar na neve só para manter sua promessa. E se você se machucar? E se acontecer algo pior? Jimi ficaria arrasada.

Eu odeio admitir, mas ele tem razão.

— Só quero ser uma irmã mais velha melhor — murmuro.

— Então fica no carro, em segurança, para poder fazer isso depois — diz Omari.

Suspiro. De novo, ele tem razão. Abro minhas mensagens e escrevo para Jimi.

 JORDYN
Estou presa na interestadual. Acho que não vou conseguir chegar a tempo. Me desculpa. Sei o quanto isso significa pra vc e pros seus amigos. Prometo que vou compensar. Te amo.

Envio, esperando que seja suficiente.

Em segundos, meu celular vibra. Impossível ser uma resposta de Jimi…

Não é. É outra mensagem de Erica, se unindo àquela que nunca li. Suspiro.

— Ela me mandou mensagem de novo. A doadora de óvulos.

— Você deveria ler, Jordyn.

— Omari…

— Não significa que precisa responder — diz ele. — Só tira logo isso do caminho.

Não sei se consigo. Estendo o celular para ele.

— Toma. Lê você.

— Tem certeza?

— Sim. Confio em você.

— Confia?

Repasso mentalmente o que falei. Saiu antes que eu me desse conta, mas quanto mais penso no assunto...

— Sim. Confio.

Omari lambe o lábio superior com a pontinha da língua. Acho que ele quase diz algo, mas não diz. Pega meu celular.

Fico quieta enquanto ele lê as mensagens. Tenho certeza de que estão cheias de pedidos de desculpas por algo que não tem perdão. Não há nada que ela possa dizer para compensar o abandono.

— Uau — diz Omari. — Bem, ela começa se desculpando.

Quem diria.

— Não é suficiente.

— Ela diz isso também. E também diz que não há desculpa para o que fez com você, Jimi e Jayla, e que você tem todo o direito de não falar com ela.

— Tenho mesmo. E o que mais?

— É isso. Ela não escreveu muita coisa. Diz que é melhor ter essa conversa por ligação — explica ele. — Na última mensagem ela só está querendo saber se você está em segurança. Parece que Jayla contou a ela que você está presa aqui.

Preciso ter uma conversa com a minha irmã mais nova. Não gosto dela contando a Erica os meus assuntos. Quanto menos essa mulher souber de mim, melhor.

— Só isso?

— E ela te ama mais do que você pensa.

Olho para baixo.

— Ela tem um jeito esquisito de demonstrar isso.

— Escuta, não vou te dizer o que fazer, Vinte-e-Três. Não consigo imaginar como você se sente. Mas de uma coisa eu sei: às vezes as pessoas machucam quem amam, e isso diz mais sobre elas mesmas do que sobre o outro. Elas que são o problema. Dizem coisas que no fundo não querem dizer ou não dizem o suficiente. Elas podem não ter a intenção de machucar, mas só isso não basta quando os sentimentos de alguém estão em jogo. Ainda assim é preciso encontrar uma forma de consertar as coisas.

A sensação aqui é de que a conversa não é mais sobre Erica.

— Parece até que você sabe do que está falando.

— Eu sei mesmo — responde Omari. — Foi o que fiz com você.

Meu coração acelera, mas engulo em seco. Não é possível que ele esteja falando sobre o que estou pensando.

— Como assim?

Omari St. Clair segura a minha mão sob o cobertor.

— Estou falando do que aconteceu entre a gente no ano passado, Jordyn. Nosso beijo.

Perco o ar, meu estômago se aperta.

— Omari... eu... eu... não...

— Não conversamos sobre isso — diz ele. — Você me evitou. Já faz um ano desde que... — Ele engole em seco. — Por que você parou de falar comigo?

Afasto a mão.

— Precisa mesmo perguntar? Omari, você se desculpou no segundo em que nos beijamos. Então eu pensei que você... Eu tomei a iniciativa, e pensei que sua desculpa significasse que...

184

— Que eu não gostava de você? Porque eu gosto, Jordyn. Faz tempo que eu gosto.

Não sei como responder a isso.

— Então por que você pediu desculpa? — pergunto, minha voz falhando. É a pergunta que eu quero fazer há um ano. — Sabe como eu me senti?

Omari segura meu rosto e passa o dedo na minha bochecha.

— Você nunca me deixou terminar. Saiu correndo e se recusou a falar comigo depois. Você não me deu nenhuma chance.

Encaro meu celular e a mensagem da minha mãe que espera resposta.

— Dá para entender o motivo? — sussurro.

Omari ergue meu queixo para que eu olhe nos seus olhos.

— Entendo que você esteja com medo — diz ele. — Mas nem todo mundo vai te machucar como sua mãe fez. Eu não vou.

As lágrimas caem.

— Você já me machucou.

Ele seca meu rosto.

— E me sinto muito mal por isso. Eu não percebi o que tinha feito. Repeti aquele beijo na minha cabeça pelo menos mil vezes, tentando descobrir o que deu errado. Pensei que você tinha se arrependido de me beijar ou que não queria ter feito aquilo e estava com vergonha. Eu não ia te pressionar. Mas um dia, finalmente me dei conta de que você deve ter entendido meu pedido de desculpas do jeito errado. — Omari dá um sorriso sem graça. — Você sabe que não sou muito bom em entender meus próprios gestos.

— Eu sei — murmuro. — Você também não é muito bom em entender os dos outros.

Ele dá um sorrisinho.

— Com certeza não. Naquele dia, Jordyn, meu único arrependimento foi não ter tomado a iniciativa — diz ele. — Me desculpa por não ter dito antes que gostava de você. Me desculpa por não ter dito que penso em você o tempo todo. Me desculpa por não ter dito que quando você sorri e seus olhos se iluminam, o meu dia fica mais feliz. Me desculpa por não ter dito que odeio filmes de terror e só via para ficar sozinho com você.

— Espera, o quê? Sério?

Omari ri.

— Sim. Sou medroso, para ser sincero. Filmes de terror me dão pesadelos. — Ele franze os lábios de leve. — Mas valia a pena para ficar com você.

— Espera aí — digo, tentando entender. — Você odiou *Corra*? E *Nós*?

— Não odiei, mas estava desconfortável e não dormi direito por dias.

— Mas é o Jordan Peele.

— A única Jordan com quem me importo é você — diz ele. — Foi muito brega?

Não consigo segurar o sorriso.

— Um pouco. Mas gosto disso em você. Gosto de tudo em você.

— Até quando eu mudo a estação de rádio?

— Aí, não.

Omari ri, e eu também. Ele segura meu rosto de novo.

— Talvez eu possa compensar isso.

Desta vez, Omari St. Clair me beija.

Omari St. Clair beija bem.

Omari St. Clair me faz sorrir.

Omari St. Clair me enlouquece e faz meu coração acelerar ao mesmo tempo.

Omari St. Clair é perfeitamente imperfeito.

E embora eu não seja perfeita — com certeza não como irmã mais velha —, tenho certeza de que Omari St. Clair é perfeito para mim.

OPERAÇÃO SURPRESA SOLA E STEVIE

21:12

Porsha

Só pra confirmar. Vcs pegaram tudo? Kaz e eu estamos indo pro estádio agora. Ou pelo menos tentando. As estradas estão péssimas.

E.R.

Ainda tô presa no aeroporto, mas talvez a gente consiga pegar o metrô. Eu aviso se estiver funcionando.

Ava

Acho que vai dar bom. Alguém tem notícias da Jimi? Será que a gente devia colocar a irmã mais velha dela no grupo?

Aposto que Mason consegue arranjar o número dela com o Omari.

Porsha

Sim, pode add a Jordyn. Só temos mais algumas horas, não dá pra saber se vamos conseguir.

Melhor saber como todo mundo está.

Jordyn entrou no grupo.

Ava

Oi, Jordyn! Tem notícias da Jimi?

Jordyn

Oi, gente. Faz um tempo que não tenho notícias da minha irmã e ainda estou na porcaria da rodovia.

Tô com os negócios da Howard.

E sei onde Jimi tá. Se eu conseguir sair daqui, vou passar lá e pegar ela.

Porsha

Ok, beleza. Vemos vcs daqui a pouco. ✌️

SETE

Stevie

Estádio Mercedes-Benz, 20h42
3 horas e 18 minutos para a meia-noite

Quase saio correndo do carro, feliz por escapar do motorista enxerido e falador, das luzes exageradas e das várias músicas festivas dele. Estou do outro lado do portão dois do estádio.

— Boa sorte, querida! — o motorista diz antes de se afastar na escuridão.

Dou tchauzinho, tentando disfarçar uma careta. Várias horas de interação humana forçada acabaram com a minha habilidade de socializar. Mas ele nunca desistiu de completar a corrida, então parte de mim está grata. Estou a um passo de fazer o plano funcionar. De potencialmente conseguir minha namorada de volta.

Olho ao redor, esfregando as mãos, tentando me esquentar um pouco. Agora sinto falta do calor do carro. As ruas vazias estão sinistras, e as luzes dos postes atrás de mim banham a neve em tons opacos de amarelo. Há um silêncio nas ruas, e não vejo nenhuma outra pessoa por ali. Uma pontada de medo sobe pela minha espinha. Preciso entrar rápido. Corro pela rua enquanto mando mensagem para Ern.

S STEVIE
> Tô quase no portão dois.

E ERN
> É no portão quatro.

> Droga, tá, vou dar a volta.

> Me liga quando estiver chegando, aí eu peço pro meu assistente descer.

> Blz. E obrigada de novo.

> Tô com vc.

Enfio as mãos frias na jaqueta e atravesso o caminho longo ao redor do estádio. Os poucos centímetros de neve parecem chocolate branco sobre os postes e latas de lixo. Nem meio metro de neve e a cidade está massacrada.

Sola diria que a nevasca deixou o lugar mais bonito, mais romântico. Um inverno no país das maravilhas. Quando se mudou para cá, Sola reclamava que Atlanta não tinha romance, não como Chicago, Nova York ou até mesmo a cinzenta Londres. A única referência que ela tinha da cidade era aquele *E o vento levou...* (tanto livro quanto filme mega racistas) e a fábrica da Coca-Cola, mas sempre encarei isso como um desafio para nós: seria a nossa cidade do amor, onde começamos.

Se ela estivesse aqui, me forçaria a deitar na estrada vazia e fazer anjos de neve até que um carro quisesse passar e nos fizesse sair correndo. Ela inventaria uma palavra para a nossa aventura tortuosa e chamaria de busca-de-emoção ou construção-de-memórias ou algo com cara de *Diário de uma paixão*. Nós riríamos até quase fazer xixi nas calças e ficaríamos coradas com o calor. Eu seguraria as mãos dela e as esquentaria com meu hálito, e seria um daqueles momentos eternos que ela anotaria em um dos seus diários.

Uma dor de cabeça sobe pelas minhas têmporas enquanto a saudade dela e a culpa pelo que fiz tomam conta de mim. O silêncio traz tudo à tona, e de alguma forma sinto falta do motorista irritante agora. Pelo menos a conversa idiota dele manteve os meus pensamentos afastados.

Olho para o céu mais uma vez enquanto nuvens grossas se esticam, nimbo-estrato, aquelas que podem arruinar o resto do meu plano.

— Fiquem longe, fiquem longe — sussurro, meu hálito criando sua própria nuvem. — Só preciso que o céu abra por algumas horas.

Se eu acreditasse em um deus como meus pais tão desesperadamente querem que eu acredite, eu pediria isso. Só uma coisa. Um céu sem nuvens por aproximadamente catorze minutos.

Caminho mais depressa, o pânico se instaurando enquanto meu prazo chega ao fim. Meu celular está cheio de mensagens de texto, chamadas perdidas e mensagens de voz. Três do meu pai e duas mensagens irritadas em letras maiúsculas da minha mãe perguntando por que não estou atendendo o telefone de casa e dizendo que eles sabem que dei um jeito de pegar meu celular de volta. *Aff.* Mentalmente, calculo quanto tempo vou ficar de castigo dessa vez. Talvez até a formatura. Talvez até o dia de me mudar para a faculdade. Talvez eles encontrem uma forma de me castigar mesmo depois que eu tiver saído de casa.

Meu estômago revira. Mesmo que eu consiga consertar as coisas com Sola, provavelmente não a verei até irmos para Howard... Se é que esse futuro ainda existe. O mesmo vale para a formatura, para a última semana de aula e para os nossos planos para o verão.

Ligo para Ern.

Ele atende, sem fôlego.

— Você está bem? — pergunto.

Ele detalha como está correndo, refazendo o roteiro e garantindo que tudo esteja no lugar.

— Na verdade, era exatamente o que eu precisava para testar um novo recurso.

— Foi difícil mudar o roteiro? Sei que esses espetáculos levam meses para planejar.

— Você e o sr. Celebridade têm a mesma quantidade de palavras necessárias. Dez. A sua é mais poética que a dele: *Quer se casar comigo agora, Sara? Te amo, minha gata.*

Pela primeira vez esta noite dou risada.

— Levei algumas horas para reconfigurar e provei quão versátil e adaptável é a tecnologia do meu drone de luz. Além disso, sei que são à prova d'água caso neve mais na véspera de Ano-Novo. Tenho que levar essa informação para o sr. Celebridade para provar que o tempo extra no estádio que ele pagou valeu a pena. — Ern começa a gritar medidas estranhas de graus, depois volta a falar comigo: — Chegue na porta da segurança e meu assistente vai deixar você entrar.

A ligação cai antes que eu possa responder. Deveria me animar, mas meu estômago está muito embrulhado. Não consigo me desfazer da sensação.

Começo a correr para o portão quatro, minha pulsação martelando nos ouvidos. Penso nele atrás do painel como um engenheiro de voo obcecado. Lembro de estar na festa da família Richardson depois que ele conseguiu se tornar um piloto certificado há alguns anos, e então de novo, quando foi pioneiro em um novo software para drones de luz e começou sua empresa de alta tecnologia. Escreveram vários artigos sobre as patentes do software dele na *Science Weekly*, e a empresa estava no noticiário como uma das que cresceram mais rápido na Fortune 1000s. Eu sabia que cedo ou tarde ia querer ser como ele.

Entro e vou até a porta da segurança. Bato e espero, mordiscando o lábio e olhando o celular — Sola visualizou minhas mensagens, mas não respondeu. Fecho os olhos com força para segurar as lágrimas.

— Espere um pouco — digo, imaginando o pior.

A porta abre e um homem branco baixinho me olha.

— Stevie?

— Sim — respondo. — Sou eu.

— Meu nome é Paul, sou assistente do Ernest. Entre.

Entramos, e fico feliz pelo calor e por caminharmos em silêncio.

Paul não faz ideia de como preciso disso. Sinto que, se eu falar, vou vomitar. Só preciso falar com Ern e confirmar que quando ele parar com os testes, a versão real da mensagem vai com toda a certeza e sem nenhuma dúvida ser vista perto da casa de Sola em Inman Park, a mais ou menos cinco quilômetros daqui. Quero ver os relatórios de visibilidade dele. Talvez se eu souber que tudo vai funcionar meu coração desacelere.

Nossos passos ecoam enquanto atravessamos os corredores enormes. Passamos por cabines e lanchonetes fechadas, e quase dou risada lembrando das vezes em que estive aqui com Sola. As memórias me invadem. É um local de primeiras vezes para nós duas. Sinto um aperto no peito ao pensar na última vez em que estivemos aqui, correndo, tentando chegar nos nossos lugares antes que Jimi e o grupo dela entrassem no palco da Batalha das Bandas.

Estávamos procurando uma rota alternativa para nossos assentos porque uma pessoa havia desmaiado e os paramédicos bloquearam a seção inteira.

Sola não parava de reclamar porque seus pés doíam. Seus dedinhos de bebê estavam machucados porque ela mais uma vez tinha escolhido o sapato errado só para combinar com a roupa e criar o look perfeito para o encontro no show, sabendo muito bem que poderia usar um saco de batatas que eu ainda a acharia a pessoa mais linda do mundo.

Estava tocando música pop, e apesar de ela ter dito que aquela era "a pior dor nos pés que já existiu nesse plano da realidade", Sola cantou todas a plenos pulmões para garantir que todos pudessem ouvir.

— Você está parecendo um gato morrendo — falei.

— Não vamos *falar mal* da morte da criatura mais maravilhosa, mais incrível e mais esplêndida a pisar na Terra depois das medusas--da-lua. — Sola parou sua terrível cantoria para me corrigir, depois listou todas as nobres qualidades dos três gatos dela e dos gatos do abrigo onde ela era voluntária.

Então fez *hunf* e ficou quieta. Missão concluída com sucesso: meus ouvidos foram poupados.

Depois de alguns segundos, Sola colocou os braços ao meu redor, passando o peso de uma perna para a outra. Me segurei para não sussurrar "eu te avisei" no ouvido dela. Aqueles sapatos mega apertados podiam deixar os pés dela lindos, mas havia um custo.

— Aqui. — Tirei os tênis e as meias, entreguei as meias para ela e calcei os tênis de novo. — Tira esses sapatos e usa as meias por um tempo. Viva seu momento garota-branca-quase-descalça até seus pés melhorarem.

O rosto lindo dela se iluminou enquanto tirava as sandálias.

— Elas andam mesmo por aí sem sapatos, né? Que doideira. — Sola pulou nos meus braços. — Obrigada por me salvar.

— Por salvar seus pés, você quer dizer.

— Você gosta dos meus pés — provocou ela.

— Eu gosto de tudo em você — respondi enquanto Sola ficava na ponta dos pés para me abraçar.

Ela se balançou de um lado para outro comigo, tentando me forçar a me mexer em sincronia com ela ao som das músicas que tocavam entre as apresentações. A banda de Jimi, Rescuing Midnight, era a próxima. Paralisei, sentindo que as pessoas estavam me observando toda sem ritmo.

— Nunca dançamos lento juntas — sussurrou ela no meu ouvido.

— Impossível. Você está exagerando, como sempre.

— Em qualquer lugar com dança que vamos, você fica sentada ou foge para o laboratório. — Sola revirou os olhos.

— Com certeza já dançamos juntas. Tipo no seu quarto ou no meu. — Tentei fazer uma busca pelos momentos do nosso namoro, pensando em todas as vezes que ela tocou as músicas nigerianas do pai para mim ou que ouvimos juntas todas as playlists tristes dela. Tenho certeza que acho que já dançamos juntas. Talvez a gente só não lembre.

— Não dançamos não! — reclamou Sola, fazendo biquinho. Mais drama. Rocei meus lábios nos dela para tentar evitar a birra.

— Não gosto de dançar. Não é a minha.

— Correção: você *odeia* dançar, mas nunca nem tenta de verdade.

— Incorreto. Eu não gosto de dançar. Existe uma diferença.

— É romântico.

Revirei os olhos.

— Lá vamos nós…

— É uma forma das pessoas se conectarem — disse Sola, começando uma palestra sobre a história do namoro e da dança como instrumento de parceria.

Ela parecia meu pai no púlpito da igreja, principalmente quando começou a listar todos os supostos benefícios da dança para a saúde, "tanto cardiovascular quanto cognitivo, porque libera várias reações químicas de felicidade no cérebro", como se saber disso fosse me fazer dançar com ela imediatamente. Foi fofo… e *quase* deu certo. Ela me conhecia muito bem para apelar para química e ciência, mas o calor da vergonha subiu pelo meu pescoço de novo enquanto ela pressionava o corpo no meu, tentando me mostrar como dançar devagar. Eu já sabia, mas minhas mãos ficaram suadas e meus tênis pareciam cheios de chumbo.

Não conseguia fazer meus braços e pernas se mexerem. E se eu pisasse no pé dela? E se eu a machucasse? E se eu fizesse a gente passar vergonha? A espiral de perguntas me paralisou, e minha cabeça balançando ao ritmo da música foi minha única contribuição para o mundo da dança.

— Por favor — pediu ela com uma voz que em geral eu não conseguia resistir.

— Não gosto de chamar atenção. Acho que é por isso que não curto dançar.

— Eu sei. E te deixa nervosa.

— Sim, admito. — Beijei a testa dela, esperando que fosse suficiente.

— E te faz sentir fora do controle — adicionou Sola.

— Está bem, psicóloga Olayinka. Quanto essa consulta vai me custar?

— Muito bem, muito bem! — Uma voz ecoou dos alto-falantes. — Vem aí uma das melhores e mais jovens bandas de Atlanta! Batam palmas para *RESCUING MIDNIGHT*!

— AI, MEU DEUS, AI, MEU DEUS, são eles! — gritou Sola. — VAI, JIMI!

Me encolhi enquanto o grito dela feria meus tímpanos.

— Enfim, eu só estava falando a verdade, e está tudo bem. — Ela apoiou a cabeça no meu pescoço de novo, o calor de sua testa enviando um arrepio pelos meus braços e pernas. — Só prometa que se ficarmos muito, muito bravas uma com a outra, vamos só dançar, assim... devagar... até que passe. Minha avó dizia: "Quando a música muda, a dança deve acompanhar".

— O que isso quer dizer?

Conforme a música começava, a frase parecia flutuar na minha cabeça enquanto eu tentava entender, odiando que a linguagem tivesse tantas camadas e interpretações.

Abri a boca, mas Sola me beijou, calando minhas perguntas, e de alguma forma essa foi uma resposta. Então cantarolou junto à voz etérea de sua melhor amiga, os lábios tocando os meus de leve, e todo o caos ao nosso redor se desfez. Éramos só nós duas, de um lado para outro. Naquele momento, enfim, todas as preocupações desapareceram, e dançamos pela primeira vez. Se eu pisasse nos pés de Sola, ela apenas riria. Se alguém nos observasse, veria um show e tanto. Se passássemos vergonha, pareceríamos duas bobas juntas.

Eu nunca mais queria parar de dançar com ela.

A silhueta magra de Ern aparece ao longe, e a memória da minha primeira dança com Sola se esconde dentro de mim outra vez. O sorriso dele é grande, os olhos cheios de confiança e animação, assim como os de Evan-Rose. Isso quase me faz enlouquecer, querendo que minha outra melhor amiga esteja aqui para me ajudar com meu nervosismo enquanto tento consertar essa confusão.

— Oi, oi! — grita ele, me levando com pressa para a sala da tecnologia. — Estou feliz por você finalmente ter chegado. Tenho um monte de coisas para te mostrar. Terminei o teste e recalibrei para a maior distância e brilho. Você está pronta para mandar Sola olhar pela janela?

Preciso estar.

OITO

Jimi

Fox Theatre, 21h24
2 horas e 36 minutos para a meia-noite

Toco minha guitarra como se ninguém estivesse olhando.

Fecho os olhos, sentindo toda a extensão do meu braço, e dedilho Delilah, minha guitarra, com tanto empenho que deixo a palheta cair. Mas não deixo que isso me atrase. Canto com a minha barriga, meu peito, usando todo o meu corpo para projetar e limpar minha voz enquanto ela sai da minha garganta, esperando que se propague muito além da cobertura iluminada acima de mim.

Olho para baixo, para a Peachtree Street, rezando para que as pessoas que estou esperando apareçam, mas o lugar está estranhamente silencioso por conta da neve, os postes da rua fazendo tudo brilhar como um globo espelhado e as luzes cor-de-rosa dos meus óculos deixando o mundo inteiro rubro. É tão bonito que dói, então engulo em seco e fecho os olhos com força de novo, imaginando o resto da minha banda aparecendo aqui, porque se pode nevar desse jeito em Atlanta, eu com certeza posso ser perdoada. Estou esperando que minha irmã apareça também. Grito e sustento a última nota aguda mais do que nunca, mas quando abro os olhos ainda estou sozinha.

— Muito obrigada — digo, forçando um sorriso para o pequeno grupo de pessoas aplaudindo diante de mim.

Um cara de touca amarela joga duas notas amassadas na minha case aberta, mas não quero dinheiro. Só estou tentando manter viva minha mísera esperança.

Levo as mãos à boca, soprando meus dedos congelados, e o calor rodopia em uma nuvem suave que embaça meus óculos. Me pergunto por quanto tempo mais devo esperar. Olho para a rua vazia, deixo escapar um suspiro de derrota e confiro meu celular outra vez.

Nenhuma mensagem nova.

Arrasto para cima para reler o final da mais recente... discussão da banda.

Jimi

Olha, vcs sabem o que acho de músicas românticas.

Em seguida, mensagens raivosas de Kennedy e Rakeem. (Coisas que não vou repetir.)

Jimi

Vamos esperar uns dias. Deixar a poeira baixar e ver o que achamos.

Mas Kennedy respondeu na mesma hora.

Kennedy

Não preciso esperar nada. Tô fora.

E minutos depois, Rakeem:

Rakeem

Acho que não posso mais tocar com vc, J. Que tipo de músico não gosta de músicas românticas?

EU, quis responder. *EU NÃO GOSTO*. O impulso de responder era forte, mas o Ano-Novo estava chegando. Vovó Vee mexeu uns pauzinhos para que nossa banda tocasse na boate dela na virada, e eu não queria deixar a oportunidade passar. Apesar da minha enorme vontade de dizer a eles que músicas românticas são um lixo e não têm espaço na nossa setlist, eu queria subir no palco mais vezes. Vovó Vee sempre diz: "Ninguém nunca se engasgou por engolir o orgulho, Jamila". Então mordo a língua. A boate Vanity's seria nosso maior palco até agora.

Depois que minha mãe foi embora e nos mudamos para a casa da Vovó Vee, passei inúmeras noites em sua boate segurando as bainhas dos longos vestidos dela, a seguindo de um lado para o outro e conhecendo todos os amigos músicos dela. Aquelas noites formaram memórias cruciais para mim e tocam como um refrão chiclete na minha cabeça, assim como os ditados da Vovó Vee. Estávamos morrendo de medo de a boate não sobreviver aos anos de pandemia, mas de alguma forma conseguimos. E agora tenho a chance de me apresentar no palco em que eu dançava quando era criança depois que a noite acabava. O único lugar em que mais sonhei tocar além da Vanity's é aqui, no Fox Theatre.

Continuo lendo a conversa.

Jimi

> Se eu deixar isso pra lá... vcs ainda topam tocar no show da Vanity?

Uma hora se passou até que Rakeem respondeu pelos dois.

Rakeem

> Vamos pensar no seu caso.

Tínhamos planejado nos encontrar aqui hoje à noite, para gravar a nossa música que Stevie e Sola mais gostam, então sugeri que ainda fizéssemos isso — que se eles quisessem continuar com a banda, deveriam aparecer. Mas minha última mensagem flutua, uma única bolha azul no final do nosso grupo, ainda sem resposta depois de três horas.

Jimi

> Vcs tão vindo?

Está congelando aqui fora.

Olho a hora. Faltam só duas horas e meia até a meia-noite — o prazo máximo de Stevie, imposto pela Sola. Era para minha irmã Jordyn estar aqui para me ouvir tocar e depois me dar carona para que eu pudesse entregar umas coisas da Howard para Stevie — outra parte do presente-de-Natal-que-virou-um-pedido-de-desculpas para Sola. Tenho minha opinião sobre essa situação toda (não é à toa que odeio músicas românticas), mas quanto mais fico aqui — sozinha —, mais começo a aceitar o que estive tentando negar pelos últimos dois dias, talvez até por mais tempo. Assim como Stevie, eu estraguei tudo.

Embora eu ame música com cada parte do meu corpo, meu estilo anti-músicas-românticas é incompatível com praticamente todo mundo, e minha banda, Rescuing Midnight — a terceira da qual fiz parte nos últimos anos — pode estar se desfazendo por causa disso. Para piorar, minha irmã mais velha está ocupada demais para mim. E também deve estar com raiva porque estou falando com nossa mãe biológica.

Se eu continuar estragando tudo o que toco, significa que há algo de errado comigo?

Quero ligar para Sola e fazer essa pergunta — ouvir sua voz gentil no meu ouvido dizendo que eu não estraguei nada. Mas ela está no meio de sua própria crise, e dores de amor costumam ocupar todos os espaços da vida de Sola quando ela está assim. Quando fica triste, não tem tempo para mais nada nem ninguém. É por isso que tenho que fazer o possível para que ela e Stevie voltem — Sola deixa a dor eclipsar todo o resto, e eu a perco por um tempo quando ela está magoada. Stevie é a única pessoa que a equilibra. E agora, com Jordyn tão desaparecida nos últimos tempos, preciso da minha melhor amiga de volta.

As lágrimas em meus olhos são repentinas e me pegam de surpresa. Mas deixo apenas uma cair de cada olho antes de secar meu rosto e me inclinar para amarrar os cadarços do meu coturno de novo. Pego a palheta que caiu entre meus pés e coloco atrás da orelha uma mecha dos meus grossos twists de lã cor fúcsia. Sinto o calor subindo pelo meu couro cabeludo — algo que sempre acontece quando estou com raiva, e fecho os punhos antes de chutar a neve acumulada ao meu redor. Não é nada satisfatório, parece mais com chutar um lençol ou algo insubstancial assim, mas continuo até ficar com tanto calor a ponto de suar. Um segundo depois, bem quando estou prestes a pegar minhas coisas para ir embora, alguém tropeça na minha case, lançando notas amassadas e moedas pelo ar.

— Mas que... — grita ele e cai no chão com tudo, seu quadril, cotovelo e ombro direitos batendo em uma sucessão rápida no pavimento salpicado de neve à minha frente.

Seus óculos escuros voam e caem atrás de um carro estacionado a vários metros.

Me encolho.

— Nossa, isso deve ter doído — digo, me aproximando. — Você está bem? — Estendo a mão para ajudá-lo.

Quando ele ergue a cabeça, fico paralisada.

— Téo? — sussurro, embora eu saiba que é ele.

Ele está totalmente diferente de quando estávamos no fundamental, mas eu reconheceria seu novo visual em qualquer lugar — dreadlocks estilo Killmonger com um fade recém-feito, grill brilhante nos dentes e tatuagens —, porque minha irmã mais nova, Jayla, é uma de suas maiores fãs desde que ele se tornou quem é agora.

Lil Kinsey.

Rapper no topo das paradas durante o dia, festeiro lendário à noite. Desde que descobriu um concurso local de freestyle no ano em que nós dois fizemos treze anos, ele já cantou com todo mundo, de estrelas do pop indie iniciantes a lendas do rap. Meu pai vive gritando para Jayla abaixar o som quando ouve "0 to Dark", o maior sucesso de Kinsey, desde que foi lançada no verão passado.

Ele também meio que se tornou um ícone fashion, embora hoje esteja usando uma calça jeans rasgada e um casaco puffer estranhamente brilhante. Participou até de alguns desfiles de moda no outono passado.

Apesar de tudo, para mim ele sempre será Téo Santiago-Watkins, o primeiro garoto que beijei.

Fico olhando para ele e lembrando da nossa história.

Nos conhecemos no clube de poesia, no sétimo ano. Ele era o único garoto nas nossas reuniões depois da aula, e embora os outros caras da nossa turma provocassem ele sem parar por causa disso, eu amava como Téo pouco se importava com o que eles pensavam. Eu estava obcecada por seus poemas sombrios e por seus dreadlocks, que eram mais longos na época, caindo sobre os olhos enquanto ele lia uma composição de seus cadernos surrados. Depois de ler um poema que comparava o cabelo de uma garota com nuvens de tempestade, ele me mandou um bilhetinho dizendo que era sobre mim. Passei o resto da tarde acariciando minhas marias-chiquinhas afros antes de falar com ele no corredor. E quando nos beijamos — meu primeiro beijo da vida — foi vertiginoso, encantador, quase perfeito. No instante em que nossos lábios se tocaram, eu tive certeza que o amava.

Sola, que já era romântica na época, me disse que eu deveria contar a ele que o beijo tinha sido tudo para mim, que eu deveria mandar a real sobre o que sentia. Tivemos a ideia de expressar meus sentimentos em um poema da mesma forma que Téo tinha feito. Mas um dos versos soou aos meus ouvidos como o refrão de uma música, e eu estava começando a ficar boa na guitarra. Sem contar para Sola a mudança de planos, musiquei o poema. Levei semanas para acertar. Quando enfim gravei a canção e enviei para ele, não tive resposta. E na semana seguinte, Téo não apareceu na escola. Implorei a Sola para ir à casa dele, com medo que ele estivesse doente ou pior — que tivesse odiado minha música a ponto de não querer nem olhar na minha cara. Sola disse que a avó dele atendeu a porta, olhou para ela com os olhos mais tristes por trás dos seus cachos pretos e disse: "Ele foi embora, amor".

Eu estava convencida de que Téo tinha odiado o beijo, a música e talvez até me odiasse também, e por isso havia se mudado de casa e de escola. Um ano depois, quando ele apareceu na TV como Lil Kinsey, entrei em pânico com a possibilidade de minha música virar uma piada nas entrevistas dele.

Foi quando o meu ódio por músicas românticas começou. A partir daí, toda vez que ouço alguma, fico enjoada.

Agora Téo funga, revira os olhos para a minha mão estendida e levanta sozinho. Quando se afasta para pegar os óculos, eu me endireito, de testa franzida, cruzando os braços.

— Ah, é assim, então? — digo. — Nossa. Tá bom.

Eu o observo, tentando descobrir por que ele ainda usa o nome Lil — pequeno. Ele parece um gigante perto de mim, o que é hilário, porque eu era mais alta que ele. Agora, Téo tem mais de um metro e oitenta, e não é magrelo como antes. Apesar de estar alto e, hum, gato, ainda consigo ver o garoto do meu colégio. Ele tem o mesmo rosto redondo de bebê.

Dou uma olhada na minha case e parece que tudo está no lugar, embora minhas palhetas extras tenham caído e o broche da Rescuing Midnight preso no bolso da frente esteja arranhado. A logo da banda é uma lua cheia vestindo uma capa vermelha, e parte da cor saiu. Quando começo a catar meus trocados — um pequeno consolo por ser deixada de lado pelos meus amigos e pela minha família na nevasca —, ouço uma voz grave e rítmica dizer:

— Talvez você deva encontrar outro lugar para fazer seu showzinho, gata.

Viro para Téo enquanto ele coloca os óculos escuros, embora esteja de noite.

Franzo a testa de novo, mais profundamente agora.

— É o quê?

Téo dá uma risadinha.

— Isso mesmo que você ouviu. Você fica aqui, no meio de toda essa neve e gelo, colocando vidas, incluindo a minha, em perigo.

— Primeiramente, Téo, você deveria olhar por onde anda. Só porque acha que é o bonzão agora não significa que todo mundo tem que lamber seus pés como se você fosse algum tipo de realeza do hip-hop. E segundo, não acredito que *você* está falando comigo como se eu fosse uma das suas groupies — digo, quase de uma vez só.

— Espera aí. Você acabou de me chamar de Téo? — Ele estreita os olhos.

Ah. Talvez ele não esteja só sendo babaca. Mudei muito desde o ensino fundamental. Me aproximo, afasto os twists do meu rosto e retiro os óculos cor-de-rosa.

— Imagine este lindo rostinho com aparelho — digo. — E uma mochila rosa-chiclete só com um diário muito amado, um grande fone de ouvido roxo e gloss de cereja dentro.

Ele arregala os olhos.

— Jimi? — pergunta, como se não acreditasse que sou eu de verdade.

— Sim, *Téo* — repito. — Sei que você é Lil Kinsey ou sei lá quem agora, mas isso não significa que pode falar com as pessoas como se fosse melhor que elas.

Solto o cabelo e coloco os óculos de novo. Ergo minha guitarra acima da cabeça, coloco-a na case e fecho o zíper enquanto ele observa, ainda perplexo. Desde Téo, não tive muitas novidades no quesito romance, para ser sincera, graças ao meu pai superprotetor, seu time de amigos bombeiros intimidadores e a pandemia. Além disso, a música consome grande parte do meu tempo, e tudo bem. Pela minha experiência, as pessoas sempre vão embora mesmo. Principalmente aquelas que amamos.

Não estou acostumada com garotos me encarando (exceto no palco). Os pelinhos da minha nuca se eriçam.

210

— Algum problema? — pergunto com um pouco mais de grosseria do que pretendia.

A expressão de Téo muda, e ele dá um sorrisinho.

— Não — responde ele com uma voz diferente da que estava usando há um minuto. Bem-humorada. Menos na defensiva, talvez. Ele tira as mãos dos bolsos e junta as palmas, como se estivesse terminando uma aula de ioga. Em vez de dizer "Namastê", ele me olha nos olhos e diz: — Você está certa. Foi mal, Jimi. Às vezes esqueço onde Kinsey termina e Téo começa. Faz tempo desde que vi alguém que me conheceu antes disso. Se Vovó estivesse aqui, diria: "Ei, Téo Lorenzo, pode baixar a bola".

Ele faz uma voz aguda e seu sotaque é tão bom que chega a me deixar zonza. Não consigo evitar sorrir.

A rapidez com que a imagem da linda avó de Téo aparece na minha cabeça é impressionante. Eu nem sabia que havia pessoas negras no Brasil até conhecê-la. Também é engraçado ele estar pensando no que a avó dele diria agora da mesma forma que eu constantemente penso na minha. Téo se parece com ela: pele negra retinta, maças do rosto proeminentes, lábios grandes…

— E isso significa… o quê, exatamente? — pergunto, desviando o olhar do rosto dele e focando na minha guitarra de novo.

—Ah, é só uma coisa que ela dizia o tempo todo. Significa "você não é tudo isso". O que estou querendo dizer é: foi mal, J. Sou um idiota.

Toda a pose dele cai por terra, e é cativante a rapidez com que sua postura muda. É raro ver um cara com o pescoço cheio de tatuagens e grill nos dentes demonstrando vulnerabilidade. E há uma vozinha dentro de mim que também estou tentando ignorar: quando Téo olha para baixo assim, posso ver aquele garoto fofo e quietinho do ensino fundamental. Aquele de quem eu gostava.

Levanto e me mexo meio acanhada.

— Tudo bem — digo.

Parou de nevar e algumas pessoas estão do lado de fora, fumando ou caminhando em direção à rua Ponce de Leon. Um limpa-neve barulhento desce pela ponte Peachtree — não sabia que tínhamos isso na cidade, mas olhando ao meu redor agora, estou feliz que temos —, espalhando pedras de sal loucamente e produzindo um efeito de chuva de granizo por onde passa. Alguns pedaços de sal atingem o meio-fio e até a minha canela. Nós dois damos um passo para trás e eu pigarreio.

— Então. Além de todo o lance de ficar rico e famoso, como você está?

Téo expira e balança a cabeça devagar. Está tão frio que parece que ele está fumando.

— Tem sido… estranho, eu acho. Surpreendente. Incrível à beça e assustador ao mesmo tempo. Tipo encontrar você aqui.

— Por que me encontrar é assustador?

— É sério? — pergunta Téo. Quando assinto, ele morde o cantinho do lábio e olha para o céu por um momento. Então ri de leve. — Cara. Não acredito que vou dizer isso. Mas quando éramos crianças, eu morria de medo de você.

— Espera, o quê?

— É. — Ele só diz isso, e não explica. Só olha para a minha case. — E por que você está aqui?

Agora é minha vez de olhar para baixo. Esfrego a nuca, grata por ser negra demais para ele perceber que estou vermelha por conta do calor da humilhação. Ser negra é uma bênção.

— É, hã, meio que uma longa história.

Téo olha para as ruas vazias, e o clima gelado fala por si.

— Você vai fazer alguma coisa agora?

Solto um resmungo.

— Minha banda deveria me encontrar aqui se quisesse... sabe, ainda ser uma banda. — Esfrego as mãos e sopro meus dedos de novo, dando pulinhos para me aquecer. — Também temos que gravar uma música antes da meia-noite para uma amiga nossa, mas essa é outra história ainda mais longa.

Téo tira os óculos, e seus olhos escuros brilham à luz da marquise. Ele olha ao redor.

— Por que eles não estão aqui?

— Olha, estou esperando que seja por causa da neve, né? Mas também meio que irritei todo mundo — murmuro. — Bem quando eles vieram me contar sobre uma música nova que estavam compondo.

— Não é a coisa mais bacana de fazer. Mas bandas brigam o tempo todo. Não parece tão grave assim para eles te darem um bolo.

Me encolho de leve.

— Bem, eu... falei coisas.

— Tipo? — pergunta Téo.

Começo a andar de um lado para outro.

— Então, somos três pessoas na banda, certo? Kennedy, Rakeem e eu. No nosso último ensaio, eles me disseram que estavam escrevendo uma música juntos, e por mais que eu estivesse meio chateada por eles estarem trabalhando em algo sem mim, eu disse "tudo bem". Mas então eles me disseram que é uma música *romântica*, e quando eu respondi "credo, por quê?", eles se entreolharam e deram um sorrisinho conspirador. Acontece que eles estavam namorando. Já fazia um tempo.

Téo dá uma risadinha.

— E deixa eu adivinhar. Você levou para o lado pessoal.

Paro de andar e coloco as mãos na cintura. Não gosto de como ele consegue me ler.

— Hum. Claro que sim! Eles praticamente estavam mentindo para mim e ficando pelas minhas costas por sabe-se lá quanto tempo, aí eles largam essa merda de *música romântica* no meu colo, sabendo que ODEIO músicas românticas, e só imaginei a gente se apresentando e eles se olhando, apaixonados, enquanto eu fico lá no meio do palco com cara de idiota. E depois quem sabe? Talvez eles decidam que nem precisam mais de mim. Talvez decidam ir embora começar a própria banda sem mim. Já que eu não passo de uma vela no relacionamento deles, talvez eles decidam que estou sobrando para a música deles também.

Estou respirando com força quando termino de falar. Sinto um nó na garganta, e uma ardência também, e não quero chorar, mas sinto que talvez eu chore.

Téo assente, como se estivesse absorvendo tudo.

— Você já ouviu falar em trisal, né?

Isso faz o choro iminente evaporar. Eu o encaro e não digo nada até que ele ergue as mãos, se rendendo.

— Então... você falou isso tudo para eles?

— Não exatamente. Eu disse que eles não deveriam ter mentido.

— Verdade. Mas eles também não tinham que te contar nada. Não é da sua conta.

Meu olho treme.

— Eu falei que somos uma banda e que deveríamos compor juntos.

— Também é verdade. Mas eles não levaram a música para você dar sua opinião?

— Talvez. — Cruzo os braços e desvio o olhar. — Então eu falei que não ia dar certo. Porque a maioria dos relacionamentos acaba. E que quando eles inevitavelmente terminarem, vão entender por que músicas de amor, e o amor *em geral*, não prestam.

— Eeeeita — diz Téo, girando a ponta do sapato na neve. Ele olha para mim e balança a cabeça discretamente. — Caramba, J.

— É. Não foi meu melhor momento. Aí agora eles estão com raiva. O problema é que temos um show no Ano-Novo. Um show grande.

Téo parece pensativo.

— Vocês vão receber cachê por esse show?

Balanço a cabeça.

— Provavelmente não. Você sabe como é. Estamos começando e precisamos fazer sacrifícios. Ou talvez você não saiba como é... — murmuro a última parte tão baixinho que não acho que ele ouviu.

— Deixa eu ver se entendi. Você detonou a música deles em vez de ser sincera e admitir que ficou magoada por causa da mentira deles, que estava mais para *omissão*.

— Humm — murmuro.

Ele se adianta e inclina a cabeça para o lado.

— Depois você basicamente deu a eles um ultimato, para encontrarem você aqui ou ponto-final? A banda acaba?

— O que você está querendo dizer? — pergunto, sentindo o calor subindo pelo pescoço, por um motivo diferente agora. Não sei se estou com raiva, vergonha ou outra coisa.

— O que eu estou querendo dizer? — Téo dá uma risadinha. — Que isso é uma besteira, Jimi. E não é assim que as coisas funcionam. E qual é o seu problema com músicas românticas?

Eu não quero que Téo saiba que *ele* é o motivo de eu ter uma reação visceral só de ouvir a palavra "amor" em uma música. Sola chama de "rejeição à afeição". Então, quando penso na música que escrevi para ele, em como ele a ignorou, como fugiu de mim e nunca mais voltou depois que expus minha alma, meu corpo inteiro se encolhe involuntariamente. Parece ridículo, e sinto que eu já deveria ter superado. Mas foi a minha primeira música. E ele foi meu primeiro amor. E foi embora depois do meu primeiro beijo. O abandono da minha mãe estará para sempre dentro de mim, e consequentemente todos os outros também. O dele paira sobre mim como a neve nos meus twists.

Algo aqui dentro ergue uma barreira e se fecha, tipo quando não conseguimos colocar a chave numa fechadura emperrada.

— Por que eu deveria aceitar seus conselhos? — digo, evitando a pergunta. — Você nem barba tinha quando foi descoberto.

Téo dá um passo para trás, e percebo que o atingi (tanto quanto é possível para uma pessoa de um metro e sessenta atingir alguém quase trinta centímetros mais alto). Lembro dele dizendo que tinha medo de mim quando éramos crianças, e se antes eu estava curiosa, agora faz com que eu me sinta poderosa.

— Você não sabe como é ter que lutar de verdade por aquilo que quer. Preciso saber que o resto da banda quer ser bem-sucedido tão desesperadamente quanto eu quero. Que eles não vão deixar um desentendimento bobo ameaçar nosso futuro. Que eles não vão me *abandonar*. Teremos desafios bem maiores que esse. Principalmente por sermos uma banda negra tocando o que todo mundo acha que é música boba de garota branca.

— Mas... música boba de garota branca sempre foi o seu lance, né?

Eu bufo e me afasto para me recompor, porque minha mente é tomada por imagens em detalhes vívidos de mim brigando com *Lil Kinsey* nas perigosas ruas de Atlanta. As manchetes, os posts nas redes sociais, a minha cara, com os olhos enfurecidos e famintos enquanto tento lutar contra esse gigante e enforcá-lo, em fotos borradas de celular que transeuntes tirariam — embora, com sorte, a claridade fosse causar reflexos nas lentes das câmeras e isso fosse me impedir de ser reconhecida.

— Preciso ir — digo a ele, porque Vovó Vee sempre diz que a única maneira de sair de uma confusão é não entrando em confusão. Se eu ficar aqui, com certeza vou me arrepender de algo que vou falar ou fazer.

Abro o aplicativo para chamar um carro, mas não tem literalmente nenhum motorista no mapa. Fecho e abro de novo, pensando que talvez seja um bug estranho porque nunca vi o mapa todo vazio, mas então percebo que meus esforços podem ser em vão. Tenho certeza que os preços estarão altos por causa da nevasca. Nem valeria a pena com o tempo de espera que provavelmente vou encontrar, mas finjo mesmo assim só porque quero que Téo saiba o quanto me irritou.

— Ah, para com isso, minha linda — diz ele. — Eu não quis dizer que gostar de música boba de garota branca é ruim.

Eu o ignoro, pegando minha case, que está mais pesada agora com Delilah dentro, e me aproximo da rua. Olho para a Peachtree como se estivesse esperando alguém vir me resgatar a qualquer momento, e enquanto me inclino, escorrego e cambaleio para fora da calçada. Me equilibro e tento disfarçar dando mais um passo para a rua, como se quisesse estar ali mesmo.

Então escuto pneus cantando à minha esquerda, seguido pelo som de uma buzina alta. Viro em direção ao som como se estivesse em câmera lenta e vejo uma SUV vermelha com luzes verdes na parte de baixo iluminando a estrada cheia de neve, ziguezagueando e girando, fora de controle, na minha direção. Não sei por que não corro, mas é como se eu estivesse observando uma garota que se parece muito comigo não fazer nada para se salvar. Por um breve momento, me pergunto se ser atropelada por um carro faria com que Kennedy e Rakeem me perdoassem. Com sorte, antes que o pensamento perturbado ganhe força, sou atingida com tudo por Téo Santiago-Watkins.

Ele me segura pela cintura e me puxa com força para trás, me tirando do caminho do veículo desgovernado. Nossas pernas se embaralham e caímos no chão com tudo, perto da bilheteria do teatro,

218

e um pequeno monte de neve amortece nossa queda. Mas ainda dói ter o corpo enorme dele como uma rocha sobre o meu.

Téo imediatamente se apoia nos antebraços para tirar o peso de mim. O rosto dele está a centímetros do meu, mas ele não se mexe.

— Você está bem? — pergunta, ofegante.

Não olha para nada além de mim até que eu assinta, e já que estou um pouco sem fôlego por conta da queda e da proximidade dele, levo um momento para responder.

— Acho que sim — sussurro entre respirações curtas porque ele cheira bem demais para ser verdade, como fumaça de madeira e mel.

Téo levanta e olha para a rua, onde o carro recuperou o controle e diminuiu a velocidade. Mas quando o motorista não para e não sai do carro para conferir se estamos bem, Téo corre um pouco até ele como se estivesse indo atrás do veículo e grita:

— É sério, mano?

Então mostra o dedo do meio para o motorista bem quando a SUV vira a esquina e desaparece.

Fico caída no chão, esparramada e tremendo, até que Téo volta e estende a mão para mim. Ele me puxa e eu levanto devagar, limpando a sujeira da minha jaqueta e da calça jeans. Minhas mãos tremem e sinto meu quadril machucado, assim como meu ego, mas só consigo pensar em Delilah. Abro a case e ergo a guitarra para examiná-la, prendendo a respiração e implorando ao universo por piedade. Duas cordas se soltaram e o corpo dela está um pouco arranhado, mas fora isso acho que está bem. Quero me bater por não ter usado minha case reforçada hoje.

Minha mãe comprou Delilah para mim no meu último aniversário. Ela também comprou presentes especiais para minhas irmãs recentemente, depois de quase uma década de absoluto silêncio. Jordyn ganhou um cristal e um diário de atenção plena que jogou fora na mesma hora — eu contei pra ela que Jordyn tem ansiedade e minha mãe achou que essas coisas poderiam ajudar — e Jayla ganhou um conjunto de fazer biscoitos porque aquela garota não sai da cozinha. Embora Jordyn diga que nunca perdoará nossa mãe por ter ido embora, e que esses presentes são uma tentativa de *comprar* nosso perdão, ainda acho importante ela estar entrando em contato, tentando consertar as coisas.

Delilah tem me acompanhado em praticamente cada ensaio, cada trabalho, cada show em que toquei no último ano. Minhas bandas começaram e acabaram — Reigning Stardust, Seven Suns e agora Rescuing Midnight —, e eu não vi minha mãe nem uma vez sequer desde que ela partiu. Mas quando Delilah está comigo, sinto como se minha mãe também estivesse.

Algumas pessoas se aproximam, perguntando se estamos bem, e algumas outras ficam boquiabertas, olhando de longe. Me esforço para não chorar, mas depois de levar um bolo da minha banda, quase ser atropelada, ter minha guitarra danificada e minha bunda machucada, sinto o calor das lágrimas por trás dos olhos de novo.

— Estamos bem — diz Téo.

Ele olha para mim enquanto fala em vez de olhar para as outras pessoas, e vejo que seus óculos sumiram de novo. Então percebo que os meus também. Eles devem estar perdidos no meio da neve. Os cílios dele são tão curvados que quase se dobram para tocar as pálpebras, e de repente lembro de como ele arregalava os olhos quando eu lia um dos meus poemas no ensino fundamental... como arregalou os olhos pouco antes de nos beijarmos. Desvio o olhar para as minhas botas, tentando esconder as lágrimas, mas Téo deve ter percebido.

— Deem espaço para ela.

Ele me ajuda a andar até a fila de divisores que bloqueia a entrada do teatro e eu olho ao redor, nervosa, pensando que cruzamos um limiar que não deveríamos. Téo não parece preocupado. Ele me ajuda a sentar de novo e eu me apoio na outra lateral da bilheteria, embalando Delilah como meu pai me embalava quando eu adoecia na infância. Olho para o nada, piscando e abanando meu rosto. Respiro fundo algumas vezes.

— Sério. Tem certeza que está bem? — pergunta Téo mais uma vez.

— Sim — respondo. — Delilah, por outro lado, nem tanto.

— Jimi. Você está tremendo. — Ele limpa minhas lágrimas com o dedão. — E chorando.

Seco o resto do rosto com o ombro.

— Só estou um pouco abalada.

Deixo ele segurar minhas mãos em silêncio por um tempo. De alguma forma, as palmas dele estão quentes, embora ele não esteja usando luvas. Téo me observa enquanto respiro fundo, mas não diz nada. Só massageia os nós dos meus dedos com gentileza.

— Melhor? — pergunta, segurando minha mão por mais tempo que qualquer outra pessoa já segurou.

E me sinto mais calma. Meus lábios não estão mais trêmulos, e quando eu passo a mão pelas minhas bochechas, elas estão secas.

— Sim — respondo. — Melhor.

No chão, a alguns metros, vejo uma lente dos óculos escuros dele saindo da neve. Aponto para ela e Téo sorri.

— Acho que óculos Tom Ford não servem para missões de resgate — diz ele.

— Eram bem coisa de babaca mesmo — respondo.

Téo ri de novo, desta vez para valer, enrugando o canto dos olhos, e ele até deixa escapar um ronquinho. Depois, fica quieto como a neve.

Minha cabeça ainda está quente com todos os sentimentos que borbulhavam em mim antes do quase atropelamento: indignação, vergonha e vontade de brigar com ele por causa daquele comentário de música de garota branca — mas, bem no fundo, sei que ele está certo... em relação a tudo. Então, pelos minutos seguintes, enquanto troco as cordas da minha guitarra e rezo para as deusas do rock fazerem ela funcionar de novo, cuido do meu ego ferido também. Decido que a desculpa, o ato heroico e a gentileza inesperada de Téo são suficientes para que eu deixe pra lá.

— Obrigada, aliás — digo, por fim. — Isso foi, tipo, um resgate nível Edward Cullen. Menos gracioso, mas efetivo.

Olho para ele devagar, mas mantenho o olhar firme. Ele me puxando sem fazer nenhum esforço foi bem sexy, e mal posso esperar para contar tudo para Sola. Para ele, digo:

— Você meio que salvou minha vida.

Ele dá um sorrisinho.

— Não podia te deixar ir dessa para melhor daquele jeito — responde Téo em voz baixa.

Levanto e passo a alça de Delilah pelo ombro. Eu a afino, toco uma vez e quase dou um gritinho porque ela não soa tão terrível. Deixo escapar um suspiro de alívio, grata por ainda ser possível tocar nela. Ainda é minha garotinha da sorte.

Téo olha para trás, para a porta do teatro, e então se volta para mim.

— Eu, hã, vi que você chamou um carro de aplicativo. Vai ter que esperar um bom tempo, certo? Por que não entra comigo para esperar? Sei que está com frio. Deve estar com fome também, e eu tenho um montão de rango no camarim.

Olho para ele duas vezes. Tipo, dou uma olhada nele, desvio o olhar e olho para ele de novo.

— Você tem acesso ao camarim. No Fox Theatre — digo, não como uma pergunta, mas claramente tenho muitas perguntas.

— Ah, é. Acho que não tinha como você saber, mas eu ia abrir o show de hoje, só que aí… — Ele gesticula para a neve ao nosso redor. — Todo mundo, o artista principal, minha banda e a equipe, ficou preso na 285 a caminho daqui. Só estou aqui porque passei na casa da Vovó para descansar antes de voltar para a estrada. Quando ouvimos a previsão do tempo, ela me trouxe mais cedo para que eu não tivesse que me preocupar com o trânsito. Eu estava relaxando no camarim desde antes de a nevasca começar. Só saí para esticar as pernas.

Me imagino no camarim do Fox, sentada no sofá onde uma estrela do rock de verdade pode ter sentado, e quase vibro de emoção.

Téo abre um sorrisinho. Ele sabe que estou começando a ceder.

— É grande — diz ele. — E quente.

— Ah, pode crer. Vou esperar lá dentro.

Pego minhas coisas tão rápido que chego antes dele nas portas da frente. Enquanto abro uma delas, ouço ele dar sua risada boba de porquinho (meio fofa) em algum lugar atrás de mim.

O teatro está vazio e silencioso como uma igreja quando entramos no gigantesco átrio. E até que combina. Se eu fosse professar minha fé, seria num lugar que viu tantos deuses musicais quanto o Fox.

Téo vai até uma escadaria acarpetada e me chama, então subimos e cruzamos uma série de corredores que parecem um labirinto. Passamos por algumas pessoas da manutenção, que acenam para nós. Por fim, ele abre uma porta sem sinalização nenhuma, e lá dentro está o sonho de qualquer um que queira ser uma estrela do rock.

A sala é brilhante e quente como um raio de sol, e grande o suficiente para comportar uma dúzia de pessoas andando de um lado para o outro ao mesmo tempo. Há penteadeiras iluminadas em duas paredes, e alguns sofás e cadeiras que parecem confortáveis, um frigobar e uma mesa de centro longa e baixa com uma grande quantidade de comida, de bandejas de charcutaria e frutas a batatinhas, biscoitos e barras de granola. Téo vai ao frigobar, pega uma garrafa de chá gelado e joga uma para mim também. Eu quase não consigo pegar. Ele se joga em um dos sofás e coloca os pés para cima, enquanto imagino o burburinho de uma banda imaginária e equipe de som se preparando para um show.

— Tem wi-fi também — diz ele.

Arranco minha touca e sacudo meus twists de lã antes de prendê-los atrás das orelhas e abrir meu casaco.

— Isto aqui é mais confortável do que pensei.

Téo não diz nada, então olho para ele, sorrindo. Está fazendo uma expressão estranha de dor. É então que me dou conta de que não perguntei se *ele* estava bem depois de nossa experiência de quase morte. Jogo minhas coisas em uma cadeira e me aproximo para sentar ao lado dele no sofá, minha animação por estar aqui sendo diluída pela súbita preocupação.

— Então... eu com certeza deveria ter perguntado isso antes. Mas *você* está bem? — Me inclino para olhar nos olhos dele. — Aquilo foi bem assustador.

Téo assente devagar, seus dreadlocks balançando para a frente e para trás. Ele passa os dedos por eles, jogando-os para a esquerda, e então pigarreia.

— Então, eu estou bem. Mas o que você me disse mais cedo me magoou um pouco.

Franzo a testa.

— O que eu falei?

— Aquilo sobre eu ter sido descoberto e não saber como é ter que trabalhar por alguma coisa. Isso não é verdade.

— Espera. Então você não foi descoberto?

— Fui, sim. Mas odeio quando as pessoas dizem isso. Parece uma coisa, tipo, eu estava lá existindo, aí veio um desbravador e me descobriu. Essa merda me faz lembrar do colonialismo. Mas não vou entrar nessa hoje.

Mordo o lábio porque esse é um nível de profundidade que as entrevistas de TV e artigos de revista ignoram. Quando éramos crianças, Téo debatia com os professores que queriam ignorar partes da história que não gostavam e sempre acabava indo para a detenção por isso. Não acredito que esqueci — que ele só era quieto até precisar usar a voz.

— Mas, tipo, depois que aquele executivo me contratou, eu meio que fiquei por conta própria. Você sabe que minha avó me adotou, né? Que meus pais ainda estão no Rio? Ela queria que eu focasse na escola e não me apoiou nem um pouco quando eu quis entrar pro rap. Mas vi a oportunidade que eu poderia ter, sabe? Eu poderia retribuir tudo o que ela fez por mim, mandar dinheiro para a minha família. Então eu basicamente fugi. Falsifiquei a papelada de permissão e fui embora quando ela não estava em casa. Se eu tiver a oportunidade, vou trabalhar pesado, é o meu jeito. Como filho de potenciais imigrantes, não conheço outra forma de viver. Então sim, acho que dei certo. Mas não foi fácil. E tudo podia ter dado errado em um segundo.

Engulo em seco e olho para as minhas mãos, fugindo de seus olhos escuros e sérios.

— Você tem razão — respondo. Sei que digo coisas maldosas quando minha guarda está erguida, mas isso não é desculpa para o meu péssimo comportamento. Téo não merecia essa reação. (Nem Kennedy e Rakeem.) Vovó Vee sempre diz: "Só quem gosta de ouvir desculpas é quem pede". Então, não faço isso com Téo. — Você tem toda a razão. Foi péssimo da minha parte — digo, baixinho.

Téo toma um gole do chá, coloca a garrafa no chão ao lado do sofá e assente.

— Tranquilo — responde. — E não vou mentir, algumas partes da minha vida são bem mais fáceis agora. Mas ainda assim dá trabalho. É trabalho todo dia, quer eu esteja no estúdio, na estrada, dando entrevistas ou só compondo, achando ritmos, tentando arranjar algo novo. Você precisa lembrar disso se quiser levar esse negócio de música a sério.

Faço que sim, me preparando para que o clima fique estranho, mas por algum motivo não fica.

— Já que estamos sendo sinceros, aquele comentário de música de garota branca me deu vontade de partir pra cima de você. Eu já escuto isso o suficiente dos outros. Não precisava ouvir de você também.

Téo junta as mãos e assente de novo como fez lá fora.

— Respeito — diz ele. — O meu comentário foi mais um tipo de reconhecimento. Para mostrar que eu prestava atenção em você. Que presto atenção em você. É o que lembro de você ouvir desde… sempre. Quando tínhamos treze anos e todo mundo gostava de Cardi B e Lil Nas X, você estava ouvindo indie, curtia uns artistas que eu nunca tinha ouvido falar, ou bandas de pop, punk, pop punk, sei lá. Coisas que jovens brancos escutam.

Só fico olhando para ele.

— Quase todos os jovens brancos que eu conheço gostam tanto de Cardi B quanto os negros. Lembra de Whitt?

— Ah, cacete! Whittaker James Prescott Terceiro!

— O nome mais branco que já existiu — respondo. — Ele basicamente só escuta aquela rádio V-103 de música negra. Na verdade, quando eu vejo a *sua* cara na TV, a maior parte da plateia é de jovens brancos. Então do que você está falando?

Ficamos nos encarando. Quando Téo começa a rir, não consigo ficar séria. Logo estamos gargalhando.

— Caaaaara, é engraçado porque é verdade! — diz ele entre risadinhas e ronquinhos.

— Né? — digo, quando enfim consigo falar. — Minha avó sempre diz: "Se gostassem de negros como gostam da cultura negra…".

Téo assovia baixo.

— Falou e disse.

Algo mais reconfortante que compreensão, melhor que pertencimento, se passa entre nós. E do nada, Téo estende a mão e toca meu cabelo.

— A propósito, isso aqui é demais. A cor, o comprimento. É muito maneiro.

Por mais que tocar o cabelo de uma mulher negra em geral seja uma coisa bem babaca, ele faz isso de um jeito — deixando um twist escorregar lentamente por sua palma até cair e então elogiando — delicado e inesperado demais para que eu fique com raiva. Na verdade, eu coro, lembrando do poema dele no colégio. Será que ele também está pensando nisso?

Viro para apoiar meus pés na mesinha de café e fico batendo meus pés um no outro para não ter que olhar para ele.

— Essas botas são incríveis também — diz Téo, e fico feliz pela mudança de assunto.

As luzes da penteadeira fazem o couro rosa brilhar como um doce recém-lambido.

— Curtiu? Isso é um comentário e tanto vindo de você, sr. Desfile de Moda.

— Você viu aquilo? — Téo dá uma risadinha. — Cara, eu não tenho vontade de usar metade das coisas que me fizeram usar. Mas dá para ver que seu estilo é original. — Ele para por um segundo. Lambe os lábios de uma maneira que parece deliberada. — Você está linda, Jimi Jam — diz, usando um apelido daquela época que eu quase tinha esquecido. — E se quer saber, eu só ouvi o final da sua música, mas sua voz é linda também.

— Ah, eu sei.

E Téo ri de novo. Engulo um pouco do orgulho e digo que o trabalho dele também não é nada mau.

— Gosto muito de "Fake Fire".

É uma música do início da carreira dele, primeiro EP, não do álbum de estreia que o deixou famoso. Algo nela é sombrio e angustiante, e me faz lembrar da poesia dele; de quem ele era antigamente.

Téo faz aquele lance de arregalar os olhos. Pisca e balança a cabeça um pouco, como se estivesse surpreso.

— Cacete, J, essa foi longe. Eu nem sabia que alguém conhecia essa música. Você está me perseguindo ou algo assim? Vai aparecer em algum lugar e revelar todos os meus podres?

Reviro os olhos.

— Cara, para. Mas é por isso que você tem medo de mim? Eu sei demais sobre o *Téo* enquanto você está por aí tentando ser Kinsey?

Téo balança a cabeça e dá um empurrãozinho no meu ombro. Ele deve estar ficando à vontade porque de repente ficou muito… carinhoso. Não que eu ligue.

— Eu não falei que *ainda* tenho medo de você.

No canto da mesa, percebo um pote de plástico com cara de caseiro que parece deslocado em meio aos lanches chiques. Aponto para ele e Téo assente, então me inclino e o abro. Dentro tem meia dúzia de empadinhas redondas e douradas em duas fileiras apertadas de três.

— Isso aqui é...

— As famosas empadas da Vovó? Sim. Metade de frango, metade de carne.

Pego uma e dou uma bela mordida. É folhada e salgada, e sinto gosto de manteiga e bacon além da carne. Por um segundo, esqueço o que ia dizer.

— Jesus, isso é bom. Mas... você com certeza *disse* que ainda tem medo de mim. Ou que pelo menos era assustador me ver — digo, cobrindo a boca cheia. — O que tem de assustador em mim? Naquela época ou hoje em dia?

— Humm. É meio complicado. — Téo coça o queixo e se deita, bocejando e se alongando. O perfume enfumaçado-doce dele se espalha pelo sofá. — Foi mal, estou exausto. Espera um minuto.

Ele parece estar se concentrando, pensando na melhor maneira de responder minha pergunta, e admiro sua disposição de ser tão aberto. Enquanto isso continuo comendo minha empada.

— Acho que tipo... — começa ele. — Mesmo naquela época, você já sabia o que queria. Você entendia de poesia, escrevia e declamava, sem filtro. Você sabia que queria cantar, então estava sempre cantando. Você sabia que gostava de mim — diz ele e eu paraliso, a empada a meio caminho da boca. Téo desvia o olhar ao dizer essa parte, como se tivesse vergonha de dizer em voz alta. — Ou pelo menos eu *acho* que gostava. E então me beijou. Fiquei em choque. Era muito para absorver. Não só o beijo e os... sentimentos, mas o tanto de coisa que você sabia sobre si mesma. A gente tinha *treze anos*. Mas você sabia quem era e o que queria. Eu não. Ainda não sei. E foi assustador perceber isso. Ainda é. O quanto você sabe de si. O pouco que sei de mim.

Não sei o que eu estava esperando, mas não era isso.

— Ah — digo.

Mas fica registrado na minha mente que Téo não mencionou a canção. E pela primeira vez me ocorre que talvez ele nunca tenha recebido minha canção. Ou recebeu, e talvez estivesse intimidado demais por ela — e por mim — para responder. Jogo o resto da empada na boca e mastigo devagar, um milhão de pensamentos colidindo ao mesmo tempo.

— Acho que sinto que tudo na minha vida apenas *acontece*, sabe como é?

— Mmm... não muito — admito. Esfrego as mãos na calça e me aproximo mais dele, fascinada, porque ele fica dizendo essas coisas que eu não estava esperando e só me dá mais vontade de ouvir sua voz grave, de ser surpreendida por suas ideias e sentimentos, indefinidamente. — Como assim?

— Tipo me mandarem para cá para morar com Vovó, toda a coisa da música. As roupas que visto. Meus pais disseram: "Você vai se mudar para os Estados Unidos" e eu concordei, embora estivesse aterrorizado. Eu só gostava de escrever poemas e gravar coisas por diversão com meus amigos, mas então esses mesmos amigos me inscreveram em batalhas de rima, e eu fui. Minha empresária e alguns estilistas escolheram minhas roupas, e eu usei. Meio que tudo só aconteceu, mas não sinto que eu tenha escolhido alguma coisa. Então, se tudo dá certo, sinto que devo a todos, e acabo me matando de trabalhar para garantir que eles saibam que estou grato.

Assinto, mas paro no meio, porque sei do que ele está falando. Só que também discordo.

— Foi mal, Téo, mas preciso te dizer que isso não faz sentido. Ir na onda dos outros também não é uma escolha? Você não relutou com a decisão dos seus pais de te mandarem para cá. Você decidiu participar das batalhas de rima *e* assinar um contrato. Você escolheu vestir as roupas que te ofereceram. Talvez você siga o fluxo e tal para não ter que pensar no que quer de verdade. Principalmente se tem medo de que suas vontades acabem não importando no final das contas.

Téo pisca devagar, como se estivesse pensando no que falei.

— Uau, Jimi Jam. Você não precisa me dar esse sermão todo.

Ele fica quieto de novo, olhando para o camarim como se estivesse perdido. Me sinto meio mal.

— Desculpa se peguei pesado. Como você sabe, posso ser meio ríspida às vezes. Sendo sincera, acho que não gosto que você pense que é impotente. Que essas coisas estão acontecendo e você não pode fazer nada para pará-las. Então me diz uma coisa, Téo, você sabe o que quer?

Ele olha ao redor com seus olhos grandes e brilhantes e depois me encara. Morde o lábio inferior, e quando seu peito sobe com uma respiração profunda, sorrio para que ele saiba que tudo bem não ter certeza.

— Um pouco de silêncio, talvez. Tempo e espaço para pensar, para criar. Para ajudar minha família de todas as formas que eu puder. Acho... Acho que quero encontrar alguém que me entenda. Que veja além de Kinsey, que veja o Téo. E acho que um cochilo seria legal também. — Ele infla as narinas e abre um sorrisinho de lado. Olha para as mãos, e então pergunta: — E você? O que você quer?

— Ah, eu? — digo, pensando na minha banda, na fama e no meu nome em lugar de destaque. Imagino a Rescuing Midnight junta outra vez na festa de Ano-Novo, imagino a gente fazendo milhares de outros shows. Imagino como seria tocar aqui, *dentro* do Fox Theatre, ou cantar na chuva (agora que cantei na neve), e como seria enfim beijar Téo de novo. Dou um sorrisinho. — Eu quero tudo.

Téo sorri e balança a cabeça como se estivesse tentando acordar de um sonho, e os dreadlocks se espalham.

— Hoje foi um dia muito longo. Preciso levantar. Dar uma caminhada antes que eu pegue no sono.

Ele fica de pé, e me surpreendo quando agarra minha mão e me faz levantar também.

Téo se inclina para perto, como se fosse me contar um segredo, e pergunta:

— Quer ver o palco?

Parece ilegal estarmos dentro do teatro sozinhos. Mas enquanto atravesso um dos longos corredores, vejo Téo logo atrás de mim. Ele abre uma porta lateral que dá em um corredor estreito e caminhamos pelo lugar pouco iluminado, passando por fotografias em preto e branco de Prince, Patti LaBelle, Mariah Carey e incontáveis outros que se apresentaram aqui ao longo dos anos. Por fim, chegamos na entrada do palco. Sopro um beijo para a placa de neon acima da moldura da porta, que diz: FAÇA BONITO PARA ATLANTA. É rosa, como se tivesse sido feita para mim.

Quando piso no palco escuro, surto um pouquinho. O teatro é cavernoso e sombrio, as paredes têm uma elaborada arquitetura de tijolos que lembra a fachada de um castelo. Cada lado do palco é coberto por pesadas cortinas de veludo. O teto é de um tom de azul de outro mundo que faz parecer que a sala não é coberta e que estou encarando o céu infinito. Tudo é ornamentado e lindo, e não acredito que estou aqui. A única coisa que tornaria esse momento melhor seria se Rakeem e Kennedy estivessem comigo.

Abro minha case, pego Delilah e passo a alça por cima da minha cabeça. Dedilho algumas vezes, me maravilhando com a acústica incrível, e fecho os olhos, imaginando uma multidão cantando meu nome. Posso ouvir o estrondo do aplauso imaginário e quase sinto o gosto de como seria se esse meu sonho em particular se realizasse. É mais doce que misturar Pixy Stix no chá já muito doce da Vovó Vee.

— Me conta sobre a primeira vez que você se apresentou em algum lugar assim — peço.

— Humm — murmura Téo. Ele estava nos fundos, deixando o palco inteiro só para mim, mas agora sai das sombras e vem ficar comigo bem no centro. — Acho que foi quando abri para o Lil Yatchy. Me caguei de medo. Na verdade, vomitei três vezes antes de entrar, então meu camarim inteiro estava com um cheiro horrível. Quando minha empresária entrou, achou que eu estava morrendo.

Rindo, viro para olhar para ele, mas mal consigo distingui-lo, já que nenhuma das luzes do palco está acesa. A luz do corredor ao lado é a única nos iluminando, como uma voz bonita vindo de muito longe — mal podemos ouvir seu brilho.

— Então ela levou um litro de refri para mim e bebi mais da metade da garrafa. Arrotei tanto que quando chegou a hora, todo mundo estava no celular, procurando alguém para me substituir.

— Não pode ser — digo.

Ainda estou tocando Delilah, algo suave e lento, adicionando uma trilha sonora para a história dele.

— É. Devia ter uns trezentos e cinquenta assentos no teatro. Um pouco menor que aqui. Mas me recompus, fui lá, fiz o que tinha que fazer. Animei a plateia para o meu mano, e deu certo. Vomitei de novo assim que saí do palco. Mas é. Provavelmente uma das piores melhores noites da minha vida.

Assinto, mas não sei se ele consegue me ver. Quando escuto a voz dele outra vez, Téo está mais próximo.

— Me conta sobre a melhor pior noite da sua vida.

Não gosto de pensar nessa noite. É mais fácil fingir que não aconteceu, como se fosse um capítulo da minha vida que imaginei em vez de um episódio real. Mas Téo tem sido sincero comigo a noite toda, e sinto que posso confiar nele. Tudo nesse momento parece meio surreal, da neve ao rapaz ao meu lado no meio do palco em que sonho me apresentar. Ele salvou minha vida e compartilhou seus segredos, então inspiro fundo e compartilho um meu.

— Foi o primeiro show da Rescuing Midnight para uma plateia de verdade. Um dos amigos da minha avó arranjou o show pra gente, nos colocou na lista de uma Batalha de Bandas importante no estádio Benz quando perdemos o prazo de inscrição. Eu sabia que meu pai e irmãs iam, mas mandei uma mensagem para a minha mãe também, algo que raramente faço. Ela disse que ia. Não sei se te contei, mas faz um tempo que minha mãe não é presente na minha vida. Ela foi embora quando eu e minhas irmãs éramos pequenas, se casou de novo e tem outra família. Meu pai decidiu que moraríamos com a Vovó Vee para que ela ajudasse a nos criar. Acho que é por isso que eu gostava tanto de você quando éramos crianças. Porque você também morava com a sua avó. Quando eu estava com você, me sentia menos estranha, não sentia como se estivesse perdendo algo.

— Eu não fazia ideia — diz Téo.

— É. A maioria das pessoas não sabe disso. — Olho para o enorme teatro e para o grande espaço vazio sobre os assentos, e sei que poderia preenchê-lo com toda a rejeição e decepção que senti na vida. — Enfim. Estávamos superanimados, prestes a entrar, e eu fiquei olhando o celular o tempo todo, porque disse a ela para me mandar uma mensagem quando chegasse. Quando eu vi, era a nossa vez de tocar. Tocamos uma música que eu compus, chamada "Left on Read", que fala sobre aquele sentimento de saber que alguém te vê mas não te *vê* de verdade, sabe? A pessoa não entende quem você é. E então você conhece alguém que te entende. A pessoa que lê suas mensagens e sua alma e te *lê*, sabe? E você enfim se sente compreendido.

Não sei se estou fazendo sentido, mas Téo está bem na minha frente, me olhando nos olhos, muito sério. Dedilho Delilah e canto um pouco do refrão enquanto Téo escuta. Tinha esquecido que ele é um bom ouvinte.

— Sua mãe apareceu? — pergunta Téo quando paro de cantar, e só fico parada olhando para ele.

— Não, mas minha melhor amiga, Sola, e a namorada dela, Stevie, foram. E dançaram juntas na plateia. Foi a primeira vez que Sola se deixou ser vista daquela forma em público. Ela deixou que as pessoas a vissem como ela realmente é, como é por completo. Foi tudo. Por isso que eu queria que minha banda viesse. Para gravar a música. Para ajudar Stevie a voltar com Sola.

Téo se aproxima mais de mim e eu fico nervosa, com medo de que ele tente *algo* comigo, mas ele só coloca a mão no meu bolso e pega meu celular.

— Vou gravar você agora — diz. — Mas acho que deveríamos gravar só o som, já que está escuro aqui. Nós dois sabemos que sua voz pode brilhar em qualquer lugar, mesmo em áudio no celular.

Posso sentir o sorriso no tom dele, embora esteja escuro demais para ver. Saber da razão inocente por trás da súbita proximidade não impede que meu coração bata mais forte, mas estendo a mão para desbloquear meu celular para ele. Téo abre o aplicativo de áudio e me diz para começar quando estiver pronta. Fecho os olhos e respiro fundo.

— Mas uma coisa primeiro — diz ele.

— Cara, eu já estava entrando no clima.

— Foi mal. É só que… eu estava pensando. Você disse que odeia músicas românticas, mas é exatamente o que essa música parece ser, e você está gravando literalmente para ajudar um casal a voltar.

— E daí? — respondo. — Mas "Left on Read"? Uma música romântica? Não.

— É sim, Jimi. Músicas românticas não precisam ser sobre ficar com alguém ou sexo ou flores. Querer ser compreendido? Isso é romance. Música para juntar um casal? Romance. E mesmo que você não ache que "Left on Read" é uma canção de amor, você escreveu pelo menos uma. — Ele para e umedece os lábios de novo.

Paraliso.

— A que você escreveu para mim.

O rosto dele está iluminado pelo meu celular, e seus olhos estão tão quietos quanto a voz, brilhando suavemente no escuro. Sinto um calor no pescoço. Meus músculos ficam tensos. Minha rejeição à afeição está totalmente ativada.

— Cala a boca — digo, mas minha voz sai mais suave do que eu queria.

— Não, J. Você escreveu. Eu lembro.

— Águas passadas — sussurro.

Olho para o palco. A madeira é brilhante e desgastada. Dedilho minha guitarra de novo, só para fazer algo com as mãos.

— É mesmo? — sussurra Téo. Ele toca meu queixo e inclina minha cabeça até que nossos olhares se encontrem.

Dou um passo para trás.

— Bem, por que você não falou nada? Por que não ligou? Para onde você foi?

— Los Angeles — responde ele simplesmente, me olhando de uma forma que faz parecer que suas mãos cálidas ainda estão no meu rosto.

Penso naquela época. Faço as contas. Percebo que devo ter mandado a música para ele na semana da batalha de rima. Na semana em que ele foi contratado. A semana que mudou a vida dele.

É claro que ele não teria tempo para responder uma zé-ninguém de treze anos apaixonada quando estava prestes a estourar.

— Ah — digo. — Certo.

E fico envergonhada de novo pensando na música, mas desta vez por um motivo diferente. Ele estava fazendo coisas que eram tão maiores, tão mais importantes do que eu. Eu nem estava no radar dele.

— Eu não respondi — diz Téo, como se pudesse *ver* meus pensamentos — porque estava com medo, Jimi. Você tinha tanta certeza sobre mim, e eu não tinha certeza de nada. Exceto que…

Paro de dedilhar a guitarra de novo. Meu telefone se apaga na mão dele, e eu estreito os olhos na escuridão que de repente tomou conta do lugar, tentando inutilmente vê-lo.

A voz dele está rouca e mais baixa do que esteve a noite inteira. Ele continua:

— Exceto que… eu sabia que queria te beijar de novo e estava com medo de nunca mais ter a chance.

Sinto as mãos dele na minha cintura antes de perceber que ele diminuiu o espaço entre nós. Delilah é a única coisa separando nós dois.

— Posso? — sussurra Téo.

Engulo em seco e coloco alguns dos meus twists atrás das orelhas. Faço que sim, e então me dou conta de que ele provavelmente não consegue me ver. E me sinto como se tivesse treze anos de novo.

— Sim — digo, ficando na ponta dos pés.

Me inclino para a frente até meus lábios tocarem os dele, e me pergunto se ele sentiu falta do gosto do meu gloss de cereja.

Vários minutos (e vários beijos) depois, Téo se afasta um pouco. Ele acende a lanterna do meu celular, e sinto um alívio por ver o rosto dele. Embora a luz esteja vindo de baixo e ele pareça prestes a me contar uma história de terror.

— Eu posso estar errado — sussurra ele —, mas talvez estejamos com medo da mesma coisa.

Estou me sentindo confiante e aquecida, mas franzo a testa, confusa.

— Como assim?

— Nós dois temos medo de não conseguir o que queremos, então você nunca larga o controle, e eu raramente o assumo.

Tento navegar por meus hormônios enlouquecidos para ler nas entrelinhas do que ele está dizendo. Talvez eu não odeie músicas de amor, ou amor. Talvez eu só estivesse com medo demais de destrancar meu coração, com medo de deixar alguém ou alguma coisa entrar.

Enquanto tento entender o que ele disse, Téo fala outra vez.

— Ei, por que seu celular está no modo avião?

— Como assim, no modo avião?

Arranco o celular da mão dele e grito ao ver o aviãozinho (bem abaixo de uma rachadura que obscureceu essa parte da tela). Imediatamente entro nas configurações para desligar. Dentro de segundos, dezenas de mensagens e chamadas perdidas chegam, notificações se acumulando na tela como uma torre Jenga. Meu pai e Vovó Vee ligaram cada um mais de uma dúzia de vezes. Os dois vão me matar.

— Eles queriam vir. — É a próxima coisa que consigo decifrar da confusão das notificações. — Kennedy e Rakeem — digo, olhando para Téo. — Minha irmã também. Todos queriam vir!

B BANDA

Kennedy

Ainda estou morrendo de raiva dessa sua teimosia e não consigo sair daqui nessa confusão, mas não quero que a RM termine assim.

Rakeem

O ônibus tá parado, então não vou conseguir chegar. Mas sim. Ainda tô dentro se vc aceitar as músicas românticas.

Kennedy

E pô, pq vc não tá feliz por nós?

Rakeem

Não é hora disso, K.

Kennedy

Cala a boca, Keem.

Tem mais, mas só preciso ver isso. Meus olhos se enchem de lágrimas de alegria, que caem nos meus cílios antes que eu consiga pará-las. Digito uma resposta o mais rápido que consigo.

Jimi

Me desculpem, de verdade. Amo vcs, seus bobões.
Obrigada por sempre estarem comigo, mesmo quando sou uma idiota.

Mando mensagem para Jordyn agradecendo pelos esforços para chegar aqui e dizendo que entendo se ela não conseguir, vamos nos ver em casa (cedo ou tarde). Então olho as mensagens do grupo. Alguém postou um vídeo de algum tipo de show de luzes. Diferentes palavras e símbolos — "dança"… "quando"… "deve"… um coração gigante… umas duas notas musicais — brilham no céu escuro, e não faço ideia do que pode significar, mas não tento entender porque quero passar cada momento que ainda tenho com Téo *estando* de fato com ele.

Enquanto olho para o cabelo dele e para suas tatuagens, pensando em sua voz suave e mãos macias, vejo que talvez ele esteja certo. Eu realmente me conheço. Sei o que quero. Além de um palco, uma plateia cheia e uma banda que amo, tenho certeza que nunca parei de querer ele.

— Pronta? — pergunta Téo.

Ele ergue meu celular de novo e eu dedilho Delilah, sorrindo enquanto ele arregala os olhos.

Assinto. Téo sorri de volta.

Então aperta "gravar".

Um grande gesto no céu de Atlanta?

Colunista, 22h01

Se você passou por Atlanta hoje, não teve que lidar apenas com a neve... há algo no céu, e não são só os flocos de neve. Há várias teorias. Os entusiastas dos óvnis encheram a internet com o assunto. Aqui está o que sabemos até agora:

18h04 – Luzes aleatórias são vistas no céu ao redor do estádio Mercedes--Benz.

18h28 – Mais luzes surgem e se movem, aparentemente de maneira aleatória.

19h01 – Um contorno que lembra vagamente uma nota musical se forma nas luzes.

19h11 – As luzes desaparecem.

20h01 – As luzes voltam e parecem formar a palavra "quando".

20h19 – Mais luzes aparecem, e as notas musicais são confirmadas.

20h23 – As luzes desaparecem de novo.

21h10 – A palavra "muda" aparece totalmente formada.

21h22 – "Muda" se transformou em um coração.

21h54 – Relatórios conflituosos. Alguns dizem que veem as palavras "dança", "a", "quando" e/ou "deve".

Salve esta página para receber atualizações. Ficaremos de olho em tudo o que estiver no céu — sejam nuvens de neve, palavras flutuantes ou óvnis. Comente suas teorias sobre quem está fazendo isso e por quê. Nossa aposta está em algum rapper que traiu a namorada? Lil Kinsey está na cidade... talvez ele já esteja encrencado.

NOVE

Stevie

Campo do estádio, 22h03
1 hora e 57 minutos para a meia-noite

Minhas pernas tremem e não paro de conferir o relógio. Pouco menos de duas horas até a meia-noite.

Sento, quase congelando nas arquibancadas sob o céu noturno, olhando para o campo coberto por luzinhas de drones. Na primeira vez que vimos o que Ern podia fazer com isso, Sola genialmente os descreveu como um enxame de besouros enormes e sincronizados.

Mas ele *não conseguiu* fazer o teto do estádio fechar. Isso me dá uma vantagem, obviamente — o teto leva oito minutos para fechar *ou* abrir, o que pode atrapalhar o meu prazo —, mas espero que esse problema técnico não seja um mau sinal.

— Calma, Stevie. Fica calma. Está quase na hora — sussurro para mim mesma. — Ern está só fazendo a checagem final. Vai dar certo.

Uma vozinha dentro de mim acrescenta: Tem *que funcionar… você não tem plano de contingência.*

Observo Ern e seu assistente limparem cada drone de luz e rasparem quaisquer pedaços de gelo que se formaram da última vez que ele os enviou lá para cima. Eu queria poder fazer mais. Odeio ficar sentada aqui esperando. Confiro o aplicativo do clima o tempo todo. Supostamente vai começar a nevar de novo à meia-noite, ameaçando arruinar tudo.

Uma notificação chega no meu celular, e são mais mensagens raivosa dos meus pais, mas também um link de Ava.

Ava

É VC?

Clico e leio atentamente o artigo, que diz que drones de luz não autorizados foram identificados no céu de Atlanta e que, devido aos acidentes de carro por toda a cidade, os policiais não conseguiram chegar ao estádio para investigar. Fecho os olhos com força e tento não pensar em outro cenário terrível — e se os policiais *vierem?* A permissão de Ern será o bastante? Por que isso não foi mostrado nos noticiários?

Por sorte, o céu está mais limpo do que de manhã. Olhando para ele, nem dá para imaginar que nevou o dia todo e que Atlanta ainda está sob severo alerta. A lua cheia brilha tão intensamente que faz a escuridão ao redor dela quase parecer roxa. Como se fosse crepúsculo e não quase meia-noite. Uma medusa-da-lua, Sola diria. Talvez seja um truque da luz, mas de alguma forma isso faz com que eu fique mais calma.

Quando era noite de lua cheia, Sola me mandava mensagem,

ou, se estivéssemos juntas, se inclinava e sussurrava no meu ouvido: "Você lembra da medusa-da-lua?". E um arrepio de calor descia pelas minhas costas e pela parte de trás das minhas pernas.

Sorrio. Posso recitar quase todos os fatos sobre elas. E nem é porque amo ciência. Só sei que se Sola fosse reencarnar como um animal, seria uma dessas. Dou risada pensando em como os cadernos da infância dela passaram de histórias da minhoca ladra para histórias do reino das medusas-da-lua.

Sola sempre amou medusas-da-lua, mas se tornou uma coisa *nossa* durante a primavera do nosso segundo ano. Eu estivera esperando para surpreender Sola com uma pequena excursão — ficamos presas em casa por semanas tendo aulas on-line durante a pandemia. Parei na vaga especial da minha mãe no Georgia Aquarium.

— Não tire a venda dos olhos — falei para Sola, que estava no banco do passageiro.

— Por quê? — choramingou ela, embora eu soubesse que no fundo ela estava muito animada.

O final do nosso segundo ano tinha sido virado de ponta-cabeça com o surgimento de outra variante.

— Cadê seu senso de aventura? — perguntei, desligando o motor.

— Eu saí escondida de casa, não foi? Sob pena de morte. — Ela fez careta, fingindo irritação. — E pensei que estávamos só fazendo tarefas para a sua mãe.

— Estamos. Você vai ver.

Saí do carro e dei a volta para abrir a porta para ela. Sola sempre reclamou que eu não era romântica ou espontânea, e ela não estava errada, mas dessa vez eu sabia exatamente o que fazer para vê-la sorrir. Minha mãe precisava de documentos do escritório no aquário, e eu precisava mostrar a Sola algo que ela jamais esqueceria.

Eu a levei pela porta do fundo, usando a identificação da minha mãe. O aquário vazio parecia abandonado, como um lembrete de que o mundo ainda estava em pausa. Lembro de ir ao trabalho com minha mãe quando ela foi nomeada diretora sênior de operações zoológicas e me maravilhar por ela poder ver os majestosos animais aquáticos todo dia. Embora ela sempre dissesse que a maior parte do trabalho era lidar com papeladas, reuniões e aprovar uma ordem aqui e um orçamento ali, senti como se o meu sonho de ser cientista tivesse se consolidado em mim nessa época. Eu sabia que um dia entraria no meu próprio laboratório com meus próprios funcionários e outros cientistas enquanto fazíamos descobertas que mudariam o mundo.

Procurei os seguranças, James e Wayne, sabendo que eles apareceriam em algum momento. Minha mãe tinha avisado que eu estava indo buscar algumas coisas enquanto ela estava de repouso, se recuperando da covid.

— Que cheiro é esse? — Sola respirou fundo, desesperada por qualquer pista.

— Antisséptico, cloro e sal. Para de tentar trapacear. Tenha paciência.

Eu a levei por diferentes galerias, amando como os peixes, tubarões e outros animais nadavam do outro lado do vidro, ansiosos para ver quem estava visitando tão tarde. Me perguntei se eles estavam tristes por não terem todos aqueles rostos os observando diariamente, por conta do lockdown... ou talvez no fundo estivessem felizes por ter uma folga dos humanos. Eu a conduzi para a galeria das águas-vivas.

— Agora, conta até sessenta e pode tirar a venda — ordenei.

— Sessenta? — reclamou Sola.

— Sim, sua pirralha.

— Sua favorita.

— Minha única. — Eu a virei para o outro lado. — Comece a contar em voz alta.

Sola bateu os pés, fingindo estar irritada, mas escondendo um sorrisão.

Rapidamente abri o cobertor, coloquei a cesta de piquenique e peguei os lírios que havia trazido para ela. Conferi os lanches que levei — biscoitos, queijo, uvas e doces. Não havia ficado tão bonita quanto uma cesta que ela montaria, mas é a intenção que conta, certo? Ri comigo mesma, sabendo que assim que Sola visse, ela perguntaria qual era o tema da cesta, e eu daria de ombros.

— Quarenta e cinco! — gritou ela, me fazendo voltar à ação.

Levantei e limpei as mãos na calça; de repente, elas estavam suadas, e eu estava nervosa. Não estávamos nos vendo muito por causa do lockdown, e parte de mim estava ansiosa, sentindo que a distância poderia ter mudado pequenas coisas entre nós. O que acontece quando você passa a ver apenas pela tela de um celular ou computador alguém que via todo dia? A conexão some? Se transforma? Se perde um pouquinho?

Respirei fundo.

— Está bem, pode tirar.

Sola arrancou a venda como se a sufocasse. Olhou para a esquerda e para a direita, absorvendo cada detalhe. Um sorriso se abriu em seu rosto quando ela viu as lindas águas-vivas nadando ao seu redor.

— Stevie…

Ela olhou o piquenique, a luz azul-escura dos tanques lançando sombras ondulantes em todos os lugares, tornando tudo mais chique.

— É a primeira vez que nos vimos desde, sabe… o lockdown e tudo mais. Eu só queria que fosse especial e que você soubesse o quanto senti saudade.

Um rubor aqueceu minhas bochechas.

Sola me agarrou e me arrastou para o chão. Nos esticamos no cobertor e encaramos as medusas-da-lua flutuando no tanque bem à nossa frente. O brilho da luz delas fazia a pele negra de Sola ficar ainda mais linda.

Ela começou a falar suas coisas favoritas sobre medusas-da-lua:

— Você sabia que as águas-vivas também são chamadas de caravelas? E que elas são muito sociáveis? Amo que elas só seguem a corrente e não nadam de verdade. Quão incrível seria só flutuar o dia todo no mar com seus amigos?

Eu sorri. Aquilo não parecia tão incrível para mim, mas fiquei feliz em ver que a imaginação dela estava à solta.

— Elas são simplesmente as coisas mais lindas no mar — continuou Sola. — Eu deveria procurar meus cadernos antigos e reler todas as coisas que escrevi sobre elas.

Ela virou para mim.

— Essa foi a melhor surpresa do mundo. Eu estava com saudade.

Beijei a testa dela.

—Você sempre diz que eu não sou romântica... ou que não sei ser.

Ela entrelaçou os dedos nos meus, e o calor da sua mão me arrepiou.

— Você foi ótima. Precisa trabalhar um pouco mais o tema da cesta, mas nem todo mundo pode ter as *minhas* habilidades.

Eu ri e virei para fazer cócegas nela. Sola esfregou a cabeça no meu braço, e eu a puxei para mais perto. Nossas pernas se entrelaçaram.

— Não vamos ser pegas? — perguntou ela. — E, tipo... nos encrencar?

— Tenho o cronograma da segurança. — Mostrei meu celular. — Além disso, ninguém vem para esse lado do aquário na terça à noite, de acordo com a minha mãe. Temos o lugar todo só para nós.

Ela desviou o olhar de mim e focou no tanque.

— Medusas-da-lua não têm coração, sabia?

— Ontem você disse que eu não tinha coração.

— Hã, porque você não chorou naquele filme.

— Você chorou o suficiente por nós duas — provoquei. — Pensei que seu celular fosse estragar pelo contato com a água.

Ela me acotovelou.

Eu ri.

— Você sempre chora. Por tudo.

— Faz bem.

— Minha dramática. — Eu a puxei, e Sola colocou a boca perto da minha orelha.

— Meu coração é seu — sussurrou ela.

O *meu* coração disparou.

— E você sabe que o meu é seu.

— Agora eu sei.

Olhei Sola nos olhos, encontrando insegurança e pedacinhos de confusão.

— Como assim?

Sola passou o dedo do meu rosto até o meu pescoço, deixando uma trilha morna.

— Você esconde as coisas. Eu nem sempre sei como você se sente. Acho que você deve *pensar* que demonstra ou que me conta, mas nem sempre tenho certeza do que está acontecendo nessa sua cabecinha brilhante. — Ela colocou o dedo indicador na minha têmpora.

— Ah — falei, sem saber o que mais dizer.

Sola colocou a mão no meu peito.

— E nem vou começar a falar do seu coração — disse ela. — Às vezes você parece um quebra-cabeças.

Engoli em seco, sentindo que havia mil coisas que eu queria dizer a ela sobre meus sentimentos, mas as palavras apenas se acumulavam, presas e confusas. Ela olhou para o meu rosto como se estivesse tentando adivinhar os meus pensamentos.

— Às vezes… não sei como…

— Eu entendo — disse ela, e então me beijou. — Se você não consegue me dizer, tem que me mostrar. Eu quero sentir.

Sola pegou minha mão e a colocou em sua pele, abaixo da clavícula, e tocá-la fez minha mente girar enquanto ela conduzia minha mão cada vez mais para baixo. Deixou-a sobre o peito — e eu não ousei tirá-la — e tocou minha camisa, abrindo os botões um a um. Eu estava usando a favorita dela, rosa de mangas curtas e botões.

Segurei os pulsos dela. Não que eu quisesse que parasse... é só que tínhamos conversado sobre não ir longe demais antes de estarmos totalmente prontas.

— Tem certeza? — perguntei, meu olhar descendo para as coxas dela.

Sola assentiu.

— Sim, tenho. — E me beijou longa e profundamente. — Tem certeza? — perguntou ela quando se afastou.

Também assenti.

— Tenho.

Sola segurou o meu rosto, e enquanto ela me segurava ali, vi cada detalhe dela sob o brilho azul.

— Se fôssemos como elas — Sola gesticulou para as medusas-da-lua flutuando acima de nós —, eu flutuaria ao seu lado para sempre, Stevie. Seguindo qualquer corrente que encontrássemos.

Eu a puxei e a beijei, aos poucos me inclinando para trás até ela estar deitada por cima de mim. Eu queria muito que o vestido dela saísse do caminho para que eu pudesse sentir sua pele na minha, mas não queria apressar nada.

— Você está bem? — perguntei.

— Com você, sempre.

Eu a virei e beijei seu pescoço. Ela deixou escapar um som que não parecia com nada que eu já tivesse ouvido, e meu corpo respondeu à altura. Depois de alguns segundos roçando meus lábios contra o lindo marrom-azulado de seu pescoço — sentindo sua pulsação rápida na minha pele —, Sola disse:

— Espera.

Então, respeitosamente, me afastei.

Foi quando ela sentou, ficou de joelhos e tirou o vestido.

E fiquei tão boquiaberta que quase me engasguei.

Sola apenas riu. Foi o som mais harmonioso que ouvi em muito tempo.

— Agora pode voltar — disse ela.

Não hesitei. Depois de tirar uma das tranças de seu rosto para que eu pudesse ver tudo, eu a beijei, então gentilmente lambi o lábio inferior carnudo dela antes de deslizar minha língua para dentro de sua boca.

Sola arrancou minha camisa e estendeu as mãos para tirar meu cinto antes de ir para o botão e o zíper da minha calça.

E eu não me encolhi nem me segurei. A pele dela parecia elétrica como as águas-vivas quando corri minha mão pelo seu peito até a curva de sua cintura e pelo seu quadril. Enquanto permitíamos que nossos corpos se descobrissem, desejei que Sola pudesse sentir o que estava no meu coração, todas as coisas que eu não conseguia dizer. O amor, a admiração, o respeito, o desejo. Nossas bocas e dedos exploraram cada centímetro uma da outra, e naquele momento resolvi que faria de tudo para que ela nunca mais precisasse questionar o que eu sentia, mesmo que eu não falasse uma palavra.

— Vai ficar lindo contra aquela lua cheia — a voz de Ern interrompeu meus pensamentos.

— Hã? — Olhei para ele, quase sem fôlego pela lembrança da minha primeira vez com Sola.

Ele acena para que eu desça para o campo e me entrega uma barrinha de granola.

— Coma. Apesar do frio, você está suando e suas pupilas estão dilatadas. Foi um longo dia e será uma noite mais longa ainda.

— Posso ajudar?

Eu preciso fazer alguma coisa. Minha mente está um caos.

Ele me entrega uma prancheta com uma lista de afazeres.

— Tecnicamente não, mas você pode me acompanhar. Coloca essas luvas aqui e vamos fazer uma conferência formal para que eu possa começar a próxima sequência. O clima está perfeito e falta mais ou menos uma hora para a meia-noite.

Sinto como se estivéssemos em um laboratório juntos. Sinto um calor bom no peito pela primeira vez em dias.

Ern ergue um dos pequenos drones, demonstrando como conferir a bateria.

— Garanta que esteja encaixada corretamente. Já colocamos o roteiro e a linha do tempo no computador. Tudo precisa estar exato e em ordem.

— Deixa comigo. Exatidão e ordem são minhas coisas favoritas.

Eu gostaria que minha vida inteira pudesse ser como um show de drones de luz — tudo perfeitamente alinhado, um plano bem-feito e pensado nos mínimos detalhes, um programa de computador altamente inteligente ligado a um sinal de rádio, tudo pronto para sincronizar o resultado desejado. Eu conseguiria ver todas as possibilidades e antecipá-las antes que acontecessem.

Não haveria variáveis inesperadas.

Não haveria por que desejar versões paralelas do mesmo acontecimento.

Não haveria por que desejar outras versões de mim mesma.

Nada jamais daria errado de novo. A probabilidade de ferrar com tudo seria mínima. Ninguém se magoaria. Muito menos Sola.

Eu seria a namorada perfeita para ela.

Ern pigarreia, estourando minha bolha de concentração.

— Se você gosta tanto de ordem e exatidão... por que acabou nessa? Você não me contou a história toda.

Ele não olha para mim, ainda conferindo cada drone.

Sinto um frio na barriga. Eu não falei o que *de fato* aconteceu em voz alta para ninguém. Meus pais gritaram tanto naquela noite que eu não pude dizer nada nem tive chance de explicar.

— Eu fiz besteira.

— Essa parte eu sei. E você está tentando reconquistar sua ex. Mas o que aconteceu? Evan-Rose disse que você atropelou a caixa de correios dos seus pais enquanto estava fora de si. Mas você não é de beber. Lembro daquela vez que deixei você e a E.R. provarem uma bebida, e enquanto minha irmã pareceu gostar, você cuspiu e disse que nunca mais queria beber álcool. Então sei que tem mais coisa nessa história. Desembucha.

Seguro a prancheta contra o peito.

— Eu fui conhecer a família da Sola.

— Mas você não a conhece desde criança? Está dizendo que nunca chegou a conhecer a família dela? — Ern franze a testa, confuso.

— *Aff*, eu não estou falando coisa com coisa. Foi mal. Não é isso. Eu já conhecia, sim, mas eu seria apresentada de novo... dessa vez como *namorada* da Sola.

— Ahhh, entendi. E como isso acabou com você atropelando a caixa de correio?

Dou de ombros.

— Bem, a noite de sábado começou mal. Para o meu projeto sênior, eu meio que fiz um experimento provando que o amor é só uma reação química no nosso cérebro e mostrei pra Sola. Tirei dez e queria me gabar.

— Suponho que não tenha ido bem.

— Nem um pouco. Sola é *super*-romântica e ficou muito ofendida.

— Faz sentido.

— Bem, aí no domingo, no dia do jantar, eu me atrasei. Sendo sincera, é porque estava nervosa, então tentei me distrair com o trabalho. Nosso professor de química me deixa usar o laboratório da escola nos fins de semana quando ele está lá. Fiquei fazendo experimentos o dia todo, então tive que correr para casa e me arrumar para o jantar... mas perdi a noção do tempo. Nem deu tempo de trocar de roupa, muito menos tomar banho depois do laboratório. Fiquei tão nervosa que tomei dois relaxantes musculares da minha mãe, aqueles que ela toma para dor nas costas, achando que me ajudariam a relaxar.

— Imagino que isso também não deu certo. — Ern reorganiza dois drones.

— Não mesmo. Acabei sendo super babaca no jantar em que estava toda a família dela. Incluindo tios, tias e a avó que vieram visitar.

— Ai, garota. — Ele balança a cabeça.

— E então Sola disse que eu tinha até meia-noite para me desculpar com ela e com a família.

— Bem, esse é um pedido de desculpas e tanto... E se Sola soubesse quanto essas coisas custam, teria que perdoar. — Ele vira para mim. — Então do que você está com medo?

Faço uma longa pausa, embora a resposta esteja bem na ponta da língua.

— Estou com medo de que eles não gostem de mim.

— Do que mais? — Ern se aproxima de mim na ponta dos pés, passando por fileiras e fileiras de drones e fios.

— É isso.

— Tem certeza? Poucas pessoas, até cientistas que eu conheço, se esforçam para testar e provar uma hipótese sobre o amor não ser real. Ou a compartilham com a pessoa com quem estão se relacionando. — Ele me encara e seus olhos parecem os de Evan-Rose, o que faz com que o contato visual seja pior. É incrivelmente gentil, mas também certeiro e conhecedor. — Você cresceu com tanto amor ao seu redor.

Meu coração dispara, e abro e fecho a boca, o resto das palavras preso.

Ern coloca a mão no meu ombro. E é quando tudo sai:

— Eu... eu não quero perder o controle, Ern. Eu não gosto do caos disso tudo. Não quero perder o controle de todas as coisas que *sei* e que posso provar. Embora eu não goste de não ter visto nem falado com Sola nos últimos três dias, eu *odeio* me sentir tão mal por isso. E *desequilibrada*. Minha cabeça está confusa e eu não aguento isso.

— Você está apaixonada — responde ele, o olhar suavizando. — Amar uma pessoa afeta todas as áreas da sua vida. Muda tudo, Stevie.

Choro pela primeira vez desde que tudo aconteceu. Talvez pela primeira vez em anos. As lágrimas são quentes e pesadas, encharcando meu cachecol. E não importa quantas vezes eu limpe minhas bochechas, elas ficam molhadas de novo. Ern me abraça forte.

— E se for difícil demais me amar? — pergunto. — E se eu estiver com medo demais? Confusa demais para viver uma história de amor bonita?

— Impossível. — A voz dele tem muita confiança. — Vou te falar uma coisa... o amor não é fácil. Essa é a verdade. E em parte pode ser apenas reações químicas no nosso cérebro... — Ele toca a têmpora. — Mas vale a pena toda vez. Quando conheci meu marido... você conhece o Maurice. Era uma época diferente. Mesmo em Atlanta. Eu estava com muito medo de amá-lo abertamente porque e se, cedo ou tarde, ficasse difícil e ele se cansasse de todos os olhares tortos, insultos e ódio sem sentido? Então eu fui imprudente no começo do nosso relacionamento. Eu o afastei antes que ele me largasse. Fiz muita besteira. E ele também. Minha história de amor é cheia de segundas, terceiras, quartas e até quintas chances. Maurice foi muito paciente comigo, e isso criou espaço para podermos crescer.

Eu olho para Ern, e ele sorri.

— E se não funcionar? — pergunto. — E se Sola não me perdoar?

— Pelo menos você tentou. Você contou a alguém que a amava. Você contou a toda a cidade de Atlanta. E tipo... para a internet inteira.

Dou uma risada nervosa.

O relógio dele recebe uma notificação.

— Está na hora.

Agora mal consigo respirar.

— Sério?

— Uhum. Acabei de apertar para começar. Precisamos aproveitar o céu limpo antes que a terceira rodada de neve comece. Você vai conseguir cumprir o prazo.

Observamos os pequenos drones subirem ao céu para pedir desculpa à garota que eu amo.

Para consertar meu pior erro.

OPERAÇÃO SURPRESA STEVIE E SOLA

22:28

E.R.

Meu pai ficou preso no estacionamento, então pegamos o metrô lá no aeroporto. Tá funcionando. Tragam tudo para o estádio. Foi o que o meu irmão disse. O portão quatro vai estar aberto.

Porsha

Estamos a caminho. Tivemos que pegar um carro de aplicativo pq os pneus furaram. Tem pisca-pisca e um globo espelhado! Mas até com a música de Natal e com o motorista falante o trânsito tá péssimo.

Kaz

Pelo menos o cara tá cortando caminho. Aqueles caminhões limpa-neve estão funcionando.

Jimi

Vcs olharam pra cima? O céu já tá iluminado. Ela conseguiu mesmo.

E.R.

Estamos debaixo da terra no momento, mas faltam só duas paradas. Mal posso esperar pra ver.

Jimi

Legal. Tô a caminho também. Com... um convidado.

22:31

Jordyn

Espera, com quem, Jimi? O trânsito na rodovia finalmente tá andando um pouquinho. A caminho.

Jimi

 Cadê a Ava? Por que ela tá tão quieta?

E.R.

E alguém tem notícias da Sola? Alguém pode garantir que ela pelo menos está olhando pela janela? Vcs sabem como ela é. Jimi?

Jimi

Deixa comigo.

22:36

S STEVIE

Sola, olhe pela janela.

Por favor!

Prometo que vai valer a pena.
Me desculpa, de verdade.

RELATÓRIO DO ACTION NEWS DO CANAL 3

22h37

Embora o trânsito esteja começando agora a se mover em três das quatro rodovias principais, a Polícia Rodoviária relatou vários veículos parados e acidentes menores de trânsito. Se você precisa viajar, pegue rotas alternativas.

A ordem do prefeito para a população procurar abrigo foi retirada, mas a cidade ainda está sob estado de emergência. Esforços para limpar as estradas continuarão durante a noite. A Guarda Nacional foi convocada para ajudar em missões de resgate nas estradas.

DEZ

Ava & Mason

Georgia Aquarium, 22h39
1 hora e 23 minutos para a meia-noite

Ava

Ultimamente, eu tenho pesquisado citações sobre o tempo. A maioria é bem interessante. Miles Davis disse: "Tempo não é o principal. É a única coisa". Em *A cor púrpura*, Alice Walker diz: "O tempo se move devagar, mas passa rápido". Tennessee Williams disse: "O tempo é a maior distância entre dois lugares". No entanto, algumas das citações simplesmente estão erradas, como aquela que diz que o tempo cura todas as feridas. Isso com certeza não é verdade. Quer dizer, dependendo do tamanho da ferida, você pode precisar de antibióticos, gaze e talvez até uma tala. No mínimo, band-aid e pomada. Então não é o tempo que cura essas grandes feridas. É a medicina.

Enfim. Ainda estou no meu turno de trabalho voluntário no aquário. Geralmente eu não estaria aqui até agora, mas, mesmo com a nevasca, ficamos abertos até mais tarde para um evento especial de feriado com alguns figurões. Então, as estradas ficaram tão caóticas que levou um tempo para todos irem embora. Estou limpando a nova exposição *Mares em Transformação* no átrio. A mãe de Stevie — tia Rochelle para mim, dra. Williams para todo mundo — escolheu o átrio para que todos que entrem no prédio tenham que passar pela exibição. "Mares em transformação" é uma maneira sutil e não controversa de dizer aquecimento global. A exposição tem uma daquelas mesas de multimídia que mostra uma visão de cima dos oceanos e o quanto estão aquecendo, porque a geração dos meus pais tem um problema real quando se trata de se planejar para o futuro. Os espectadores podem controlar o futuro aumentando a temperatura global um pouquinho — ou muito — e vendo o que acontece. É mórbido, mas efetivo. Enfim, basicamente a ideia toda da exposição é mostrar que, a não ser que façamos algo AGORA, será tarde demais para nós.

— É pra gente limpar a exibição, não brincar com ela — diz uma voz da porta.

Duas coisas:

1. A voz é do meu ex-namorado, Mason St. Clair.
2. Ele terminou comigo porque me recuso a romantizar nosso futuro.
3. Ele está usando um traje de mergulho do Papai Noel porque... na verdade não sei por quê.

Mason

Em primeiro lugar, foram três coisas.

E, em segundo, ela que terminou comigo.

Ava

Não terminei não.

Mason

Em quem você vai acreditar, na garota tão fatalista sobre o futuro que com certeza está de pé no escuro aumentando a temperatura na exposição *Mares em Transformação*? Ou em mim, o cara tão legal e tão responsável que assumiu o turno extra de mergulho no lugar do outro voluntário que não conseguiu chegar por causa da nevasca? Eu acreditaria em mim, o cara legal com o traje de mergulho do Papai Noel. Só dizendo.

Faz três semanas desde que Ava e eu terminamos. Três semanas que não a vejo. Não somos da mesma escola, então evitar um ao outro é fácil. Além disso, ela mudou seu turno de voluntária no aquário, então não a encontro por aqui também.

Ao vê-la agora, percebo quantas coisas podem mudar em uma pessoa em apenas três semanas. Ela finalmente colocou os faux locs que tanto queria. E pegou outra camisa de voluntária. Não vejo a manchinha de tinta que tinha na barra da camiseta antiga. Também não reconheço os dois broches de golfinho no colarinho dela. Acho que a loja de suvenir recebeu produtos novos.

Estamos no átrio, e o lugar está todo decorado para as festas; tem pisca-piscas com enormes flocos de neve prateados e brancos pendurados por toda parte. Há uma árvore de Natal de três metros de altura, um menorá e decorações de Kwanzaa. Além disso, músicas festivas estão tocando em todos os cômodos fora das galerias. Nunca conheci alguém que gostasse tanto dessa época quanto a dra. Williams. Se ela pudesse de alguma forma colocar luzes nos tanques, colocaria.

Vou até Ava. Meu traje molhado range a cada passo.

Ela me olha com aqueles olhões. Os olhos dela foram a coisa que mais me impressionaram quando nos conhecemos, grandes, brilhantes e curiosos a respeito de tudo. Ok, os olhos e a mordidinha que ela dá no lábio inferior e seu corpo dentro da calça jeans e as conchas de búzios nas tranças dela e as sardinhas que parecem granulado de chocolate que ela só tem no lado esquerdo do nariz. Quando beijo o rosto dela, sempre começo com essa parte fofinha.

Quando eu beijava o rosto dela, quer dizer.

— Por que você está com essa roupa? — pergunta Ava.

Sei que ela quer saber por que estou usando o traje de Papai Noel em vez do traje normal, mas finjo que não entendi.

— Como assim? Eu estava no tanque...

— Não, tipo... — começa ela, mas então para.

Me aproximo. *Squick. Squick.*

— Você faz ideia do que temos que pegar para a Sola? — pergunto.

O rosto dela se ilumina como eu esperava. Não tem ninguém no mundo que goste mais de dar presentes que Ava, exceto talvez a mãe e a irmã dela. Na minha família, mal lembramos dos aniversários uns dos outros. Ela passa semanas — sério, semanas — fazendo listas de presentes para futuros aniversários ou outras ocasiões. E na hora de embrulhar todos aqueles presentes? Passei mais da metade da minha vida em papelarias com ela. Fita dupla-face é a melhor amiga dela. Eu a vi embrulhar um presente por trinta minutos. Trinta. Minutos.

— É, eu estou pensando que nós podíamos... — começa Ava, mas, assim como antes, para. O sorriso desaparece. — Tenho uma ideia do que vou comprar para ela. Você deveria pensar em algo também.

Entendo o que ela está dizendo. Não existe mais nós. Nós não temos mais que comprar um presente para Sola.

Eu provavelmente deveria entender a deixa e ir embora, mas não quero parar de falar com ela. Me aproximo mais.

— Então, já viu o resto da mensagem da Stevie?

Ava faz que não, e eu entrego a ela meu celular.

Por um breve segundo nossas mãos se tocam, e sinto aquele choquezinho de sempre. O choquezinho que me faz querer tocá-la mais. Não acredito que não posso mais fazer isso.

No céu está escrito SOLA com um coração ao lado.

— Provavelmente cada Sola em Atlanta acha que a mensagem é para si — brinco.

Ava me devolve o celular, mas não diz nada.

— Você acha que vai funcionar? — pergunto. — Stevie está mesmo se esforçando.

— É melhor Stevie fazer tudo que puder. Ela é minha prima e eu a amo muito, mas ela errou feio.

Viro o celular nas mãos.

— Parece até que você não está torcendo por ela.

Ava estreita os olhos.

— Não falei isso. Só estou dizendo que Sola tem muito o que perdoar.

Sei que eu deveria deixar esta conversa pra lá. Sei que não estamos mais falando só de Stevie e Sola. Mas não deixo pra lá.

— Perdoar faz parte dos relacionamentos — pressiono.

— Mas e se não for uma coisa perdoável? — retruca ela, a voz suave. Não parece estar com raiva, apenas triste e resignada.

Ava olha para a exposição. A mesa a ilumina de baixo, fazendo-a parecer um pouco estranha. Tenho uma súbita visão dela em um bar, ou, mais provavelmente, em um auditório, daqui a dez anos. Talvez o cabelo esteja diferente de novo. Talvez ela esteja com algum outro cara. Nós vamos nos ver, um de cada canto da sala, e fazer aquele lance de quando vemos alguém que achamos conhecer: dar um meio-sorriso e desviar o olhar.

Viro o rosto e olho para a exibição *Mares em Transformação*. Eu estava certo. Ela aumentou a temperatura ao máximo. Grande parte do mapa eletrônico está piscando perigosamente em vermelho, passando do ponto de recuperação.

Mason

Eu de novo. O motivo de eu estar usando o traje de mergulho de Papai Noel é que encontrei a dra. Rochelle pouco antes de sair do tanque. Ela me disse que Ava ainda estava aqui também, presa por causa da nevasca.

— Só comentando, caso seja do seu interesse — disse ela, e piscou para mim.

Em vez de ir me trocar, coloquei o traje de Noel. Por quê? Porque me lembra de quando Ava e eu nos conhecemos. Espero que ela se lembre também.

Ava

"Você está apaixonada."

Foram as primeiras palavras que Mason me disse.

Estávamos em uma excursão bem aqui neste aquário. Foi logo depois do feriado de Ação de Graças, e nossas escolas haviam escolhido aquele dia para a excursão. Por algum motivo, tia Rochelle estava fazendo o tour que normalmente era feito pelo membro júnior da equipe. Ela havia acabado de nos levar para a exposição *Viajante do Oceano*.

Exposição não é bem a palavra certa para o *Viajante do Oceano*. Imagine o maior aquário que você vai ver na vida, com mais de trinta mil metros cúbicos e mais de cinquenta espécies, incluindo tartarugas marinhas, tubarões e corais. Para ver todos os animais, você tem que passar por um túnel de trinta metros de vidro acrílico grosso.

Quando entrei, um esquadrão de arraias passou logo acima da nossa cabeça. As barbatanas peitorais pareciam asas enormes, então era como se elas estivessem voando na água. Vi aquelas barrigas brancas e macias e as bocas grandes. Parei no meio do caminho para observar.

Quando eu era pequena, meus pais sempre me levavam ao aquário com minha irmã, mas já fazia anos que eu não ia. Assim que pisei no túnel, não consegui entender por que eu não estava ali todos os dias. Senti que tinha entrado em outro mundo.

Foi a minha primeira vez vendo tia Rochelle trabalhando, e ela era espetacular no que fazia. Nos contou vários fatos sobre as espécies no tanque. Tudo o que ela disse me fez querer chegar mais perto e ver com os meus próprios olhos. Sussurrei para Sola que ia até o vidro e fui, bem na hora que um grupo de tarpões passou nadando em perfeita sincronia diante de mim, as escamas reluzindo, prateadas.

Cheguei ainda mais perto do vidro. Não conseguia acreditar nos tons de laranja e rosa do coral. Ou na anêmona-do-mar com seus tentáculos estranhos. Como podia uma coisa com aquela aparência não ser de outro mundo? Sem contar com os frondosos dragões-do--mar que pareciam cavalos-marinhos que caíram em uma pilha de folhas. Eu devia estar boquiaberta, como sempre fico quando estou impressionada com algo.

E foi quando Mason se aproximou de mim.

— Você está apaixonada — disse ele.

A princípio, eu nem tinha percebido que ele estava falando comigo, mas então ele chegou mais perto.

— É incrível, né?

Mesmo naquela época, ele era pelo menos trinta centímetros mais alto que eu. Tive que inclinar a cabeça bem para cima para ver com quem eu estava falando. Assim que vi o rosto dele, desviei o olhar porque ele era bonito demais. O tipo de beleza que te faz querer parar e ficar olhando para entender como é que um rosto pode ser assim.

Virei para o tanque bem a tempo de ver um polvo enorme abrir os tentáculos.

— É incrível mesmo — falei.

Eu estava me referindo ao polvo. E também ao rosto dele.

— Esse é o polvo-gigante-do-pacífico, nome científico *Enteroctopus dofleini* — comentou.

Então, como se estivesse doido para contar a alguém, Mason recitou uma longa lista de fatos sobre o animal. Como alguns deles tinham duzentos e cinquenta ventosas em cada braço e que o macho vivia por mais ou menos cinco anos e que os maiores podiam pesar duzentos e setenta quilos.

Em seguida, vieram os fatos sobre a garoupa-gigante, que faz um som alto quando está tentando acasalar, e o tubarão-tapete, que é um excelente predador de emboscada e também um dos tubarões mais feios que já tinha visto.

Mason apontou para todos os diferentes tipos de animais e me contou tudo o que sabia de cada um. A essa altura eu tive que olhar para ele, porque seria estranho se não olhasse. Era ainda pior do que pensei. Ele tinha uma pele marrom intensa, um corte fade perfeito, óculos quadrados e pretos bem nerds, um pequeno vão entre os dentes e covinhas nos dois lados do rosto. Desviei o olhar de novo.

Fiquei me perguntando qual era o nome científico de "nerd gostoso".

— Você sabe tudo isso! Maneiro — falei.

— Obrigado, mas nem é tanto assim. Eu ficaria aqui aprendendo muito mais se pudesse.

Havia uma tristeza na voz de Mason, então olhei para ele de novo.

— E por que não pode?

Ele cutucou a camisa de basquete que usava e deu de ombros.

— Tenho treino todo dia depois da aula. Na maioria dos finais de semana também.

Eu queria saber por que ele não podia simplesmente parar de treinar, mas então ele se abaixou e pressionou o dedo no vidro.

— Está vendo aquele tubarão-serra na areia?

Era difícil enxergar, mas enfim vi.

— Aquela coisa comprida e feia tentando engolir aquela serra?

Mason riu.

— Nunca pensei nele assim — disse. — É chamado de tubarão--serra africano. Nome científico *Pristis zijsron*. A parte da serra pode crescer até um metro e sessenta.

— Maior que eu — comentei.

Mason levantou e olhou para mim.

— Maior quanto?

— Cinco centímetros.

— Ano que vem você já vai ter passado ele — disse Mason.

— Você já passou.

Ele abriu um sorriso grande para mim, e eu respondi com um sorriso grande também. Eu com certeza estava corando, e precisei de toda a minha força de vontade para não esconder o rosto e dar bandeira.

— Meu nome é Mason.

— Ava.

E então ouvi um dos garotos da minha turma, Kaz, gritar:

— Olha aquilo!

Quando virei, a turma inteira estava olhando na nossa direção. Eu estava prestes a morrer de vergonha porque pensei que eles estavam zombando da gente ali, sorrindo um para o outro feito bobos, mas quando virei para o aquário, vi o Papai Noel nadando.

— Ho ho ho! — disse uma voz no sistema de som.

O Papai Noel de traje de mergulho acenou para nós. Era parte do tour. Ele tinha seu próprio microfone debaixo d'água, e ele e tia

Rochelle nos contaram como cuidavam de todas as espécies da *Viajante do Oceano*. Quando começaram a falar do trabalho de mergulhador de tanque — que alimentava e examinava os animais, além de cuidar da limpeza do aquário —, o rosto de Mason se iluminou, e vi que um dia ele gostaria de estar ali.

Passamos o resto do tour juntos. Quando tia Rochelle explicava alguma coisa, Mason acrescentava detalhes ainda maiores. Mas não importava quantos detalhes desse, não era suficiente para mim. Fiz tantas perguntas que nem ele conseguiu responder todas.

Enfim o tour terminou com a gente de volta no átrio. Meu professor ficou nos esperando na loja de suvenir. O professor de Mason estava esperando perto do café.

— Vou te encontrar antes de você ir — disse ele, e foi embora.

Fui até a lojinha.

— Quem era aquele cara com que você estava falando? — perguntou Sola. — Ele era um *gato*.

Ela me deu um empurrãozinho com o ombro e nós rimos.

Passei um tempo fazendo compras, comprei um broche de golfinho para mim e um caranguejinho de pelúcia para minha irmã. Quando saí da loja, não achei Mason em lugar nenhum. Esperei perto da porta até que o professor me chamou, dizendo que era hora de ir.

Eu estava a meio caminho do ônibus quando Mason enfim me alcançou.

— Desculpa ter demorado tanto — disse ele. Estava sem fôlego e segurava um pedaço de papel. — Peguei uma coisa para você. — Era uma inscrição de voluntário no aquário. O prazo terminava em uma semana.

— Eu nem sabia que dava para ser voluntário aqui — falei.

— É, imaginei.

Apertei o papel contra o peito.

— Vai se inscrever também?

— Sim, provavelmente. Veremos. Tenho que falar com meu pai. — Ele cutucou a camisa de basquete de novo.

— Ava Munroe, o ônibus vai embora com ou sem você! — gritou meu professor.

— Preciso ir — falei. — Obrigada por isso.

Corri para o ônibus, pensando quão gentil era da parte dele me dar o papel e desejando ter mais tempo para conversarmos. Só quando cheguei no ônibus vi que ele tinha escrito seu nome todo — Mason St. Clair — e seu número de celular. E e-mail. E endereço.

No fim das contas, teríamos mais tempo.

Mason

— Certo, eu acho que vou pegar alguma coisa da Mabel na lojinha. Ela provavelmente ainda está lá fechando o caixa — digo.

Ava tem mania de franzir o nariz. E quando isso acontece só pode significar duas coisas: ela não gosta de algum cheiro, ou não gosta do que alguém disse.

— O que tem de errado nisso? — pergunto.

— O que você vai pegar? — pergunta ela.

— Alguma coisa fofa — respondo, dando de ombros. — Talvez um peixinho-dourado de pelúcia ou algo assim.

— Stevie pisou na bola demais. Se ela quiser alguma chance de reconquistar a Sola, precisa de algo especial para o relacionamento delas, não uma coisa aleatória. Você tem que ser atencioso.

Ela enfatiza o "atencioso". De novo, não estamos falando de Stevie e Sola. Estamos falando de nós e do nosso término. E ela está me chamando de desatento.

Ergo as sobrancelhas, e travamos uma minidisputa de encarada.

— Quantas vezes tenho que dizer que eu...

Ava ergue a mão antes que eu possa terminar a frase.

— Eu não estava falando de você — diz ela.

— Tá.

— Tá.

Olho para baixo, para a poça aos meus pés, que ainda está pequena mas cresce a cada minuto. Preciso tirar esse traje molhado. Me sinto burro por sequer ter vestido o traje de Papai Noel. Achei que pudesse fazer Ava rir, e se eu pudesse fazê-la rir, talvez ela percebesse o quanto sente minha falta, e então talvez... Mas é óbvio que isso não vai acontecer. É óbvio que ela não sente minha falta.

Viro e saio pela porta.

Ava

De todas as saudades que sinto de Mason, nossa amizade é a maior.

(Ok, isso não é bem verdade. Também sinto falta dos beijos. O problema é que ele beija bem. Não. Sejamos sinceros. Beija fenomenalmente bem. Um beijo do tipo o melhor de sua geração. O cara tem técnica.

Um bom beijo não se trata apenas dos lábios. Se trata das mãos e de onde você as coloca. Se trata de quão forte ou fraco você aperta. Se trata do ângulo da cabeça, do calor da boca e da pressão nos lábios. É prestar atenção aos ruídos que a outra pessoa solta, e quando ela soltar esse ruído — o que mostra que está perdendo a cabeça —, fazer de novo.)

Enfim. Sinto falta da nossa amizade. Sinto falta de contar a ele sobre o meu dia e ouvir sobre o dia dele, ajudá-lo com matemática e ele me ajudar com minhas redações. Sinto falta de sermos nerds juntos por causa de algum documentário novo. Sinto falta de saber da vida cotidiana dele. Tipo, me pergunto se ele já conseguiu fazer a *Viajante do Oceano* com uma audiência. Tia Rochelle disse que estava pensando em deixá-lo fazer, já que ele tinha conseguido o certificado de mergulho.

E me pergunto se ele acha que Sola perdoará Stevie. Embora Mason estude na Midtown, ele e Sola moram no mesmo bairro e se conhecem desde crianças. Nós quatro íamos em encontros duplos o tempo todo. Stevie e Sola são o único casal que conheço que estava junto há mais tempo que Mason e eu. Apesar do que eu falei antes, espero que Sola consiga perdoar Stevie. Espero que elas sejam felizes.

Observo Mason sair, deixando pegadas molhadas. Por que estou sendo tão babaca com ele? Nem estou tão brava pelo nosso término. Sei que é melhor assim. Mas só porque não estamos juntos não significa que não podemos tentar ser amigos, certo?

— Mason, espera — chamo. — Me encontra na loja de suvenir. Tenho uma ideia do que podemos comprar.

Ele para, mas não vira. Talvez, depois de tudo, não queira tentar ser meu amigo. Mas então ele diz:

— Está bem, vou me trocar e te vejo lá em dez minutos.

Abaixo a temperatura da *Mares em Transformação*, termino de limpar os outros mostradores e apago as luzes.

Mason

Um ano depois que começamos a namorar, Ava não conseguia decidir qual dia seria oficialmente o nosso aniversário. Ela alternava entre o dia em que nos conhecemos e a primeira vez que nos beijamos, no nosso terceiro encontro. O beijo, a propósito, foi tão bom que me deixou tonto por um momento. Tonto tipo não-consigo--lembrar-meu-nome.

Nós acabamos comemorando nas duas datas, o aniversário do dia em que nos conhecemos e o aniversário do nosso primeiro beijo.

O mais engraçado é que eu não acho que nenhum desses dias foi o mais importante para nós. Foi o que veio alguns meses depois.

Um dos presentes que Ava me deu de aniversário do primeiro beijo foi uma versão em 4k de ultra-alta-definição do melhor documentário já feito sobre a vida no mar e no oceano, *Planeta Azul II*. É narrado por um coroa inglês, David Attenborough, que parece até aquele seu tio meio beberrão e sentimental demais. Ambos já tínhamos visto o documentário, mas nunca em 4k, onde dava para ver cada pixel, até naquelas trincheiras profundas no oceano, que a luz do sol mal toca.

Alguns dias depois que Ava me deu esse presente, decidimos assistir no porão da minha casa, na TV gigante do meu pai. Foi depois da escola e ninguém estava em casa. Estávamos com nossos baldes de pipoca. As luzes estavam apagadas. O coroa inglês falava sobre surfar com golfinhos. Ava e eu estávamos lado a lado no sofá. Meu braço ao redor dos ombros dela. Tudo perfeito. Por mais ou menos uma hora.

Lá em cima, ouvi alguém chegar em casa. Pensei que fosse meu irmão mais velho, Omari — ele não tinha me deixado para ir à faculdade ainda —, mas não era.

Por algum motivo, meu pai chegou em casa mais cedo naquele dia. Acendeu a luz da escada e desceu correndo. Tentei desligar a TV, mas Ava estava com o controle. Ela pausou o filme em vez de desligar.

— Oi, sr. St. Clair — disse Ava.

— Oi, Ava — respondeu meu pai.

Eu conseguia ouvir o sorriso na voz dele. Ele gostou de Ava desde a primeira vez que a viu. Disse que era bom para um atleta como eu ter uma namorada nerd para me manter com os pés no chão.

Coloquei o balde de pipoca na mesinha de café e virei.

— Oi, pai.

Ele franziu a testa para mim e olhou o relógio.

— Você não tem treino? — perguntou.

— Faltei hoje — respondi.

Nosso treinador nos deixa faltar três vezes por temporada, sem questionar.

Meu pai olhou de mim para a tela da TV.

— Você faltou ao treino para ver um filme bobo de peixe? — Ele terminou de descer os últimos dois degraus e ficou atrás de mim no sofá. — Não sei onde você está com a cabeça esses dias. Se eu tivesse metade do seu talento, você acha que eu seria assalariado agora?

Quantas vezes eu já tinha ouvido aquilo?

— Vou amanhã — respondi.

— Você tem uma boa vida esperando por você — disse ele.

Meu pai virou para ir embora, sem parar de balançar a cabeça.

Eu podia sentir Ava me encarando, me incentivando a dizer algo.

— É só um dia de folga — falei.

Meu pai parou onde estava na escada.

— Cada dia conta, filho — disse ele. — Acredite em mim quando digo que cada dia faz diferença.

Então ele foi embora.

Ava sabia como eu me sentia em relação ao basquete. Eu não sabia se queria jogar na faculdade, eu não sabia nem se queria jogar o resto do ano.

E o que meu pai disse era verdade. Eu tinha muito talento. Estava na atlética desde o primeiro ano. O que eu não tinha era a paixão. Isso era ele que tinha. Meu pai estava animado com meu futuro. Minha mãe também. Os dois sabiam que eu gostava de me voluntariar no aquário, mas não sabiam o que realmente significava para mim. Não sabiam que eu estava pensando em faculdades com bons programas de biologia marinha em vez de bons times de basquete da primeira divisão.

— Você precisa contar a eles — disse Ava. — Quando eles souberem o quanto você ama isso, vão entender.

Fiquei um pouco irritado com ela, confesso. Ava tinha o tipo de família que jantava junto todas as noites, falava de sentimentos e amava uns aos outros mais do que amava qualquer pessoa. Eles eram como super-heróis.

— É, e o que eu vou dizer? "Olha, pai, sabe aquele sonho de basquete que você tem por nós dois? Não quero mais. Quero estudar um peixe bobo". — Apoiei a cabeça nas mãos. — Deixa pra lá, Ava.

Mas ela não deixou pra lá.

Uma semana depois, eu estava no meu primeiro turno como guia do habitat na piscina Cold Water Quest, onde os visitantes podiam tocar na água. Meu primeiro grupo era uma turma com um monte de crianças de sete anos. A dra. Rochelle disse que aquela era a minha prova de fogo. Se eu conseguisse manter as crianças entretidas e as anêmonas e estrelas-do-mar vivas, ela me deixaria trabalhar no tanque de arraias e tubarões depois.

Bem quando eu estava me preparando para começar, Ava entrou. Com meus pais. Sei que ela estava tentando ajudar. Ela queria que meus pais me vissem fazendo o que gosto, mas ainda assim fiquei com raiva. Ter a chance de ser guia do habitat era importante pra mim, e eu não queria estragar tudo. A presença dos meus pais me deixou mais nervoso do que eu já estava.

Mas era tarde demais para fazer qualquer coisa. A dra. Rochelle entrou e ficou ao lado deles. Então as crianças e o professor entraram e fizeram fila ao redor da piscina. Eu nem disse oi ou dei boas-vindas a eles nem nada. Só comecei a recitar fatos, e nem eram os mais interessantes.

— Quem pode me dizer o nome científico da anêmona-do-mar? — perguntei.

Nenhum deles sabia a resposta. Porque tinham sete anos.

— *Urticina piscivore* — falei. — Vamos tentar uma mais fácil. Quem pode me dizer o alcance ou o habitat delas?

Nada.

Uma garotinha na fileira da frente enfiou a mão na água e tentou tocar uma estrela-do-mar.

— Por favor, não toque nos animais — falei.

O professor olhou para mim e franziu a testa. Afinal de contas, o foco da exposição era colocar a mão na piscina.

Olhei para onde Ava, a dra. Rochelle e meus pais estavam. Ava mordia o lábio, ansiosa. A dra. Rochelle fazia uma careta. Minha mãe parecia empática, mas meu pai só confuso mesmo, como se não conseguisse entender o que estava fazendo ali. Como se não conseguisse entender nem o que *eu* estava fazendo ali. Olhei de volta para Ava, e ela levou as mãos ao peito.

Olhei para a garotinha.

— Qual é o seu nome? — perguntei.

— Priya — respondeu ela.

— Bem, Priya, me desculpe por dizer que você não podia tocar na piscina. Hoje é a minha primeira vez como guia e meus pais estão aqui, então estou um pouco nervoso.

Ela sacudiu a mão molhada e a cabeça ao mesmo tempo.

— Mas você não tem que ficar nervoso porque minha mãe diz que nossos pais nos amam mesmo quando erramos, então posso tocar a estrela-do-mar e anê mona agora, por favor?

O professor riu. Quando olhei para cima, Ava, dra. Rochelle e minha mãe também riam. Meu pai ainda franzia a testa, mas tudo bem. Porque a garotinha à minha frente estava curiosa. Talvez aquele seria o dia em que ela se apaixonaria pelo oceano, e seria por minha causa. Respondi cada uma das perguntas que as crianças fizeram, mesmo as dos garotinhos tentando me atrapalhar. Mostrei a todos como encostar gentilmente nos animais com dois dedos e falei a eles como as "anê monas" usavam os tentáculos para picar e atordoar peixes para depois comê-los. Quando terminei, o profes-

288

sor disse que eu provavelmente tinha criado alguns futuros biólogos marinhos.

Mas essa nem foi a melhor parte. A melhor parte foi a expressão no rosto do meu pai. Eu podia ver que ele havia entendido algo sobre mim que não entendia antes. Ele não estava feliz, mas vi que entendia.

Em casa, discutimos muito. Ele levou um tempo para ceder, mas deu certo. Já passava da meia-noite quando consegui ligar para Ava e contar. Nunca disse isso para ela, mas aquele dia — o dia em que Ava mostrou aos meus pais o que eu realmente amava — foi o dia oficial do nosso aniversário para mim. Foi a primeira vez que comecei a realmente pensar em como eu amava essa garota e em como eu achava que não era só um lance de escola. Estava começando a pensar que a amava de verdade.

Ava

Quando chegamos à lojinha, Mabel, a gerente da loja, ainda está lá, mas com a bolsa no ombro e se preparando para ir embora.

— Oi, vocês dois — diz ela, olhando para nós. Há um sorriso em sua voz, e eu sei logo de cara que ela vai dizer algo que não deve.

Olho feio para Mabel antecipadamente, mas ela me ignora.

— Vocês dois já voltaram ou ainda estão sendo bobos e perdendo tempo? — pergunta ela, e então ri.

— *Rá*, muito engraçado — digo.

Mas Mason responde:

— Ainda sendo bobos, acho.

Olho para ele, mas não consigo ver seu rosto direito. Ele está olhando para baixo enquanto brinca com o mostrador de chaveiros de pinguim. Será que Mason está sendo sarcástico?

Vou até o balcão e explico a situação de Stevie e Sola e pergunto a ela se podemos procurar um presente rapidinho.

— Leve o tempo que precisar, querida. Meu marido ainda não chegou mesmo. As estradas estão péssimas por causa da neve.

Observo Mason andar pela loja. Ele pega um pinguim e uma sereia de pelúcia e então os devolve para a prateleira. Quando vou até lá, ele está ao lado dos polvos. Coloca um na cabeça, os tentáculos cobrindo seu rosto.

— Gostou do meu chapéu?

— Bem discreto.

Ele ri, guarda o polvo e olha ao redor.

— Se eu gerenciasse a loja de suvenir, só teria animais feios —

diz. — Tipo, você já viu a tardigrada? Parece um ânus microscópico com pés.

— Ai, meu Deus — digo, roncando de tanto rir. — Ninguém compraria isso.

Mason sorri e faz aquela coisa de olhar para mim como se eu fosse a pessoa mais legal que ele já conheceu. Sinto um aperto no peito e preciso desviar o olhar.

— Minha vez — digo. — Escolho o peixe-bolha. É como se alguém tivesse feito uma escultura de cera de um peixe normal e a derretido em seguida.

Agora é ele que acaba roncando.

— Ok, e o sifonóforo gigante?

— Eca, que nojo. Parece um intestino de cem metros com coisas esquisitas penduradas nele.

— Eu sei, mas é incrível — diz Mason com brilho nos olhos. — Eu estava lendo sobre ele na noite passada. A forma como esse bicho se clona é de outro mundo.

Já sei tudo sobre esse assunto, mas amo ver como ele fica animado e todo nerd. É uma das minhas coisas preferidas nele.

Me aproximo de onde estão as águas-vivas.

— Que tal uma dessas? — digo, e a ergo para ele ver.

Mason chega mais perto, pega a água-viva, coloca na cabeça e sorri. Os tentáculos iridescentes ficam pendurados na frente do rosto dele, e Mason fica bobo e bonito ao mesmo tempo. Se isso tivesse acontecido há um mês, eu iria até ele, afastaria os tentáculos de seu rosto e o beijaria.

— Por que uma água-viva?

Conto a ele do amor de Sola por águas-vivas e de como Stevie compra uma todo ano para o aniversário delas.

Mason tira a água-viva da cabeça e franze a testa.

— Não chega aos pés da água-viva de verdade — diz ele.

E está certo. Na vida real, as medusas-da-lua são translúcidas e têm um brilho fraco azul ou rosa. A pelúcia é legal, mas não se compara.

Ele olha a água-viva, pensando.

— Já sei. Que tal um certificado de Nomeie uma Água-Viva?

— Ah, é uma ótima ideia — digo. — Melhor que aquela coisa.

— Podemos dar o presente juntos — diz Mason. — Não quero danificar sua reputação de guru dos presentes nem nada.

— Boa — digo, rindo.

Nossos olhares se encontram. É bom rir com ele. Talvez possamos mesmo ser amigos. Talvez nem sempre vá ser doloroso lembrar o que tivemos.

— Ava — diz Mason.

Há nervosismo em sua voz, mas ele está firme, como fica quando quer dizer algo difícil. Ele nem sempre foi bom em dizer o que pensa, mas depois que ele e o pai debateram a coisa do basquete, melhorou.

Balanço a cabeça.

— Por favor, não diga nada.

Devo parecer triste ou desesperada ou algo assim, porque tudo o que ele diz é:

— Está bem.

Seria fácil — fácil demais — voltar para ele. Mas eu sei que não devo.

292

Ava

O problema começou no nosso segundo aniversário. Mason já estava no último ano, então começou a fazer tour por faculdades. No nosso aniversário do dia em que nos conhecemos, ele estava com os pais na Universidade da Califórnia, em San Diego, então eu não estava esperando um presente nem nada. (Comprei um presente perfeito para ele, um kit de mergulho com snorkel customizado, com as iniciais dele gravadas na parte de dentro dos óculos. Embrulhei em um papel muito bonito, estilo vintage, verde-azulado e dourado.)

Estávamos trocando mensagens o dia inteiro. Ele me enviou fotos do campus e das salas. Eu enviei fotos das provas de vestibular que estava fazendo.

Fiquei esperando um "feliz aniversário" em algum momento, mas ele não mandou.

No dia seguinte, contei à minha mãe, e ela me perguntou por que não falei primeiro.

— Não sei. — Sentei ao lado dela no sofá.

Ela me olhou como se não acreditasse em mim.

A verdade era que Mason tinha estado muito ocupado nos últimos tempos. Ele estava estudando para o vestibular e preenchendo inscrições para as faculdades. As coisas ainda estavam ótimas entre nós dois, mas ele estava se preparando para um futuro longe daqui. Longe de mim.

— Sabe, amor — disse ela. — Esses relacionamentos não duram para sempre.

— Como assim?

— Não me diga que você não pensou nisso. No fundo, no fundo, você sabe que o término está chegando.

— Mãe, eu... — comecei a reclamar.

— Espere, só me escute — disse ela. — Eu sei o quanto você ama o Mason, querida, mas você está no último ano do ensino médio. Vai conhecer outros rapazes quando for para a faculdade.

Balancei a cabeça.

— Não, não vou.

— Ele vai conhecer outras garotas também.

Levantei de repente.

— Venho conversar com você porque estou triste, porque meu namorado esqueceu nosso aniversário, e você me diz que cedo ou tarde ele vai terminar comigo?

Ela enfim percebeu que aquela era uma coisa péssima de se dizer.

— Querida, desculpe.

— Deixa pra lá — respondi, saindo da sala.

Eu sabia que ela estava fazendo seu papel de mãe, tentando me proteger de uma decepção amorosa, mas ainda assim fiquei com raiva. Só porque Mason estava indo para a faculdade não significava que nosso relacionamento tinha que terminar, certo?

Mais tarde naquela noite, ela foi até meu quarto para se desculpar de novo.

— Tudo bem, mãe — falei.

Ela me deu um beijo na testa e me pôs na cama como fazia quando eu era pequena.

Mas, depois que ela saiu, comecei a pensar.

Talvez minha mãe estivesse certa. Talvez eu não tivesse lembrado Mason do nosso aniversário porque estava com medo do que aconteceria quando ele fosse embora. E talvez o fato de ele ter esquecido nosso aniversário me dissesse tudo o que eu precisava saber. Ele já estava no futuro. Um futuro sem mim.

Mason

Eu fiz besteira. Sei que fiz. Não só esqueci o aniversário do dia em que nos conhecemos, mas o do primeiro beijo também. E quer saber o pior? Só percebi que tinha esquecido quando Ava me ligou à meia-noite e um.

— Você esqueceu nosso aniversário — foi a primeira coisa que ela disse quando atendi.

Eu estava na cama, meio adormecido, então não percebi de cara o quanto ela estava brava.

— Era hoje?

— Você esqueceu o outro também.

— Foi mal — falei. — Vou te compensar.

— Não precisa — disse ela.

Foi quando comecei a acordar. Empilhei meus travesseiros e me apoiei na cabeceira.

— Como assim, não precisa? Eu quero...

Ava me interrompeu.

— Tipo, não é como se a gente fosse fazer isso por muito mais tempo, né?

Então eu estava totalmente desperto.

— Como assim? O que nós não vamos fazer?

— Bem, a faculdade vai começar e você vai embora e...

— Espera aí. Deixa eu ver se entendi. Você está dizendo que eu não preciso te compensar porque vamos terminar quando eu for para a faculdade?

Eu não estava acreditando naquilo.

296

— Não, não tente colocar a culpa em mim — disse ela. — Você esqueceu nossos dois aniversários. Os dois, Mason. Não ia fazer diferença se você já tivesse ido embora.

Passei de triste para bravo.

— Bem, então por que você não falou nada? Nós estamos juntos nessa. Por que você não me lembrou?

— Eu lembrei o dia inteiro. Nas duas datas. Estava esperando para ver se você lembraria, mas não lembrou.

Parecia que ela estava me acusando de mais do que só esquecer os aniversários.

— Espera. Você não me respondeu. Você disse que eu não tenho que compensar as coisas porque vamos terminar de qualquer forma. É isso mesmo?

— Não vamos? — perguntou Ava.

Mas ela não disse como se fosse uma pergunta. Disse como se já tivesse decidido. Como se estivesse resolvido. E isso me deixou mais bravo ainda. Eu não sabia que tínhamos prazo de validade.

— Melhor terminar agora, então — falei.

Nem sei por que falei aquilo. Eu estava com tanta raiva que só saiu.

— Ok — disse Ava.

Eu podia ouvir a respiração dela do outro lado. Fiquei esperando que um de nós retirasse o que tinha dito. Mas não aconteceu. E foi isso.

Ava

Vamos até a exibição *Mergulhador Tropical*, onde ficam as águas-vivas. Um dos zeladores, Thomas, acena e nos deseja boas festas.

Sem as pessoas e com a maioria das luzes desligadas, a *Mergulhador Tropical* é ainda mais bonita do que o normal. É uma recriação tropical do recife de corais do Pacífico, e dá para ver peixes de todas as cores ali. Isso, além de todo o coral e o gerador de ondas, faz dela minha exposição favorita.

— Vou pegar o certificado — diz Mason, e vai para a mesa de informações.

Vou até o tanque das águas-vivas. Durante o dia, esses tanques estão sempre lotados. É fácil ver o motivo. As águas-vivas são lindas, como fumaça colorida densa e brilhante espiralando na água.

— Você está apaixonada — diz Mason, lembrando de quando nos conhecemos. Déjà-vu.

Viro para ele, que já está olhando para o tanque.

— Você sabia que as águas-vivas também são chamadas de caravelas? — pergunta ele.

— E o nome científico delas é *Aurelia aurita*.

— E os tentáculos delas podem crescer até trinta centímetros — diz ele.

— Elas gostam de comer águas-vivas menores.

Espero que Mason diga outro fato, mas ele não diz.

— Parece uma vida legal — diz ele. — Elas não têm que fazer planos, só flutuam pela vida comendo zooplânctons e ovas de peixes.

— É, mas elas não têm cérebro nem coração — digo.

— Nem preocupações.

— É isso o que você quer? Flutuar?

— Não — responde Mason, e apoia a testa no vidro. — Me desculpe por ter esquecido nosso aniversário.

— Nossos aniversários — digo.

Ele ri.

— Nossos aniversários.

Também apoio minha testa no vidro. Então digo o que deveria ter dito quando brigamos.

— Eu que deveria estar pedindo desculpa.

Mason não diz nada, apenas espera que eu prossiga.

— Minha mãe disse que essas coisas não duram.

— Que coisas? — pergunta ele.

— Namoros de colégio. Ela disse que vamos crescer e mudar muito. Diz que podemos nos cansar um do outro.

— Mas isso acontece até com pessoas que estão juntas há vinte, trinta ou quarenta anos — diz ele.

— Ela também disse que relacionamentos a distância não funcionam. Vamos estar longe um do outro e...

— Mas é só um ano, Ava. Então podemos ir para a UCSD...

— E se eu não entrar?

— Você vai entrar.

— Mas e se eu não entrar, Mason? E se ficarmos separados por quatro anos? E tem a pós-graduação depois disso. Seria tão difícil.

— Você está certa — diz ele.

Isso, o que está acontecendo com a gente agora, é o que eu temia. Eu estava com medo de admitir que não havia futuro para nós. Só terminei com ele antes que tudo pudesse desmoronar.

Meu coração dói. Mason tem razão. Ser uma água-viva flutuante e sem coração seria mais fácil.

Olho para o nosso reflexo, sabendo que é uma das últimas vezes que olharei para nós. Mason também está olhando. Nossos olhares se encontram no vidro.

— Você está certa, vai ser muito difícil. Mas quero tentar, Ava. Sinto muito por ter esquecido nossos aniversários, mas juro que não estava me esquecendo de você.

Não consigo conter o sorriso crescendo no meu rosto.

— Jura? — pergunto.

— Sempre — diz ele.

Seguro a mão dele.

— Sabia que oitenta e oito por cento dos namoros que começaram no colégio dão certo? — pergunta ele.

— Isso não é verdade — retruco.

— É, sim. O nome científico é *Homus nerdus improbalus*. Os habitats deles são bibliotecas e aquários.

Dou risada e entro na brincadeira.

— Eles se conhecem jovens e às vezes se separam, mas sempre encontram o caminho de volta um para o outro.

Me aproximo dele e apoio minha cabeça em seu antebraço. Ficamos assim, observando as águas-vivas flutuarem para cima e para baixo, como se tivéssemos todo o tempo do mundo.

— Precisamos levar o certificado da água-viva para Stevie — digo. — Ela e Sola precisam voltar. Precisam mesmo.

— Elas vão voltar — diz Mason.

Ele se inclina e beija minhas sardas, como fazia antigamente. Em seguida, me beija como uma promessa de mais beijos no futuro.

OPERAÇÃO SURPRESA SOLA E STEVIE

23:22

Sr. Olayinka foi adicionado ao grupo.

Jimi

Oi, sr. Olayinka. Precisamos da sua ajuda.

Sr. Olayinka

Sim, querida Jimi. Como posso ajudar? E o que é isso em que você me adicionou?

E.R.

E aí, sr. O?

Ava

A neve tá terrível aí também?

Sr. Olayinka

Está terrível em toda parte, mas os limpa-neve passaram aqui. Espero que vocês estejam seguras.

Jimi

Precisamos da sua ajuda pra trazer a Sola pro estádio. Prometo que ela não vai ficar fora até tarde.

Sr. Olayinka

Me ligue, Jimi.

Kaz

Isso aí, Papa O.

ONZE

Stevie

Estádio Mercedes-Benz, 23h49
11 minutos para a meia-noite

Não consigo tirar os olhos do céu. Os drones de luz começaram a segunda versão da mensagem. Enquanto cada imagem e palavra se formam, meu coração fica mais leve, e por um momento esqueço que estou sozinha na arquibancada e que Sola não está do meu lado. Mas, observando a mensagem se iluminar na escuridão, pela primeira vez na vida tudo parece magia. Algo em que nunca acreditei. Ern adicionou um "sinto muito" no roteiro, e estou esperando que isso faça com que Sola me responda.

**QUANDO A MÚSICA MUDA,
A DANÇA DEVE ACOMPANHAR.
SINTO MUITO, SOLA. ME PERDOA?**

— Está perfeito. — Ern estica a cabeça para fora da sala da tecnologia. — Mais que perfeito. A cidade inteira está falando disso. Já teve notícias dela?

Estou com medo demais para olhar o celular, para ver se Sola respondeu. Agarro o aparelho com muita força, só para impedir meus dedos de tremer.

— Stevie.

Viro ao ouvir meu nome. Evan-Rose está no topo das escadas com o cunhado, segurando a mão de uma linda garota negra com dreadlocks na altura do ombro. Ver E.R. quase acaba comigo. Corro até ela, quase a jogando no chão.

— O que você está fazendo aqui? Como chegou aqui?

— Pelo metrô — diz ela. — Limparam os trilhos. Mo, Van e eu viemos direto do aeroporto.

Eu a abraço com tanta força que ela nem consegue responder.

— Bom te ver, Maurice — digo por cima do ombro de E.R. — E que bom finalmente te conhecer, Savanna. Eu falei para vocês não…

— Você está tremendo. — E.R. me aperta com mais força, e parece que tem um terremoto no meu peito. — Estou com você — diz ela. — Vai dar tudo certo.

Quando ela me solta, tira a mochila do ombro e pega um longo tubo.

— Chegaríamos mais cedo, mas quando decidimos pegar o trem, tive que ir encontrar Maurice. Cuidei para que ficasse intacto.

Abro a tampa, retiro o pôster e o desenrolo. É mesmo aquele do quadro de avisos onde Sola e eu nos beijamos pela primeira vez na Academia Barthingham para Meninas. Um dos nossos maiores marcos. Eu a abraço de novo, mas então a dúvida toma conta de mim.

— Estou atrasada. É tarde demais…

Na minha cabeça, Sola teria visto a mensagem e corrido até aqui, e eu daria o pôster para ela para representar o verdadeiro começo da nossa história de amor. Para lembrar a ela que tudo valeu a pena, mesmo que eu tenha pisado na bola.

— Ainda não é meia-noite, Stevie. — E.R. me abraça de novo.

— Bem, não ouvi uma palavra de Sola. Não funcionou.

Uma lágrima cai do meu olho esquerdo, e antes que eu possa secá-la, Evan-Rose faz isso por mim.

— Ela sabe o quanto você a ama, Stevie. Ela sabe o que vocês duas têm. Tenho certeza que não vai jogar tudo fora. — E.R. olha para Savanna e sorri. — Principalmente depois de você iluminar o céu de Atlanta. Talvez esse seja o gesto mais romântico que já fizeram. Tenha um pouco de fé.

— Você sabe que eu não gosto dessa palavra.

Sento em um lugar próximo e penso em todos os sermões que meu pai me deu sobre fé, sobre confiar em um poder maior. Confio nos números, na ciência, nas coisas que posso ver, como minha amiga E.R., que passou por essa nevasca para chegar até aqui... mas hoje parte de mim quer acreditar que outra coisa, outra pessoa, alguém *maior*, vai intervir em meu favor e fazer tudo ficar bem de novo. Meu experimento não está funcionando. Tamborilo os dedos no meu caderno e sinto vontade de arrancar as páginas, apagando todos os meus possíveis resultados, todas as minhas hipóteses.

— O que tiver que ser será. Não é isso o que as pessoas dizem? — Evan-Rose coloca um dos meus dreadlocks atrás da orelha e tenta me olhar nos olhos.

Outra rodada de drones sobe e vai para sua posição no céu, e espero que o zumbido passe.

— Às vezes tenho inveja dos que têm fé. Queria poder acreditar que o que tiver que ser será e que tudo vai dar certo no fim das contas.

Apoio a cabeça nas mãos, a derrota preenchendo meu corpo.

— Ei! — uma voz ecoa do fundo do estádio.

Olho para cima e vejo Kaz e Porsha descendo a escada. Kaz está segurando um kit de rosas de Lego como se fosse um troféu.

— Tive que lutar com uma criança por isso aqui! — diz ele.

— Que mentira. — Porsha o empurra de brincadeira, e então olha para ele, e não consigo segurar o sorriso.

Algo mudou entre eles. Penso em como Sola ficaria feliz de ver isso. Ela tem me contado toda orgulhosa sobre os conselhos que dá para ele, o incentivando a tomar coragem de contar a Porsha que gosta dela.

— Quase não conseguimos chegar. Ficamos no engarrafamento por seis horas e meia. — Porsha relata os obstáculos que tiveram que encarar para chegar aqui: pneus furados, o carro de aplicativo louco e natalino, as estradas secundárias, seguindo um limpa-neve e quase sendo parados, os acidentes por toda parte.

— Vocês não precisavam... — começo a dizer.

— Nós queríamos. Você é nossa parceira — responde Kaz.

— Ei, gente! — Jimi, Jordyn com um cara que tenho certeza que é o irmão mais velho do ex-namorado da minha prima Ava e... pisco duas vezes.

— Esse é o... — começa Kaz.

— Lil Kinsey — sussurra E.R.

— Ah, para — diz Porsha. — Não pode ser.

— Definitivamente parece ele... — acrescenta Savanna. —Aquelas tatuagens no pescoço dizem tudo.

Estou em choque demais para falar alguma coisa, mesmo quando eles passam pela escada até a próxima seção de assentos.

— Gente, disfarça — diz Kaz, baixinho.

Enquanto eles se aproximam, Jimi olha ao redor.

— Cadê ela? Cadê a Sola?

Ern sai da sala da tecnologia, e Maurice vai até ele.

— Que bom que vocês chegaram, mas cuidado com os drones! — Ele gesticula ao redor. — Estão pousando.

Enquanto os drones descem, minha prima Ava e o ex dela, Mason, chegam. De mãos dadas e trocando beijos. Isto é, até Mason ver o cara com Jordyn.

— MARI! — grita ele, e corre para abraçá-lo. Com certeza irmãos.

Assim que sinto o olhar de Ava em mim, sento de novo. Jimi e companhia caminham pelas fileiras da arquibancada para se juntar aos outros. Não tenho energia (ou cabeça) para explicar como a missão toda, meu plano todo, falhou, e que o plano deles de secretamente me ajudar mesmo quando eu disse que não precisava mais falhou. Eles ignoraram minhas instruções e vieram até aqui no meio de toda essa neve para nada.

Sola não viu a mensagem.

Sola não mandou mensagem e pelo visto ignorou as minhas.

Sola não aceitou minhas desculpas.

Acabou.

Enterro o rosto nas mãos e espero poder me controlar e não ficar chateada na frente dos meus amigos (e dessas pessoas que não conheço).

E.R. diz a Ava e Mason que ninguém tem notícias de Sola. Ouço Porsha fazer uma piada para aliviar os ânimos. Kaz diz que está "com a fome de sete leões", e Lil Kinsey começa a mexer no celular, procurando algum restaurante que esteja fazendo entregas tarde da noite... na neve.

O que eu faço agora?, engulo minha pergunta retórica, em grande parte para evitar vomitar, chorar ou desmoronar.

Jimi coloca a mão no meu ombro.

— Está tudo bem, Stevie. Talvez ela precise de tempo para pensar. Podemos te levar para casa.

— Meu ônibus da turnê está na garagem — Lil Kinsey oferece. — Tem correntes nos pneus e tudo. Ou posso chamar o helicóptero.

Nem registro a estranheza daquilo tudo. Esta noite inteira parece tão ridícula que eu posso muito bem ir para casa de helicóptero, pousando na rua sem saída perto do parque. Já até consigo ver os vizinhos com os rostos colados nas janelas. Meu pai ficaria curioso demais para ficar com raiva, e minha mãe, em choque demais para gritar. Poderia atrasar o inevitável sermão e o castigo.

Dou de ombros e levanto com esforço. Nessa versão da minha vida, a noite de hoje saiu diferente do que eu esperava.

Esta minha versão falhou. O erro que cometi é grande *demais* para ser corrigido. Meu universo está desmoronando. Esta realidade, este eu não podia consertar.

— Você tentou. — Ava massageia minhas costas enquanto subo a escada e vou na direção da saída.

Respiro fundo e prendo o ar no peito, tentando afastar a frustração, o vômito, a ansiedade, a decepção amorosa. A cada passo que dou, imagino infinitas maneiras de isso ter acabado melhor:

Imagino se Sola tivesse *visto* meu pedido de desculpas em toda a sua glória.

Imagino se eu tivesse simplesmente ido até a casa dos Olayinka e me desculpado formalmente para a mãe dela, tias e tios, sobrinhos, avó e pai cara a cara, mostrando a eles o quanto me arrependo daquele jantar e das minhas ações.

Imagino se eu não tivesse ficado tantos dias sem fazer nada, escondida no quarto com medo de encarar a rejeição dela, meu próprio constrangimento, ou uma punição ainda pior.

Imagino se eu não tivesse deixado essa ferida entre nós apodrecer e se tornar algo que não pode ser consertado.

Chegamos ao átrio, e meus amigos me seguem. O som da voz deles e dos seus passos faz as lágrimas caírem dos meus olhos.

Acabou. Tudo. Eu convoquei todos eles, inclusive Ern, e eles trouxeram todas as coisas que pedi, mas foi tudo em…

— Stevie?

Mal ouço a voz cortando o ruído da tristeza na minha cabeça.

Na verdade, eu teria jurado estar ouvindo coisas, se todos ao meu redor não tivessem ficado quietos.

— Ei — diz a voz em seguida.

Olho para a esquerda.

Sola.

Meu coração paralisa. A visão dela parece irreal: minha imaginação tornada realidade.

— Sola! — grita Kaz.

Ela dá vários passos incertos à frente. Atrás dela, perto da escada rolante, o sr. Olayinka, segurando um jornal, toca o chapéu para mim e sorri timidamente.

Corro até ela.

— Me d-d-d-desculpa — gaguejo.

Os lindos olhos de Sola estão cheios de lágrimas.

— Você… — Ainda não consigo acreditar. — Você veio.

— Meu pai dirigiu tão devagar que pensei que não chegaríamos — disse ela. — Mas é claro que vim. Você me escreveu uma mensagem no céu. Eu estava olhando para ela o tempo todo até aqui.

A voz dela está grave e chorosa, e me mata saber o quanto esteve chorando. O nariz dela está vermelho.

— Um grande gesto… não é assim que chamam nos romances?

— Isso foi basicamente rastejar aos meus pés — diz ela, e acho que vejo um sorrisinho no canto de sua boca.

Inspiro fundo.

— Me desculpa pelo que aconteceu no jantar. Me desculpa por ter aparecido daquele jeito. Me desculpa pela péssima impressão que deixei. Me desculpa por arruinar nosso momento.

Estendo a mão, esperando que ela a aceite. Fico com o braço esticado, meus dedos tremendo de ansiedade.

Sola suspira e toca minha mão.

— Me desculpa por ter colocado tanta pressão em nós. Eu queria que fosse a nossa melhor memória. Aquela em que poderíamos orquestrar o resultado. Se o jantar fosse perfeito, a resposta de todos também seria.

Uma lágrima escorre pela bochecha dela, e eu a seco. A pele dela é eletrizante.

— Você acha que pode me perdoar? — pergunto.

Um silêncio se alonga entre nós, e sinto o peso do olhar dos nossos amigos. Meu coração martela no peito, ameaçando explodir. Mordo o lábio e busco no rosto dela alguma indicação de qual pode ser a resposta.

De repente, Sola me abraça, e eu levo um susto.

— Sim, eu sempre vou te perdoar, Stevie. Mas você pode me perdoar?

Ergo o olhar, e o sr. Olayinka pisca para mim.

— Claro — sussurro.

Todos batem palmas, assoviam e gritam. Eles nos envolvem no maior e melhor abraço em grupo que já existiu.

— Então tá... — diz Lil Kinsey, batendo palmas. — Agora que todo mundo conseguiu a garota de volta, inclusive eu, podemos comemorar?

Ele gesticula para Ern e Maurice, que estão do lado de fora da sala da tecnologia. Ern desaparece e, dentro de alguns segundos, as telas gigantescas que dão a volta no campo se enchem de cor e luz, e os alto-falantes do estádio começam a tocar uma música alta.

Sola e eu ficamos paradas, meus braços presos ao redor dela. Não quero soltá-la. Ainda não caiu a ficha que essa versão de mim *conseguiu* consertar o maior erro da minha vida.

Todos estão rindo e dançando ao nosso redor, e como sei que estou prestes a ficar de castigo para sempre e que essa pode ser a última vez que a verei por um tempo, me movo de um lado para o outro, puxando Sola para uma dança lenta apesar da música de Lil Kinsey estourar nos alto-falantes. Estou curiosa para saber se isso é ou não estranho para ele, mas não consigo tirar meu olhar de Sola para conferir.

— Ah, então você gosta de dançar agora? — pergunta ela, com aquele sorrisinho travesso.

Eu a giro, e em seguida a puxo tão perto que Sola provavelmente pode sentir meu coração martelando.

— Com você? — pergunto, beijando-a. — Para sempre.

RELATÓRIO DO CLIMA.COM

ATLANTA
-1,5°C
Nevasca
Máx.: 2°C Mín.: -7°C

Previsão para as próximas duas horas: nevasca

(e amor!)

NOTA DAS AUTORAS

TÍTULO DO EXPERIMENTO: A CHAVE PARA O AMOR.

PERGUNTA CIENTÍFICA: Qual autora escreveu qual parte desta história?

Quando decidimos escrever *Nevasca*, queríamos nos desafiar a contar uma história de amor que parecesse um enorme e glorioso quebra-cabeças, porque às vezes o processo de se apaixonar pode ser mais ou menos assim: duas pessoas tentando descobrir quem são e onde se encaixam no mundo e na vida uma da outra. Se você está curioso para saber qual autora escreveu qual parte desta grande história de amor na neve… as dicas são:

Stevie e Sola foram escritas pela autoproclamada rabugenta do amor do grupo.

Kaz foi escrito por uma rainha do Natal.

E.R. foi escrita pela única nativa de Atlanta entre nós (que também ama aeroportos).

Jordyn foi escrita pela única autora que é rapper.

Jimi foi escrita pela autora que sempre quis ser uma rockstar e cujos livros sempre falam de música.

Ava e Mason foram escritos pela autora que, certa vez, escreveu uma cena de beijo que durava quatro páginas. (O editor pediu que ela reduzisse a cena.)

AGRADECIMENTOS

Este livro foi um desafio divertido e complicado, e todos os membros da nossa fabulosa equipe merecem um agradecimento por nos ajudar com esta história de amor na neve.

Agradecemos às nossas famílias e amigos, por todo o amor e apoio, por nos incentivarem constantemente enquanto desbravamos mais um grande projeto coletivo.

Agradecemos à nossa família na HarperCollins/Quill Tree Books: Rosemary Brosnan, nossa destemida editora que está sempre pronta para um desafio e cuida para que tudo faça sentido. Suzanne Murphy, Erin Fitzsimmons, Courtney Stevenson, Patty Rosati e equipe, Jenn Corcoran, Mark Rifkin, Shona McCarthy, Laaren Brown, Audrey Diestelkamp, Shannon Cox e Lisa Calcasola. Obrigada por continuarem a arrasar com a gente.

Agradecemos a Molly Ker Hawn por nos guiar até a linha de chegada.

Agradecemos aos bibliotecários, professores e livreiros que garantem que nossos livros cheguem até os jovens.

Sobretudo agradecemos aos leitores que nos seguem livro após livro. Agradecemos por mergulhar em mais uma história de amor conosco.

ESTA OBRA FOI COMPOSTA PELA ACOMTE EM BERLING E IMPRESSA PELA GRÁFICA BARTIRA EM OFSETE SOBRE PAPEL PÓLEN SOFT DA SUZANO S.A. PARA A EDITORA SCHWARCZ EM FEVEREIRO DE 2023

A marca FSC® é a garantia de que a madeira utilizada na fabricação do papel deste livro provém de florestas que foram gerenciadas de maneira ambientalmente correta, socialmente justa e economicamente viável, além de outras fontes de origem controlada.